Tout ceci doit être considéré comme dit par un personnage de roman.

ロラン・バルトによる

ロラン・バルト

石川美子訳

みすず書房

ROLAND BARTHES

par

Roland Barthes

この本を準備するにあたって、こころよく手伝ってくれた友人たちに感謝する。

テクストにかんしては、ジャン＝ルイ・ブット、ロラン・アヴァス、フランソワ・ヴァールに。

写真にかんしては、ジャック・アザンザ、ユセフ・バクーシュ、イザベル・バルデ、アラン・ベンシャヤ、ミリアム・ド＝ラヴィニャン、ドゥニ・ロッシュに。

roland
BARTHES
par roland barthes

HOTEL
BOULE d'OR
16

まずここに、いくつかの写真がある。これらの写真は、作者が本を書き終えるにあたり、あえて自分にゆるした快楽の部分である。それは、魅了される、という快楽だ（それゆえにかなり自分本位な快楽である）。〈なぜかはわからない〉が呆然と見入ってしまう写真だけを取りあげてみた（このわからなさこそが、魅了されていることの特質であり、だからそれぞれの写真についてわたしがこれから言うことは、結局はイマジネール[1]的なものにすぎないであろう）。

さて、認めておかねばならないことがある。わたしを魅了するのは青少年期の写真だけだ、ということである。その青少年期は、愛情につつまれていたために不幸ではなかった。とはいえ、孤独と物質的困窮ゆえに、かなり報われないものであった。したがって、これらの写真を前にしてわたしが魅了されてやまないのは、幸せな時代がなつかしいからではなく、もっと曖昧な何かによるものである。

黙想すること（呆然と写真に見入ってしまうこと）によって、写真が孤立した存在になってしまうと、そして媒介のない悦楽の〈対象〉になってしまうと、もはや黙想することは、これは誰の写真かと考えることとはまったく違ったものとなる。たとえ夢想するように考察するのであろうとも、である。黙想していると、外観的にはまったく似ておらず（写真のわたしはわたしに似ていたためしがない）、むしろ体質的なものを表わしている姿を目の前にして、苦しくなり、そして魅了される。親族全体をおさめている写真群は、媒体のように作用して、わたしをわが身体の「イド」[2]へと結びつけてゆく。写真は、漠とした夢想のようなものをわたしのなかに起こさせる。夢想の単位は、歯、髪、鼻、痩身、長靴下をはいた足、などである。それらは、わたしのものではないのだが、しかしわたし以外の誰のものでもない。それゆえ、わたしは不安にみちた親密さという状態におちいる。わたしは主体の裂け目を〈見る〉(その裂け目そのものについて、主体は何も言えない)。その結果、青少年期の写真はきわめて無遠慮なものとなる(下にひそむわたしの身体が、自分を読みとらせようとするからだ)と同時に、たいへん慎みぶかいものでもある(写真は「自己」について語っているのではないからだ)。

　したがってここでは、身体の――仕事や書く悦びのほうへと向かうこの身体の――有史以前の形象のみが、家族小説と混じりあって見られることとなるだろう。というのは、このように時期を限定することの理論的な意味とは、つぎのようなものだからである。すなわち、物語の(写真の)時間は主体の青少年期とともに終わる、とはっきり示すことである。非生産的な人生についてしか、伝記はありえない。わたしが生産するやいなや、わたしが書きはじめるやいなや、「テクスト」そのものが(幸いなことに)語りの持続性をわたしから奪ってゆく。「テクスト」は何も物語ることはできず、わたしの身体をほかの場所へと運んでゆく。わたしという想像的な個人からは遠いところへ、一種の記憶なき言語のほうへと。すでに「大衆」の言語となり、非個人的な集団の(あるいは一般化された主体の)言語となっているもののほうへと。たとえわたしが、自分なりの書きかたによって、そうした言語から今はまだ距離をとっているにせよ、である。

　したがって、写真による想像界は、生産的な人生に入るところで(わたしにとってはサナトリウムから出たところで)[3]終えられることになるだろう。それからは、べつの想像界が進行をはじめるだろう。エクリチュール[4]の想像界である。そしてその想像界が、ひとりの市民の表象によって固定も確定も正当化もけっしてなされたりすることなく広がりうるためには(それがこの本の意図なのだから)、そして固有の記号を自由にもちいるけれどもそれが具象的なものになったりしないためには、テクストは書く手のイメージ以外には映像をともなわずに続いてゆくことになるであろう。

バイヨンヌ[5]、バイヨンヌ、完璧な町。川の町。響きのよい周囲の町々（ムーズロール、マラック、ラシュパイエ、ベリス）の風が流れている。だが、閉じた町、小説的な町。プルースト、バルザック、プラッサン[6]。子ども時代のもっとも重要な想像的領域。舞台としての田舎町、匂いとしての「歴史」。話し言葉としてのブルジョワジー。

こんなふうな道を通って、よくポテルヌ門[7]のほうへ下って行った（いろいろな匂いがした）。そして町の中心部のほうへ。その道で、バイヨンヌのブルジョワ階級の夫人とすれちがった。彼女は、アレーヌ通りの自分の屋敷のほうへ道を上っていた。「ボン・グー」店の小さな箱を手にもって。

三つの庭

「その家は[8]、環境的にほんとうにすばらしかった。家はあまり大きくなく、かなり広大な庭に面して建てられており、まるで木製の模型のおもちゃのようだった（そう思えるほど、窓のよろい戸の淡いグレーがやさしい色あいだった）。山小屋のように質素な感じだが、扉や低い窓やはしご階段がたくさんあって、小説の城のようだった。庭はひとつづきになっていたが、しかし象徴的に異なる三つの空間からできていた（そしてそれぞれの空間の境界を越えることは注目すべき行為だった）。家のほうへ行くには、第一の庭を通った。それは社交的な庭だった。庭に沿ってゆるゆると歩いたり、長々と立ち止まったりしながら、バイヨンヌの夫人たちを見送って行ったものだ。第二の庭はちょうど家の前にあって、左右対称になった二つの芝生のまわりを細い小道が丸く囲んでいた。そこには、バラ、あじさい（フランス南西部の不格好な花）、ルイジアナ・アイリス、ルバーブ[9]が生えていた。古い木箱に植えられた家庭用ハーブや、二階の部屋の高さまで白い花がとどくモクレンの大木。この第二の庭で、夏のあいだ、B家の女性たちは蚊も気にせずに、低いいすに腰かけて複雑な編みものをしていた。奥には第三の庭があり、桃と木いちごの小さな果樹園のほかは何だかはっきりしなくて、荒れ放題のところもあれば、粗末な野菜が植えられているところもあった。ほとんどそこに行くことはなかったし、行くにしても庭の真ん中の小道だけだった。」

社交的な庭、家庭的な庭、野性的な庭。社会の欲望の三分法そのものではないだろうか。このバイヨンヌの庭から、わたしはジュール・ヴェルヌとフーリエの小説的かつ空想的な空間へと違和感なく移行するのである。

（この家は、バイヨンヌの「不動産業者」のものとなり、今ではなくなってしまった。）

大きな庭は、かなり未知の領域になっていた。たくさん生まれすぎた子猫たちを埋葬するのにおもに使われていたようだ。奥のほうには、いっそう暗い道と、中が空洞になった玉つげの木が二本。子どものときの性的なエピソードがいくつかあった場所だ。

わたしを魅了する、奥にいる女中。

10
ふたりの祖父

年老いてから、彼は退屈していた。いつも、時間より早く食卓について（食事時間はたえず早められていたにもかかわらず）、どんどん時間を早めて暮らしていた。それほど退屈していたのだ。彼は雄弁になることはなかった。

彼は、音楽発表会のプログラム[11]をみごとな字で書いたり、楽譜台や箱や木製品を手作りでこしらえたりするのが好きだった。彼もまた雄弁になることはなかった。

ふたりの祖母

ひとりは美しいパリジェンヌだった。もうひとりは人のよい田舎女で、ブルジョワ趣味がしみこんでいた——貴族ではなかったが、貴族の血をひいていた——。社交界の話にとても関心があって、寄宿女学校ふうの育ちのよい、接続法半過去形[12]をまだ用いるフランス語で、率先して話していた。恋の炎に焼かれるように、社交界のうわさ話に身をこがすのだった。社交界願望のおもな対象になっていたのは、薬剤師の未亡人のルブフ夫人というひとだった。薬剤師の夫（コールタールの発明で金持ちになった人）は、黒いボウリング玉のような頭をして、指輪をはめ、口ひげを生やしていた。祖母にとって重要なのは、その夫人を毎月のお茶会に招くことだった（そのつづきはプルーストを）。

（この両方の祖父母の家では、おしゃべりをするのは女性たちだった。家母長制だろうか。中国では、大昔、一族全員が祖母のまわりに埋葬されていた。）

父の妹。生涯、ひとりだった。

父は、（戦争で）とても早く
13
死んで、思い出話にも戦争の犠牲の話にもまったく出てこなかった。母のことばを介すると、父の思い出はけっして威圧的になることがなく、ほとんど無言で差し出されたご褒美のように、子ども時代にそっとふれただけであった。

子ども時代の路面電車の白い鼻づら。

夜に家に帰るとき、よくマリーヌ通りのほうへ回り道をして、アドゥール川に沿って歩いたものだ。大きな木々、打ち捨てられた船々、ちょっとした散歩をする人たち、ただよう倦怠感。あたりを公園の性欲がさまよっていた。

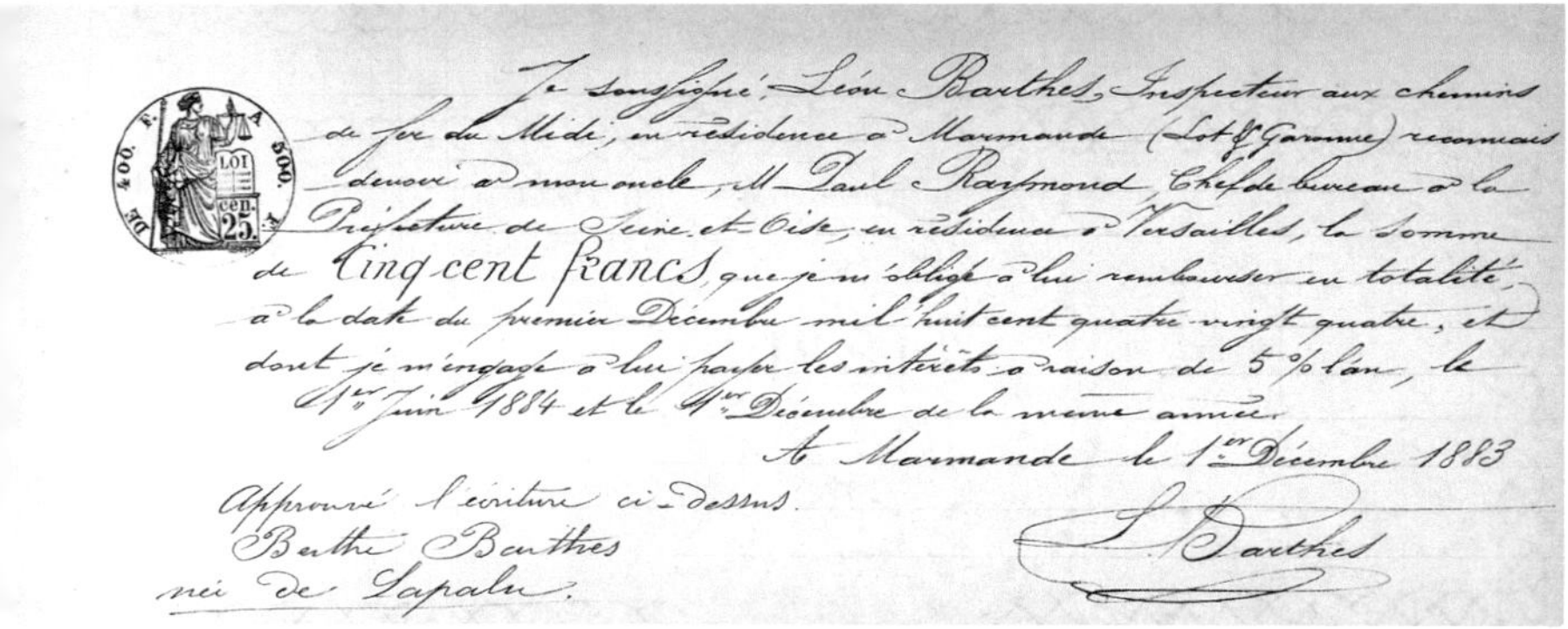
Je soussigné, Léon Barthes, Inspecteur aux chemins de fer du Midi, en résidence à Marmande (Lot & Garonne) reconnais devoir à mon oncle, M Paul Raymond, Chef de bureau à la Préfecture de Seine-et-Oise, en résidence à Versailles, la somme de Cinq cent francs, que je m'oblige à lui rembourser en totalité, à la date du premier Décembre mil huit cent quatre-vingt quatre, et dont je m'engage à lui payer les intérêts à raison de 5 % l'an, le 1er Juin 1884 et le 1er Décembre de la même année.

A Marmande le 1er Décembre 1883

Approuvé l'écriture ci-dessus.
Berthe Barthes
née de Lapalu.

L. Barthes

何世紀ものあいだ、手書きの書体とは、借用証書、交換保証書、代理署名などだったのではないか。だが、今日では、手書き書体はすこしずつ消え去って、ブルジョワジーの負債のことなど見捨てるほうへと向かいつつある。倒錯、意味の極限、テクストのほうへと……。

家族小説

彼らはどこから来たのか。オート・ガロンヌ県[14]の公証人の家系からである。こうしてわたしに、ひとつの血筋、ひとつの階級があたえられる。写真が、推理小説のようにそれを証明している。考えこむように肘を曲げている青い目の若者が、わたしの父の父になるだろう。この血筋の流れが最後に止まるところ、それがわたしの身体だ。この家系は最後に、役に立たない人間を生みだしたのである。

世代から世代へ伝えられるお茶の時間。
ブルジョワジーのしるし、
そして確かな魅力。

鏡像段階。

「お前はこれだよ。」

過去のなかで、わたしをもっとも魅了するのは幼少期である。幼少期だけは、ながめていても、消え去った時間への愛惜を感じさせることがない。わたしが見出すのは、もうそこにはもどれないという思いではなく、変わらずにここにあるものなのである。今もなお、時々わたしのなかに見られるものすべてである。子どもの姿のなかに、わたしはあからさまに読みとる。わたし自身の黒い裏面、倦怠、傷つきやすさ、(幸いにもいくつかある)絶望を感じがちな気質、不幸にしていかなる表出も断たれた内面的不安などを。

同時代人だろうか。

わたしは歩きはじめていた。プルーストはまだ生きており、『失われた時を求めて』を書き終えようとしていた。

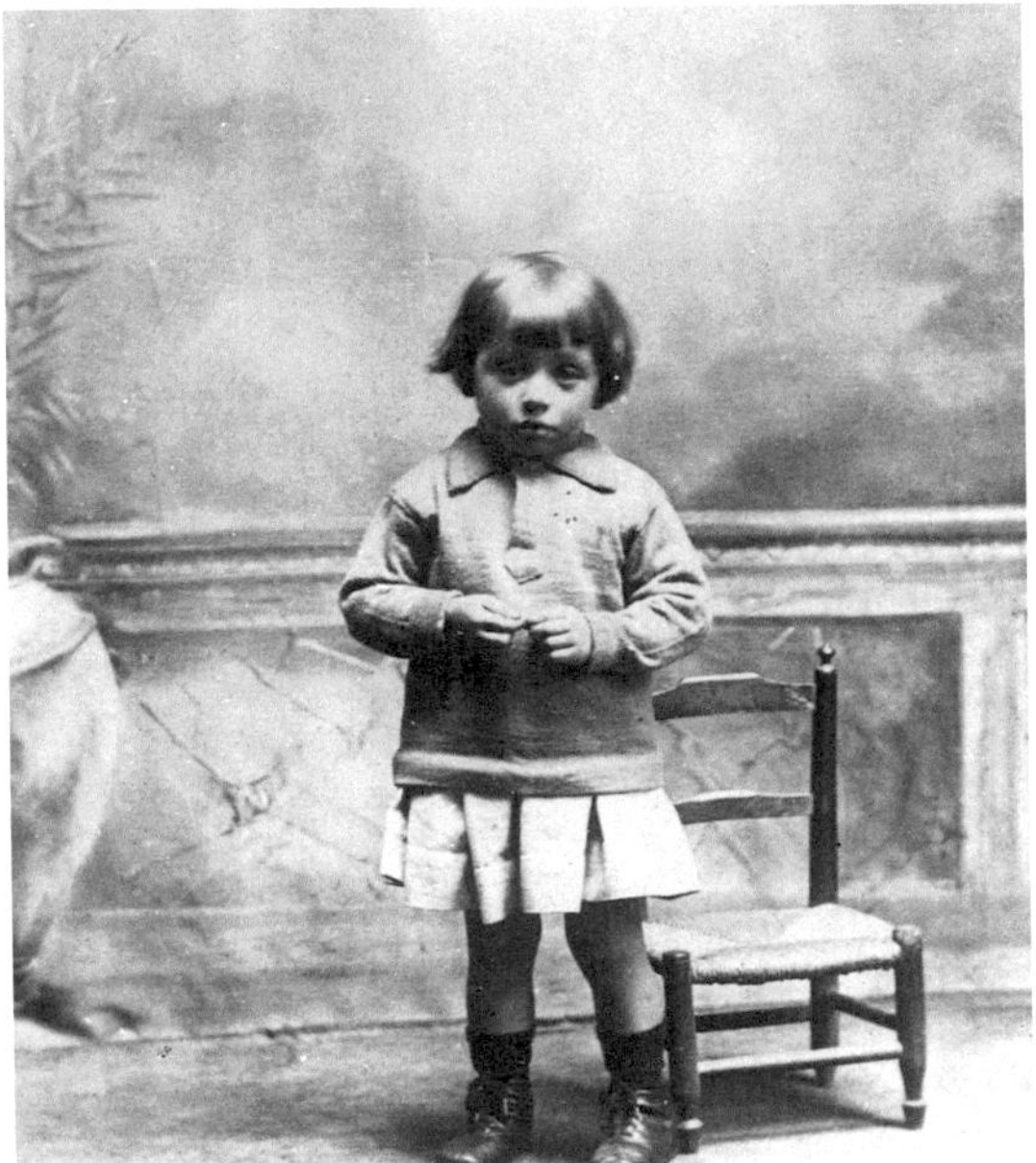

子どものころ、しばしば、そしてひどく、倦怠を感じていた。それは非常に早い時期にはっきりとはじまり、生涯をつうじて間欠的につづき（仕事と友人たちのおかげでだんだんと少なくなったことは事実だが）、いつも外から見てわかってしまうのだった。突然に襲ってくる倦怠であり、苦悩にまでなってしまうのだ。シンポジウム、講演、知らない人とすごす夕べ、集団での遊びなど、倦怠が〈外から見えてしまうかもしれない〉場所のどこででも感じてしまう。ということは、倦怠はわたしのヒステリーなのだろうか。

孤独の苦悩。講演で。

倦怠。円卓会議で。

「U[15]ですごす朝の心地よさ。
太陽、家、バラの花、
沈黙、音楽、コーヒー、仕事、
性欲なしの安らぎ、攻撃の不在……。」

家族主義のない家族。

「いつも、われわれは、われわれは、だ」……。

……友人たちは、べつである。

（サナトリウムを出たときの）身体の突然の変化。彼は痩身から肥満へと移行する（あるいは移行していると思う）。それ以後は、痩身という大事なことを自分の身体に取りもどさせてやろうと、身体との終わりなき葛藤がつづいている（知識人という想像物。すなわち痩せることとは、知的でありたいという無邪気な行為なのである）。

あのころ、高校生は小さな紳士だった。

言説を抑圧するいかなる法も、
その根拠は不充分である。

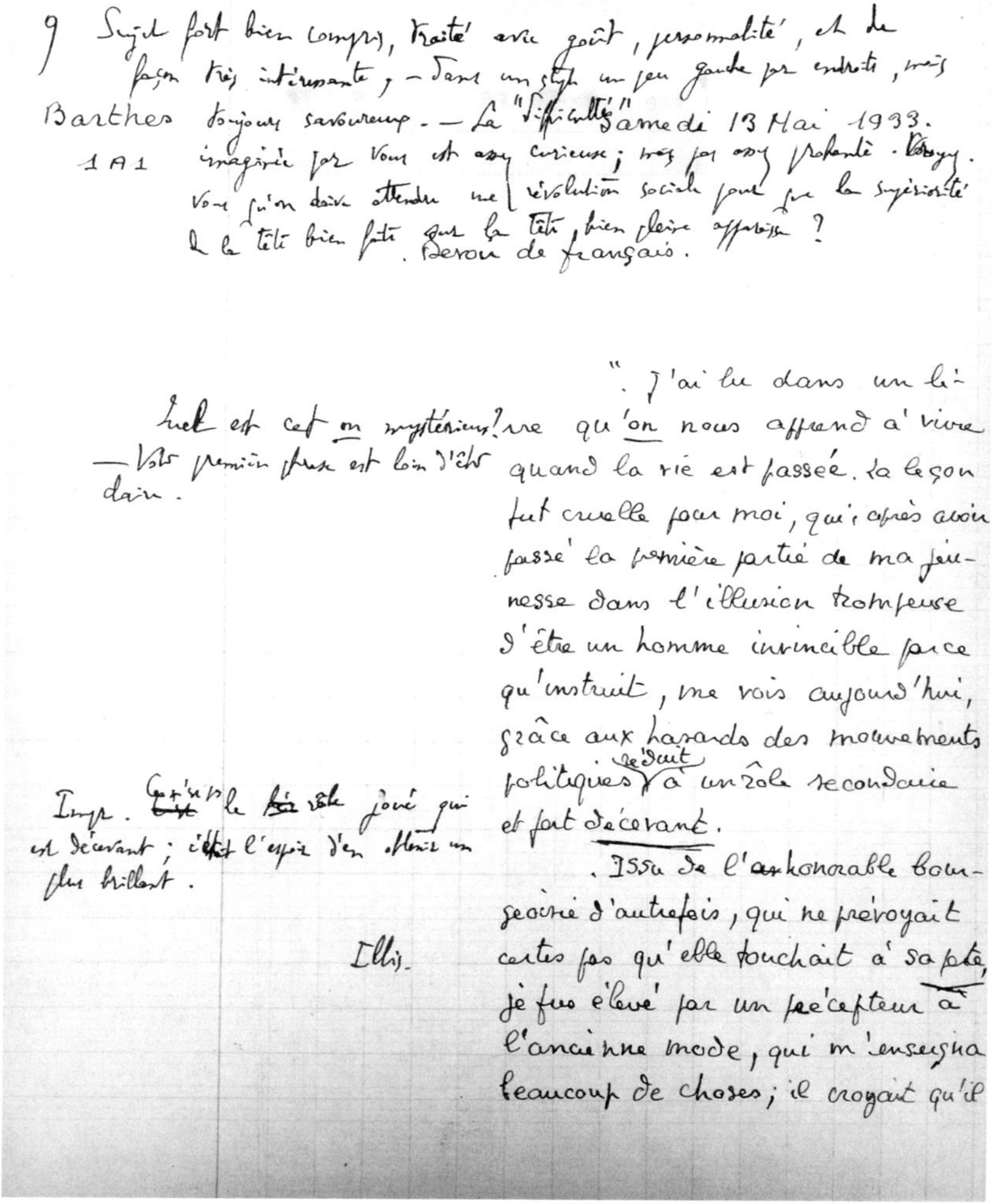

9 Sujet fort bien compris, traité avec goût, personnalité, et de façon très intéressante, — dans un style un peu gauche par endroits, mais toujours savoureux. — La "difficulté" imaginée par vous est assez curieuse; mais pas assez présentée. Croyez-vous qu'on doive attendre une révolution sociale pour que la supériorité de la tête bien faite sur la tête bien pleine apparaisse ?

Barthes
1 A 1

Samedi 13 Mai 1933.
Devoir de français.

« J'ai lu dans un livre qu'on nous apprend à vivre quand la vie est passée. La leçon fut cruelle pour moi, qui après avoir passé la première partie de ma jeunesse dans l'illusion trompeuse d'être un homme invincible parce qu'instruit, me vois aujourd'hui, grâce aux hasards des mouvements politiques réduit à un rôle secondaire et fort décevant.

Issu de l'honorable bourgeoisie d'autrefois, qui ne prévoyait certes pas qu'elle touchait à sa perte, je fus élevé par un précepteur à l'ancienne mode, qui m'enseigna beaucoup de choses; il croyait qu'il

Quel est cet on mystérieux? — Votre première phrase est loin d'être claire.

Impr. C'est le rôle joué qui est décevant; c'était l'espoir d'en obtenir un plus brillant.

Ellip.

ダレイオスを演じながら、[16]わたしはいつも、ひどくあがっていた。長ぜりふが二つあって、とちる恐れがたえずあったのだ。わたしは〈ほかのことを考えてしまう〉という誘惑にとりつかれていた。仮面の小さな穴からは何も見えなかったし、見えたとしても、とても遠くや、とても高いところだった。だから死んだ王の託宣をしゃべっているあいだ、自分の視線を、不動で自由な物体や、窓、バルコニーの張り出し、空の一角などのほうに向けていた。それらのものは、すくなくとも何かを恐れたりしていなかったからだ。わたしは、自分がそんな不愉快な罠にとらわれたことが悔しかった——そのあいだも、わたしの声は、せりふにあたえるべきだったであろう〈表現〉[17]を拒んで、抑揚のない口調で語りつづけていた。

こんな雰囲気は、いったいどこから生じているのか。
「自然」だろうか、「コード[18]」だろうか。

懐古趣味－結核

（月ごとに、前月の記録紙の終わりに新しい紙が貼りつけられた。しまいには何メートルもの長さになった。身体を時間のなかに書きこむ笑劇的方法である。）

　痛みのない、不安定な病気。清潔で、匂いも「イド」もない病気。いつ終わるかわからない時間と、伝染という社会的タブーしか特徴をもっていなかった。そのこと以外には、医師のたんなる決定によって、漠然と病気になったり治癒したりした。ほかの病気は人を非社会化するのだが、結核はあなたを小さな民族誌的社会のなかに投げこんだのだった。その社会は、未開部族や修道院やファランステール[19]にも似て、儀式や掟や防備方法などをもっていた。

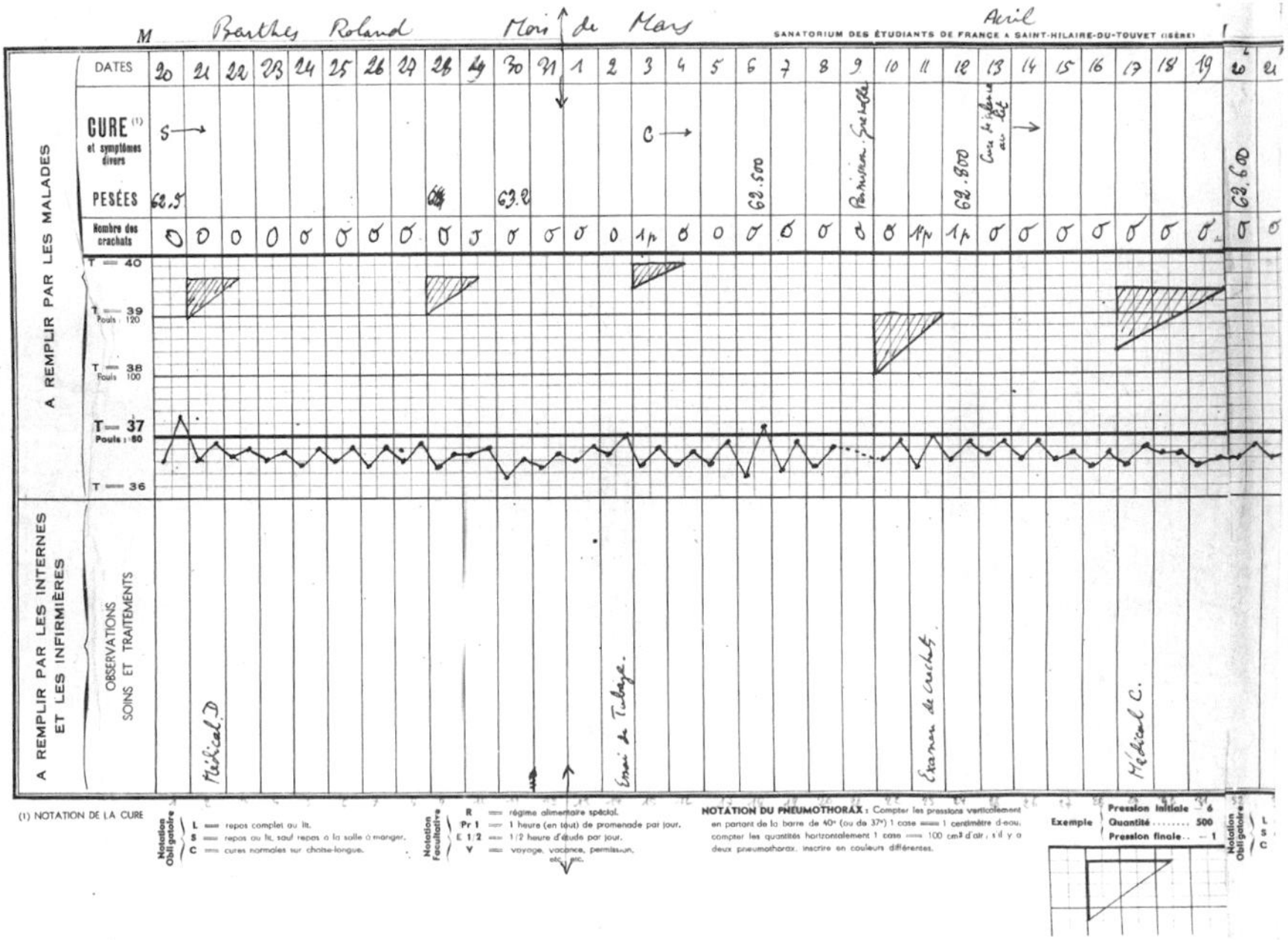

とんでもない、わたしは、こんなものに似ていたことはない。

――どうしてそれがわかるのか。あなたが似たり似ていなかったりする、その「あなた」とは何なのか。それをどこでとらえるのか。どのような外観あるいは表情を基準にするというのか。あなたのほんとうの身体はどこにあるのか。あなただけが、あなたを映像でしか見ることができないのだ。あなたはあなたの目を見ることがない。鏡やカメラレンズに向ける視線によって愚かしくなってしまった目以外には（わたしとしては、きみを見つめている自分の目を見ることだけは興味ぶかいように思われるのだが）。あなたの身体についてさえ、いやあなたの身体についてこそ、あなたは想像界をのがれられないのだ。

1942 年

1970 年

わたしの身体が、いかなる想像界からも自由
になるのは、仕事の空間にいるときだけだ。
その空間はどこにあっても同じで、
描き、書き、分類するという悦びに合うように
念入りに配されている。

エクリチュールのほうへ。

木々はアルファベットだ、とギリシア人は言っていた。あらゆる文字－木のなかで、椰子の木がもっとも美しい。放射状の椰子の葉のようにいっぱいに広がって、くっきりと際立っているエクリチュール。それについて、椰子の木は重要な効果を身につけている。それは、垂れ下がることである。

北国で、一本の孤独な松の木が
不毛な丘のうえに立っている。
木はまどろみ、雪と氷は
その白いマントで木をつつむ。

松の木は、美しい椰子の木の夢をみる、
だが椰子の木は、かなたの太陽の国で、
暗く、孤独で、悲しみにくれている、
灼熱の絶壁のうえで。

ハインリッヒ・ハイネ
〔『歌の本』「抒情挿曲 33」〕

左きき。

能動的／反作用的

彼の書くものには二種類のテクストがある。テクストⅠは反作用的で、憤り、恐れ、内心の反論、軽い妄想、防衛、いさかいなどに駆られて生まれたものである。テクストⅡは能動的で、快楽から生まれている。だがテクストⅠにしても、書かれたり、訂正されたり、「文体」の虚構に従ったりしているうちに、おのずと能動的になってゆく。そうすると、反作用的な表皮は失われて、（ささやかな丸括弧のなかの）かさぶたとしてしか残らなくなる。

形容詞

彼は、自分自身のいかなる〈イメージ〉にも耐えられないし、名づけられることを苦痛に感じている。理想的な人間関係というのはイメージのないことだと彼は思っている。つまり、親しいあいだでは、たがいに〈形容詞〉をなくすことである。形容詞をもちいて語りあう関係は、イメージの側に、支配や死の側にあるのだ。

(モロッコでは、明らかに、人びとはわたしについていかなるイメージももっていなかった。よき西欧人として〈これ〉や〈あれ〉でありたいとわたしが努力しても、反応のないままだった。〈これ〉も〈あれ〉も、りっぱな形容詞となってわたしに送り返されることはなかった。彼らは、わたしを注釈しようなどとは考えもしなかった。彼らは、わたしのナルシシズム的イメージを大きくさせたり満足させたりすることを知らず知らずのうちに拒んでいたのである。はじめのうちは、このような反響のない人間関係はなにか疲れるところがあったが、すこしずつ、文明の財産か、あるいは愛情にみちた対話のまさしく弁証法的な形式であるかのように思われてきたのだった。)

気楽さ

彼は快楽主義者なので(自分でそう思っているので)、ようするに快適な状態をのぞんでいる。だがその快適さとは、わたしたちの社会がその基本条件をさだめている住宅設備の快適さよりはずっと複雑である。自分で整えたり作りあげたりする快適さなのだ(わたしのBおじいさんが晩年に、仕事をしながら庭がよく見えるようにと、窓にそって小さな壇を設置していたように)。このような個人的な快適さを、〈気楽さ〉と呼んでもいいかもしれない。気楽さには、理論的な誇りがあたえられている（「わたしたちはフォルマリスムにたいして距離をおくべきではなく、気楽にふるまうだけである」、一九七一年「逸脱」より）[20]。そして、倫理的なちからもあたえられている。すなわち、いかなる勇ましさもすすんで失おうとすることだ。たとえ〈悦楽のさなかにおいてさえも〉である。

類似という悪魔

ソシュールが嫌悪していたもの、それは（記号の）〈恣意性[21]〉だった。彼のほうはというと、嫌悪しているのは〈類似性〉である。「類似にもとづく」芸術（映画や写真）や、「類似にもとづく」方法（たとえばアカデミックな批評）は、信用できなくなっている。なぜか。類似は「自然[22]」の効果をもたらすからだ。すなわち、「自然なもの」を真実の源に作りあげてしまうのである。そして類似の呪いをさらに強くするのは、それが抑制できないという点である（「レキショ」を参照[23]）。ひとつのかたちが目に入るやいなや、それはなにかに似て〈いなければならない〉のだ。人間は、「類似」つまり「自然」を強いられている。それゆえ、画家や作家たちはそれから逃れようと努力する。どのようにか。相反する二つのものの過剰によってである。あるいはこう言ったほうがよければ、〈類似〉を嘲弄へと変える二つの〈皮肉〉によってである。見せつけがましく〈陳腐な〉敬意をよそおってみせるか（そのときに救われるのはまさに「コピー」なのだが）、あるいは真似られている対象を〈規則正しく〉——原理にしたがって——歪めてしまうか（それが「アナモルフォーズ[24]」だ。『批評と真実』を参照のこと）[25]である。

このように逆らうことのほかには、油断のならない「類似」にたいして効果的に抵抗する方法は、たんなる構造的な合致を、つまり〈相同性〉をみることである。はじめの対象が想起させるものを、それに比例した一つの暗示に還元してしまうのである（語源的に言うと、つまり言語活動が幸福だった時代においては、〈類似〉は〈比例〉を意味していた）。

（雄牛は、おとりが目の前にぶらさげられると、その赤色を見て怒り狂う。怒りの赤とケープの赤という二つの赤色が合致しているのである。雄牛は、類似性のただなかに、つまり〈想像界のただなかに〉いる。わたしが類似性に抵抗しているとき、じつは想像界に抵抗しているのだ。すなわち、記号の癒着性であり、シニフィアンとシニフィエ[26]の相似性であり、イメージの同形性であり、「鏡」の作用であり、人を魅きつけるおとりである。類似に頼るあらゆる学問的解説は――それが多数をしめているのだが――おとりの性質をもっている。それらが「学問」の想像界をかたちづくっている。）

黒板に

ルイ＝ル＝グラン高等中学校第三学年〔中学三年生〕のAクラスのB先生は、小柄な老人で、社会主義者かつ国家主義者であった。学年の始めになると、生徒の「戦場で倒れた」親族の名をおごそかに黒板に書きならべてゆくのだった。叔父や従兄はたくさんいたが、父の名を挙げることができるのはわたしひとりだった。過大な印をつけられたようで、わたしは困惑した。しかし黒板の字が消されてしまうと、その声高になされた哀悼は何も残っていなかった――つねに静かな現実生活のなかで、社会的によりどころをもたない家族のすがただけが残っていた――。殺すべき父もなく、憎むべき家族もなく、拒むべき環境もなかった。オイディプス的[27]になんと大きな欲求不満であろうか。

（このB先生は、土曜日の午後になると気晴らしに、ひとりの生徒にむかって、なんでもいいから思索のためのテーマを出しなさい、と言ったものだ。どんなに突飛なテーマであろうとも、先生は、かならずそこから小さな口述筆記問題をひきだすのだった。教室のなかを歩きまわりながら即興で作りあげ、そんなふうにして自分の精神の沈着ぶりと作文技術の自在さとを証明してみせるのだった。）

〈断章と口述筆記のカーニバル[28]的な親近性。本書では、ときおり口述筆記に言及することになるだろう。社会的エクリチュールの強いられたすがたとして、学校の作文の断片として。〉

金銭

貧しさゆえに、彼は〈社会からはずれた〉子どもであったが、階級からはずれていたわけではなかった。彼はどの社会階層にも属していなかった（ブルジョワ的な場所であるB〔バイヨンヌ〕には、休暇で行くだけだった。〈訪れる〉のであって、演劇の舞台を見に行くようなものだった）。彼はブルジョワジーの価値観に与してはいなかったし、それにたいして憤ることもできなかった。というのは彼の目には、ブルジョワジーの価値観とは、小説的なジャンルに属する言語活動の情景でしかなかったからである。彼は、ブルジョワジーの生活様式だけにかかわっていた（一九七一年のインタビュー「返答」を参照[29]）。その生活様式は、金銭的な危機のさなかでも変わることなく続いた。体験していたのは、みじめさではなく、困窮だった。すなわち、支払い期限の心配であり、休暇や靴や教科書の費用の問題であり、食べ物に困ることさえあった。この〈耐えることのできる〉貧苦（困窮とはいつも耐えられるものだ）から、おそらくひとつのささやかな哲学が生まれたのだろう。自由な代償や、快楽の多元的決定[30]や、〈気楽さ〉（まさに困窮の反意語だ）という哲学が。彼の考えかたを形成した問題とは、おそらくは金銭であり、性ではなかったのである。

価値という点で、金銭はふたつの相反する意味をもっている（対立素[31]なのだ）。金銭はたいへん厳しく断罪されている。とくに演劇においてはそうだ（一九五四年ごろには、金銭の演劇[32]を大いに罵倒したものだ）。そのあと、金銭は見直されることになる。フーリエにならってであり、金銭に対立する三つの道徳主義――マルクス主義者、キリスト教徒、フロイト主義者――への反発からでもある（『サド、フーリエ、ロヨラ』[33]）。しかし当然ながら、擁護される金銭とは、とどめ置かれて、縮こまり、滞っているような金銭ではない。使用され、浪費され、失われる動きそのものによって流れ去ってゆき、産出という贅沢によって輝かしいものとなっている金銭である。こうして金銭は、隠喩の力によって金となるのだ[34]。「シニフィアン」の「金」である。

アルゴー船

しばしば心にうかぶイメージ。（光輝く白い）アルゴー船[35]だ。「アルゴー船員たち」がすこしずつそれぞれの部品を交換してゆき、その結果、ついにはまったく新しい船になってしまったが、船の名前と形を変えることはなかった。このアルゴー船の話はかなり役に立つ。きわめて構造的なものの寓意をみせてくれるからだ。才能やインスピレーションや決断や進展によってではなく、ふたつの慎ましい行為（いかなる創造の神秘においてもなされない行為）によって作り出されたものの寓意を。ふたつの行為とは、〈置き替え〉（言語学のパラディグムにおけるように、ひとつの部品が古い部品に取って代わること）と〈命名〉（名前は、部品が変わらないという条件にはけっして縛られていないこと）である。ひとつの同じ名前のもとでさかんに結合をした結果、〈もとのもの〉はもう何も残っていない。アルゴー船とは、その名前のほかには何の起源ももたず、その形のほかにはいかなる自己同一性ももたない物体なのである。[36]

べつのアルゴー船。わたしは仕事のための空間をふたつ持っている。ひとつはパリに、もうひとつは田舎に。たがいに共通の物は何もない。何ひとつ運んで行っていないからだ。しかしながら、このふたつの場所は同一である。なぜか。道具（紙、ペン、書見台、置き時計、灰皿など）の配置がおなじだからだ。空間の構造が、空間を同一のものとしているのである。この私的な現象だけでも、構造主義を明らかにするには充分であろう。体系は事物の存在にまさる、というわけである。

傲慢さ

彼は、勝ち誇った発言があまり好きではない。だれであろうと人が屈辱をあじわっているのには耐えられないので、どこかで勝利が見えてくると、〈ほかのところ〉へ行きたくなる（彼が神だったら、たえず勝利を覆していることだろう――いや、そもそも神がおこなっていることではないか）。きわめて正当な勝利でも、発言という点になると、悪しき言語価値、つまり〈傲慢さ〉となってしまう。この言葉はバタイユのなかで見つけたものだ。彼はどこかで学問の傲慢さについて語っていた。この言葉は今や、あらゆる勝ち誇った言述へと広げられたのである。したがって、わたしは三つの傲慢さに耐えている。「学問」の傲慢さ、〈ドクサ〉の傲慢さ、「闘士」の傲慢さである。

〈ドクサ〉（この語はしばしば本書に登場することになる）とは、「世論」であり、「多数の人の精神」であり、「プチブルジョワ的なコンセンサス」であり、「自然の声」であり、「先入観の暴力」である。体裁や世論や慣行に合わせた話しかたは、どれも〈ドクソロジー〉（ライプニッツの用語だ）と呼ぶことができる。

彼は言葉におじけづいたことがあるのをときおり後悔した。すると、ある人が彼に言った。でも、言葉がなければ、あなたは書くことができなかったのですから、と。傲慢さはまわってゆく。テクストをあじわう会食者たちのあいだを強い酒がまわってゆくように。間テクストとは[37]、細やかにえらばれて、ひそかに愛され、自由で、慎ましく、寛大であるテクストだけが含まれているのではない。陳腐で、勝ち誇ったテクストも含まれている。あなた自身が、べつのテクストにとっては傲慢なテクストになるかもしれないのだ。

「支配的なイデオロギー」という言いかたをするのは、あまり有益なことではない。冗語法だからだ。イデオロギーとは、支配するものとしての観念にほかならないのである（『テクストの快楽』より[38]）。だがわたしとしては、個人的な思いによって言葉をつよめて、〈傲慢なイデオロギー〉と言ってもいいだろう。

占い師の身ぶり

『S／Z』のなかで[39]、レクシ（読みとりの断片）は、占い師が杖で切り分ける大空の一片にたとえられている。このイメージを彼は気に入っていた。かつて、占い師がその杖で空のほうを、すなわち指し示すことのできないもののほうを指し示しているすがたは、美しかったにちがいない。しかも、その身ぶりは常軌を逸している。おごそかに境界線をひくのであるが、直接的には〈なにも〉残らず、せいぜい、切り分けたという感覚が頭に残っているぐらいだからだ。そしてその身ぶりは、まったく儀式的に、まったく独断的に、ひとつの意味を生みだす準備に専念しているのである。

選択ではなく同意を

「何の話なのか。朝鮮戦争のことである。フランス軍の志願兵小隊が、北朝鮮のやぶ地のなかを漫然と偵察している。兵士のひとりが負傷し、朝鮮人少女に助けられる。少女は兵士を村へ連れて行き、村人たちは彼を迎え入れる。兵士は、村人たちのなかで、村人たちとともに、とどまることを選択する。とはいえ、〈選択する〉という言いかたは、わたしたちの言葉づかいである。ヴィナヴェールの言葉は完全には同じではない。事実、わたしたちが目にするのは、選択でも改心でも脱走でもなく、むしろ徐々に進行する〈同意〉なのである。兵士は、自分が発見した朝鮮世界を承認するのだ……」（ミシェル・ヴィナヴェール『今日あるいは朝鮮人たち』について、一九五六年）[40]。

ずっとあとになって（一九七四年のことだが）、中国に旅行したときに、彼は『ル・モンド』紙の読者に——つまり〈彼の生きる〉世界「モンド」に——理解してもらうために、この〈同意〉の語をふたたび用いてみた[41]。彼は中国を「選択した」のではなく（選択をするには、それを明らかにするための材料があまりにもすくなかった）、中国でいとなまれていることにたいして、ヴィナヴェールの兵士のように、沈黙のなかで（その沈黙を彼は「味気なさ」と呼んだのだが）〈同意した〉のである、と。だが、それはほとんど理解されなかった。インテリ読者層がもとめているのは、〈選択〉だからである。中国から帰ってくるときは、観客で満員になった闘牛場へ控え場から飛び出してくる雄牛のように、猛り狂うか、勝ち誇っていなければならなかったのである。

真実と断定

彼の不安はときおりとても強くなる——一日中ものを書いたあとの夜は、恐怖のようなものにまでなったりする——。それは、自分が二重の言述を生みだしていると感じることからきていた。方法が、いわば目的を超えてしまっているのだ。というのは、彼の言述の目的は真実を言うことではないのに、ところがその言述が断定的になっているのである。

（これは、非常に早い時期から彼が感じた困惑であり、今もそれをしずめようと努力している——さもなければ書くことをやめねばならないだろうから——。断定的なのは言語のほうであって、彼ではない、と考えるようにしている。それぞれの文に不確実性をしめす結びの句をなにか付け加えたりすることなど、なんとくだらない解決策かと、みなも同意してくれることであろう。あたかも言語から生じた何かによって、言語を動揺させることができるかのようではないか、と。）

（おなじ思いから、彼は自分がなにかを書くたびに、それが友人のひとりを——けっして同じ友人ではなく、いつも違う友人を——傷つけるのではないかと思ってしまう。）

アトピア

〈リストに登録されている〉。わたしは、ある（知識人階級の）場所に、（一流とは言わないまでも）特権階級の居住地に、登録され、住所指定されている。そのことに抵抗するには、心の中にひとつの主義をもつしかない。〈アトピア〉主義（漂流する住まい、という主義）だ。アトピアは、ユートピアよりもすぐれている（ユートピアは、反作用的、戦術的、文学的であり、意味から生まれて、意味を作動させてゆくからである）。

自己指示性

謎めいた模写、興味をひく模写とは、外れてしまった模写だ。なにかを複製すると同時に、それを逆さにしているのである。逆さにしながらでしか複製することができないので、模写という無限のつながりを乱してしまっている。今夜、カフェ・フロールのふたりのボーイが、食事前の一杯を飲みにカフェ・ボナパルトに行く。ひとりには「恋人」がおり、もうひとりはインフルエンザ用の座薬を用いるのを忘れたという。ふたりに飲み物（ペルノーとマティーニ）を運んできたのは、カフェ・ボナパルトの若いボーイで、彼のほうは勤務中だ（「失礼しました、このかたがあなたの恋人とは知らなかったものですから」）。ものごとは親密な関係と反射関係とのなかで循環するが、しかし互いの役割はどうしても分かれたままである。こうした〈反射〉はつねに魅力的で、例はたくさんある。自分の髪をセットしてもらう美容師、自分の靴をみがいてもらう（モロッコの）靴みがき、食べる物を作ってもらう料理女、休演の日に演劇を観に行く俳優、映画を見る映画監督、本を読む作家。老齢のタイピストのM嬢は、打ち間違えて削除することなく「削除」という語を打つことができない。斡旋業者のMは、彼が客の要望にこたえて紹介するような人材を自分に（自分の個人的な用のために）仲介してくれる人をだれも知らない、など。これらすべてが〈自己指示性〉[42]である。それは、ループ状の作用という不安な（滑稽で平凡な）斜視状態だ。アナグラム[43]や、反転した二重写し、階層を押しつぶすこと、といった何かである。

トレーラー車

かつて、バイヨンヌからビアリッツまで、白い路面電車が走っていた。夏になると、車室のない全面開放の車両が連結された。トレーラー車だ。みんな、大喜びで乗りたがった。広々とした風景のなかを進みながら、眺望と動きと風とを同時に楽しんだ。今ではもう、トレーラー車も路面電車もなくなって、ビアリッツへ行くことはうんざりする移動になっている。こんなことを書くのは、過去を伝説のように美化するためではない。路面電車をなつかしむふりをして、失われた青少年期への愛惜を語るためでもない。生活様式には歴史がない、と言うためである。生活様式は変わらない。ひとたび失なわれた楽しみは、何かで代替されることはなく、永久に失なわれたままである。ほかの楽しみを見つけても、それは何の代わりにもならない。〈楽しみに進歩はない〉のだ。変化しかないのである。

陣取り遊びをしていたとき……

リュクサンブール公園で陣取り遊びをしていたとき、わたしの最大の楽しみは、敵を挑発して、無謀に自分の身を敵の捕獲権にさらすことではなく、捕虜たちを救い出すことであった――その結果、すべての勝負を循環状態にしてしまうことになり、遊びは振り出しにもどっていた。

言葉の力という大いなる遊びにおいても、やはり陣取り遊びをしているのである。ひとつの言葉がほかの言葉の優位に立つのは、一時的なことでしかない。第三の言葉が頭角をあらわしさえすれば、攻撃者は退却せざるをえなくなる。雄弁術の闘いにおいては、勝利とは結局は〈第三の言葉のほうに〉しかないのである。その言葉こそが、捕虜たちを救い出す任務をになっている。なぜなら、シニフィエや信条を分散させてゆくからだ。陣取り遊びのように、〈言葉の上に言葉を〉かぎりなく重ねてゆくこと、それが言語世界をうごかす法則である。そこから、べつのイメージがうかんでくる。たとえば、「熱い手遊び」[44]のイメージだ（手の上に手を重ねてゆき、最初の手が第三の手としてもどってくるとき、それはもはや最初の手ではない）。石と紙とはさみのジャンケン遊びや、表皮が何層にもなっているけれど中心核のないタマネギのイメージ。相違が、いかなる束縛もこうむらないということ。つまり、最終的な返答などないのである。

固有名詞

彼は、子ども時代の一時期を、特殊なことばを聞いてすごした。バイヨンヌの古くからのブルジョワジーの固有名詞を、地方社交界に夢中だった祖母が一日じゅう繰りかえし口にするのを聞いていたのである。それらの名前はとてもフランス的で、フランスの名前の規範そのものに合っていたが、しかしばしば独特でもあった。わたしの耳には、不思議な音の花模様のように聞こえた（その証拠に、今でもそれらをよく覚えている。なぜだろうか）。ルブッフ、バルベ＝マサン、ドゥレ、ブルグレス、ポック、レオン、フロワッス、ド・サン＝パストゥー、ピショノー、ポワミロ、ノヴィオン、ピュシュリュ、シャンタル、ラカップ、アンリケ、ラブルーシュ、ド・ラスボルド、ディドン、ド・リニュロール、ギャランス。固有名詞と愛の関係をもつ、などということがありうるのだろうか。換喩的な理由の余地はまったくない。[45]夫人たちは魅力的ではなかったし、優雅でさえなかった。しかしながら、このような特殊な欲望を感じることなく、小説や回想録を読むことは不可能である（ジャンリス夫人[46]の作品を読みながら、わたしはかつての貴族の名前を興味ぶかくながめている）。必要なのは、固有名詞の言語学だけではない。エロティシズムの問題でもあるのだ。名前とは、声や匂いのように、悩ましさの行きつくところなのだろう。つまり欲望と死である。「さまざまな事物から残されたため息」、と十九世紀のある作家が言ったように。[47]

愚かしさについて、わたしに権利があるのは……

毎週、ある音楽演奏を「フランス・ミュージック[48]」で耳にするのだが、彼にはそれが「愚かしい」ように思われる。そのことから、彼はつぎのように考える。愚かしさとは、固くて割ることのできない核であり、〈根源的なもの〉なのであろう、と。それを〈科学的に〉分解するすべは何もない（愚かしさを科学的に分析することが可能だとしたら、テレビのいっさいは崩壊してしまうことだろう）。愚かしさとは何か。見せ物、美的な虚構、そしておそらくは幻想ではないのか。だぶん、わたしたちはそうした場面のなかに自分を置きたがっているのだろう。それは美しい、それは息苦しい、それは奇妙だ、などというわけだ。だから、愚かしさについては、結局、わたしは次のようにしか言う資格はないだろう。〈それはわたしを魅了する〉、と。魅惑こそが、愚かしさ（もし人がこの名詞を口にしたなら）がわたしに抱かせるにちがいない〈正確な〉感情なのだろう。愚かしさは〈わたしを抱きしめる〉のだ（それは手に負えず、それに打ち勝つものは何もなく、あなたを「熱い手遊び」のなかに引きこんでしまうのである）。

ある考えかたへの愛

ある時期に、彼は二項対立[49]に夢中になっていた。彼にとって、二項対立はほんとうに愛する対象だったのである。この考えかたもいつかは使い尽くされてしまうはずだ、とはどうしても思えなかった。〈ひとつの相違点だけから〉すべてを言うことができる、というのが、彼に一種の喜びや、持続する驚きを生じさせていたのである。

知的なことがらは、愛のことがらに似ている。二項対立において彼の気に入っていたのは、ひとつの型だった。のちになって彼は、価値観の対立のなかにも同じ型を見いだすことになった。（彼において）記号学を遠ざからせたにちがいないもの、それは何よりも悦楽の原理であった。二項対立を捨て去った記号学など、彼にはもはやほとんど関係がないのである。

ブルジョワの娘

政治的な混乱のさなかに、彼はピアノをひき、水彩画を描いている。十九世紀におけるブルジョワ娘の見せかけの活動そのものだ。――ここで問題を反転させて考えてみる。かつてのブルジョワ娘が実践していたことで、彼女の女性らしさと階級とを越えていたのは何だったのか。そうした行為における幻想とは何だったのか。ブルジョワ娘は、むだに、愚かしく、自分自身のために生産をしていた。とはいえ〈彼女は生産していた〉のだ。それが彼女なりの消費のかたちだったのである。

アマチュア

「アマチュア」(名人芸をめざしたり、競争に勝ちたいと思ったりせずに、絵画や音楽やスポーツや学問を実践している人)。「アマチュア」は、自分の悦楽を続けてゆく(〈アマトール〉とは、愛し、ずっと愛しつづける人のことだ)。アマチュアはけっして(創作や記録の)英雄ではない。〈優雅に〉(むだに)記号表現のなかに身をおいている。すなわち、音楽や絵画を直接に決定する物質のなかに身をおいているのだ。その実践は、概して、いかなる〈ルバート〉[50](属性のために対象を盗むこと)も、ともなわない。アマチュアは、反ブルジョワの芸術家[51]である——おそらくそうなるであろう。

ブレヒトからR・Bへの非難

R・Bは、いつも政治にたいして〈境界を設ける〉ことを望んでいるように見える。だが彼は、ブレヒトがわざわざ彼のために書いてくれたと思われることを知らないのだろうか。

「たとえば、あまり政治にかかわらずに生きることをわたしは望んでいる。わたしは政治的主体でありたくない、という意味だ。だがそれは、数多くの政治の対象でありたい、ということではない。ところが、政治の対象か、主体か、のどちらかでなければならないのだ。ほかの選択の余地はない。どちらでもないとか、あるいは両方である、というのは論外だ。したがって、どうしても政治にかかわらねばならないようだし、どの程度にかかわるかをわたしが決める権利すらない。そういうわけで、わが全生涯を政治にささげることや、さらには政治の犠牲になることさえも、大いにありうるのだ」（『ブレヒトの政治・社会論』より）[52]。

彼の場所（彼の〈環境〉）、それは言語活動である。その場所でこそ、彼は選びとったり拒絶したりする。そこでこそ、彼の身体に〈できたり〉あるいは〈できなかったり〉するのだ。言語生活を政治的な言述にささげる、というのはどうか。彼は、政治的な〈主体〉であってもいいと思うが、政治的な〈発信者〉にはなりたくないと思う（発信者とは、滔々と演説し、いいかげんなことを言い、同時に自分の言述を人に通知して、それに署名する人のことだ）。また、彼は自分の全般的な〈何度もくりかえした〉言述から政治的現実を引き離すことができないので、政治的なことがらを自分の書くものから排除してしまっている。とはいえ、この排除行為を、すくなくとも彼は自分が書くものの〈政治的な〉意義とすることはできるのだ。あたかも彼がひとつの矛盾の歴史的証人であるかのようにするのである。〈繊細で、貪欲で、沈黙した〉（これらの語を切り離してはならない）政治的な主体、という矛盾の証人である。

くりかえされて、一般に広がり、疲弊してゆくのは、政治的な言述だけではない。どこかで言述の変異形が生まれると、それを抑えこむ公式ラテン語聖書が定められ[53]、よどんだ文章が追随して、うんざりする行列がつづいてゆく。このようなありふれた現象が、政治的言述のこととなると、彼にはとりわけ耐えがたく思われる。くりかえされることで〈やりすぎだ〉という様相を呈するからである。つまり、政治的言述は、自分こそが現実についての根本的な知識であると思わせてくるので、わたしたちは政治的言述にたいして幻想をいだき、最終的な力をあたえてしまうのである。言語活動を抑えつけて、いかなる無駄話さえも現実の残滓にしてしまう、といった力を。したがって、政治的言述がさまざまな言語活動のなかに入りこんで、「おしゃべり」になっていることを、どうして嘆くことなしに容認したりできるであろうか。

（政治的言述がくりかえしに陥らないためには、いくつかの類いまれな状況が必要である。まず、政治的言述みずからが新しい言述方法をつくりあげることだ。それがマルクスの場合である。あるいは、より慎ましい場合は、作家がたんに言語を〈理解すること〉によって――言語固有の効果を知ることによって――厳密かつ自由な政治的テクストを生みだすことである。そのテクストは、すでに言われたことをあたかもその作家が構想し変奏したかのように、作家の美的特殊性という特徴を引き受けることになる。それが『政治・社会論』におけるブレヒトの場合である。あるいはまた、暗くて信じがたいような深みにおいて、政治的言述が言語活動の素材そのものを武装させ、変貌させてしまうことである。それが「テクスト」であり、たとえば『法』[54]のテクストなのである。）

理論による脅し

多くの（まだ出版されていない）前衛的なテクストは、〈不確か〉である。それらのテクストをいかに評価して、取り上げればよいのか。すぐ後のことであれ、ずっと先のことであれ、いかにして将来を予想できるだろうか。それらのテクストは人に好まれるだろうか。退屈だと思われるだろうか。前衛的テクストが明らかに優れている点は、作品の意図にかかわるものである。早急に理論に貢献しようとしているのだ。しかしこの長所は、脅し（理論による脅し）〈でも〉ある。「わたしを好きになってください。たいせつに持っていてください。擁護してください。だってわたしは、あなたが必要としている理論に合っているのですから。アルトーやジョン・ケージたちがやったことを、わたしもやっているのではありませんか」、などなど。——「でもアルトーは『前衛』だっただけではありませんよ。エクリチュール〈でも〉あるのです。ケージは魅力〈も〉もっています……」。——「そんなものは、〈まさしく〉理論が認めず、ときには嫌悪さえした特質ですよ。あなたは、自分の好みと考えをせいぜい一致させることですね」、など。（〈このような場面はつづく。果てしなく。〉）

チャップリン

子どものころ、彼はチャップリンの映画があまり好きではなかった。ずっとあとになって、騒動を起こすけれど心を和ませる登場人物のイデオロギーに目をつぶるわけではないものの（『現代社会の神話』を参照[55]）、とても庶民的で（彼自身がそうだった）、それと同時にとても狡猾なこの芸術に、一種の喜びを見いだすようになった。それはいくつもの趣味といくつもの言葉にたいして斜めにぶつかってゆく〈複合的な〉芸術であった。そういった芸術家たちは、完璧な歓喜をひきおこすものだ。なぜなら彼らは、差異的かつ集団的な、つまり複数的な文化のイメージをあたえるからである。そうすると、そのイメージは第三項のように機能するようになる。大衆文化か〈あるいは〉高級文化のどちらかという、わたしたちが閉じ込められている対立を破壊する項のように機能するのである。

映画の充満性

映画への抵抗。カットの表現技法がどのようなものであろうとも、映画ではシニフィアンそのものが、つねに、本質的に、なめらかである。休むことのない映像の連続体なのだ。フィルム（うまく名づけたものだ、実際に裂け目のない皮膚なのだから）[56]が、おしゃべりなテープのように〈続いてゆく〉。映画の定めからして、断章や俳句のような断片的性質は不可能だ。上映という制約によって（言語における文法の必須項目とおなじように）、すべてを受け入れることを強いられている。たとえば、雪のなかを歩くひとりの男にかんして、その男が何かの意味をしめすまえに、すべてがわたしに見せられる。それとは逆に、エクリチュールにおいては、主人公の爪がどんなふうであるかを見るように強いられることはない――だが、その気になれば「テクスト」は、ヘルダーリンの長すぎる爪について、なんという力強さで語ることだろうか。

（こんなことを書くとすぐに、それが想像界による告白であるように思えてくる。むしろわたしは、なぜ抵抗したり欲望したりするのかを知ろうと夢想して口にする言葉のように、ただ自分の考えを言えばよかったのだろう。しかし不幸なことに、わたしは断言することを強いられている。知的懐疑ではなく、理論に変容しようとする価値を〈軽やかに〉語りうるような文法的叙法が、フランス語には（おそらくいかなる言語にも）欠如しているのだ（フランス語の条件法[57]はかなり重すぎる）。）

結びの文

『現代社会の神話』においては、政治的なことはしばしば結びの警句のなかに置かれている（たとえば次の文。「それゆえ、『失われた大陸[58]』の〈美しきイメージ〉は無罪ではありえないとわかる。バンドン会議で再発見された大陸を〈失う〉と言うことは、無罪ではありえないのだ[59]」）。このような結びの句は、おそらく三重の機能をもっているのだろう。レトリック的な機能（場面を華やかにしめくくる）と、特徴明示的な機能（テーマ的な分析が〈最後の瞬間に〉社会参加の企図に取りこまれる）、そして経済的な機能である（政治的な論説のかわりに、より軽やかな省略的表現を用いてみるのだ。ただしその省略表現が、〈自明である〉論証を排除するための気楽な方法でしかない、という場合であるが）。

『ミシュレ』においては、（本の冒頭の）一ページで[60]、ミシュレのイデオロギーは手早く片づけられている。R・Bは、政治社会学主義を保持しつつ退けている。歴史家の徴としては保持し、厄介ごととして退けるのである。

偶然の一致

ピアノをひきながら、自分で録音してみる。はじめは、〈自分の演奏を聞く〉という好奇心からだ。だが、すぐに自分の演奏は聞こえなくなる。こんなことを言うと少しうぬぼれて見えるかもしれないが、聞こえてくるのはバッハとシューマンの〈現存在〉であり、彼らの音楽の純粋な物質性である。というのは自分自身の表現法についてとなると、どのように説明しても的確に述べることはまったくできないからである。それとは反対に、逆説的なことであるが、リヒテルやホロヴィッツ[61]の演奏を聞くと、たくさんの形容詞がうかんでくる。わたしが聞いているのは彼らの演奏であって、バッハやシューマンではない。――いったい何が生じているのだろうか。自分の〈かつての演奏〉を聴いているときは――自分のミスタッチのひとつひとつに気づくという最初の冷静な時間をすぎると――希有な偶然の一致のようなものが生じる。自分の演奏という過去が、それを聴いている現在と一致するのだ。その一致のなかで、注釈は消滅する。もはや音楽しか残っていない（残っているのは、まるでわたしが「真の」シューマンや「真の」バッハを見出したとでもいうようなテクストの「真実」とはまったく違っていることは言うまでもない）。

かつて自分が書いたものについて何かを書いているようなふりをしているときも、おなじように、真実ではなく消滅の動きが生じる。自分の過去の真実のために、現在の自分の表現をもちいようとは思わない（そのような努力は、古典主義体制下であれば、作家の〈真実性〉という名のもとに崇拝されたのであろうけれど)。わたしは、自分自身のかつての断片を必死に追い求めることなど、あきらめている。(遺跡についてよく言われるような)自分を〈復元する〉ことなど望んでいない。わたしは、「これから自分のことを描く」とは言わない。そうではなく、「わたしはテクストを書き、それをR・Bと名づける」と言うのだ。模倣(描写)などせずに、命名に身をゆだねるのである。〈主体の場〉には、命名すべき指向対象などない[62]ことを知らないわけではないのであるが。事実(伝記的な事実や、テクストの事実)はシニフィアンのなかで消滅する。なぜなら、事実はただちにシニフィアンと〈一致する〉からである。わたしは〈自分のことを書きながら〉、極端な操作をくりかえしているだけなのだ。バルザックが『サラジーヌ』のなかで去勢行為と去勢状態とを「一致」させたような極端な操作を[63]。わたし自身が、みずからの象徴であり、わたしの身に起こる物語である。わたしは言語活動のなかで自由にふるまっており、自分をなぞらえるべきものなど何もない。この自由な動きのなかで、想像界の代名詞である「〈わたし〉」は〈無遠慮な[非‐関与的な[64]]〉ものとなり、象徴界[65]が文字どおり〈じかに接する〉ものとなる。つまり、主体の生にとって、本質的な危険となるのだ。自分について書くことは、うぬぼれた思いつきのように見えるかもしれないが、単純な考えでもある。自殺の思いのように単純な考えなのである。

ある日、暇つぶしに、自分の計画について〈易〉で占ってみた。わたしが引いたのは、六爻の二九だった。「坎」すなわち〈危険な亀裂〉である。危難、裂け目、深淵だ(魔術に、つまり〈危険に〉さらされている仕事である)。

絵画や音楽以前の、グラフィックな悦楽。

たとえは論拠になる

彼は、言語学をそれとはかけ離れた何らかの対象に応用している。厳密でありながら隠喩に富んだ応用や、逐語的でありながら漠然とした応用をするのである。たとえば、サドのエロティシズム（『サド、フーリエ、ロヨラ』[66]）。――言語学を応用することで、彼は〈サドの文法〉について語ることができるのだ。またおなじように、彼は言語学の体系（〈パラディグム／サンタグム〉[67]）を文体論の体系に応用して、作家のほどこす修正を、その作家が書きこむ紙の垂直方向と水平方向という二つの軸にしたがって分類している（『新＝批評的エッセー』[68]）。さらにおなじように、フーリエの概念と中世の諸ジャンルとのあいだに合致をみとめることに喜びを見出している（『サド、フーリエ、ロヨラ』における〈概略－要約〉と〈アルス・ミノル〉[69]）。彼はなにかを発明することはないし、組み合わせることさえしない。移動させるだけだ。彼にとって、たとえることは論拠になるのである。隠喩的というよりはむしろ相同関係的な一種の想像力によって、対象の〈方向を逸らす〉ことを彼は楽しんでいる（イメージではなく体系をなぞらえるのだ）。たとえば、ミシュレについて語るときは、ミシュレが歴史的題材についてなしたと彼が考えることを、彼もまたミシュレについてなすのである。つまり、全体的にすべらせることによっておこなうのであり、優しくふれるのである（『ミシュレ』より[71]）。

ときには、彼自身を表現の対象にして、ひとつの文をべつの文で繰りかえしたりもする（たとえば、

「だが、わたしが要求を好むとしたらどうだろう。もし、わたしにいくらか母性的な欲求があるとしたらどうだろう」、『テクストの快楽』より[72]）。それはまるで、自分の考えを手短かに述べたいと望みながら、どうしてもうまくできなくて、どの要約がいちばんよいかわからず、要約に要約を重ねていくようなものである。

真実と固さ

「真実は、固さのなかにある」とポーは言った（『ユリイカ』より）。したがって、固さに耐えられない者は、真実の倫理にたいして自分を閉ざしてしまう。言葉や命題や観念が〈固まって〉、固形状態へ、〈ステレオタイプ〉の状態へと移行するやいなや、彼はそれを手放すのだ（ギリシア語の〈ステレオス〉とは〈固い〉という意味である）。

何の同時代人なのか

マルクスは言った。「古代の人々が〈神話〉のなかで想像による歴史以前を生きたのと同じように、われわれドイツ人は哲学のなかで思考による歴史以後を生きたのである。われわれは、現在にたいして〈哲学的〉には同時代人であるが、〈歴史的〉には同時代人ではないのだ」。同じようにわたしは、自分自身の現在にたいして、想像的にしか同時代人ではない。現在の言語活動や、ユートピアや、体系〈すなわち虚構〉の同時代人なのである。ようするに、現在の神話や哲学の同時代人ではあるが、歴史の同時代人ではないのだ。わたしは、歴史のゆらめく反映を生きているだけである。〈幻影のような〉反映を。

契約にたいする曖昧な賛辞

彼が〈契約〉について〈協定について〉もっている第一のイメージは、ようするに客観的なものである。記号、言語、物語、社会などが契約によって機能しているが、その契約はたいてい隠蔽されている。だから、それを批判する作業とは、道理やアリバイや外観のもつ不都合な点を、つまり社会における〈自然なもの〉すべてを見ぬくということになる。そうして、意味の動きと集団的生活とが基礎をおいている規則的な交換制度を明らかにするのである。しかし、べつの位相においては、契約は悪しきものである。それはブルジョワ的価値であり、経済の「目には目を」のようなものを合法化しているだけのものだ。〈ギブ・アンド・テイクで〉と「ブルジョワ的契約」は言う。だから、「会計」や「収益性」を称賛することのなかに、「卑しさ」や「狭量さ」を読みとらねばならない。さらに同時に、最終的な位相では、契約は、ようやく「合法的となった」世界の正義であるかのようにたえず望まれてもいる。人間関係において契約を好むことや、契約を定めうるようになると大きな安心感をもつこと、あたえずに受けとるのを嫌悪すること、などに見られるように。この点では、すぐれた契約の模範とは――人間関係に身体が直接的に介入するという理由から――「売春」の契約である。というのは、この契約は、あらゆる社会やあらゆる体制（きわめて古いものは除いて）から不道徳だと宣告されながらも、実際には、交換における〈想像的な困惑〉とでも言いうるものを取り除いてくれるからだ。他者の欲望について、すなわち〈その人にとってわたしは何であるか〉という点について、わたしはどこで満足すべきなのか。そのような眩惑を売春契約は消し去ってくれるのだ。契約とは結局のところ、主体が、正反対でありながらも同じように嫌悪されている二つのイメージに陥ることなくとどまっていられる唯一の状況なのである。「エゴイスト」（あたえるものが何もないことを気にかけずに要求する）のイメージと、「聖人」（けっして何も要求しようとせず、ただあたえる）のイメージである。売春契約の言述はこうして二つの満足感をたくみに避けて、あらゆる〈住居〉の黄金律を守ることを可能にしてくれる。「式台」の廊下において理解される黄金律を。すなわち、「〈いかなる占有‐願望もなく、いかなる献身もない〉」ことである（『記号の国』より）[73]。

不都合なこと

彼の夢は（うちあけてよいものだろうか）、ブルジョワ的な生活様式（いくぶんかは現在もあるし——かつてもあった）のいくつかの〈魅力〉（価値観とまでは言わないが）を社会主義社会に移し入れることであろう。それを彼は〈不都合なこと〉と呼んでいる。この夢には、「全体性」という亡霊が妨げとなっている。その亡霊は、ブルジョワ的なことがらが〈十把ひとからげに〉糾弾されることを望んでおり、ブルジョワ的「シニフィアン」がすこしでも漏れ出たりすると、汚染をもたらす流れであるかのように罰せられることを望んでいるのだ。
（変形された）ブルジョワ文化を〈異国趣味のように〉楽しむことはできないものだろうか。

わたしの身体が存在するのはただ……

わたしにとって、わたしの身体は、よく見られる二つの様相のもとでしか存在していない。偏頭痛と官能的欲望である。それは驚くほどめずらしい状態ではない。それどころか、とても節度があり、わかりやすくて、治療できるものである。どちらの場合も、身体の輝かしいイメージ、あるいは呪われたイメージという幻想を捨て去ろうと決めているかのようなものだ。偏頭痛は身体的苦痛のきわめて初期の段階にすぎないし、官能的欲望は一般には、悦楽の相手がいないことのようにしか、みなされていない。

言いかえるなら、わたしの身体は英雄ではないのだ。苦痛あるいは快楽が軽くて分散しているという特徴（偏頭痛にしてもわたしの生活にときおり〈優しくふれる〉だけだ）は、身体が、未知で幻覚的な場になったり深刻な違反の源になることの妨げとなっている。偏頭痛（たんなる頭痛をいいかげんにこう呼んでいる）と官能的欲望は、わたし自身の身体を個別化することを担った体感にすぎないし、いかなる危険も自慢できるほどのものではない。わたしの身体は、それ自身にたいしてのみ、わずかに劇的なだけである。

複数の身体

「どの身体か。わたしたちはいくつかの身体をもっている」（『テクストの快楽』より）[74]。わたしは、消化のための身体をもっているし、吐き気をもよおす身体をもっている。三つめは偏頭痛の身体だ。それから、官能的な身体、筋肉の身体（作家の手）、体液の身体、そしてとくに〈感情的な身体〉。これは、感動したり、動揺したり、萎縮あるいは興奮したり、おびえたりするが、外からは何もわからない。もう一方でわたしは、社会化した身体や、神話的な身体、人工的な身体（日本の女形）、売りものの身体（俳優）に心ひかれており、魅了されていると言えるほどだ。また、こうした公的な身体（文学的な身体、文章に書かれた身体）の上にさらに、こう言ってよければ、ふたつの地域的な身体をもっている。パリの（活動的で、疲れている）身体と、田舎の（休息して、鈍重な）身体である。

あばら骨

ある日、わたしが自分の身体にたいしておこなったことは、こうである。

一九四五年にレザンで[75]、わたしは胸膜外人工気胸術を受けるために、肋骨の一部を切り取られた。その骨は、あとになって小さな医療ガーゼに巻かれて、おごそかにわたしに返却された（医師たちはスイス人なので、そのようにして、どんなに断片化した状態でわたしに返却されようとも〈わたしの身体はわたしのものだ〉ということをまさしく主張したのである。わたしは、生きているあいだも死んでからも、わたしの骨の所有者だ、というわけである）。子羊のあばら肉の骨に似た、ペニス形の骨のような、この自分自身の一断片をわたしは長いあいだ引出しにしまっておいた。その骨をどうしていいかわからなかったし、処分してしまうのはわたし個人を傷つけることになるのではないかと恐れて、そうもできなかったのだ。とはいえ、そんなふうに机のなかに、古い鍵や、学校の成績簿、螺鈿の表紙の舞踏会手帳、[76] Bおばあさんのバラ色のタフタ織の名刺入れといった〈たいせつな〉物と一緒にしまいこんでおくのも、かなり空しいことのように思われた。そしてある日、気づいたのだ。引出しの機能とはまさしく、さまざまな物を敬虔なる場所やほこりだらけの聖堂のような所に移すことによって、それらの物の死をやわらげ、その死に慣れさせることなのである、と。その場所に品物を生きたまま保存するという口実のもとに、陰鬱な臨終のための穏やかな時間を準備してやっているのである。とはいえ、自分自身のこの断片を集合住宅の共同ごみ箱に捨てることまではできなかったので、わたしはバルコニーから骨とガーゼをほうり投げたのだった。あたかも自分自身の灰をロマンティックにセルヴァンドニ通りに撒いているかのように。通りでは、どこかの犬がそれを嗅ぎつけてやって来るにちがいなかった。

イマーゴ[77]の異常な曲線

ソルボンヌ教授のR・P[78]は、当時、わたしを詐欺師あつかいしていた。T・Dのほうはというと、わたしをソルボンヌの教授あつかいしている。

（人を驚かせ、興奮させるのは、意見の多様性ではない。彼らの確かないらだちである。いらだちゆえに、あなたたちは叫んでしまうのだ。〈これはひどすぎる〉と。——こうしたことは、まさしく〈構造的な〉——あるいは悲劇的な——悦楽なのであろう。）

対になった価値‐語

いくつかの言語には、対立素、すなわち同じ語形でありながら反対の意味をもつ語があるらしい。同じように、彼にとっては、ひとつの語が予告もなく良いものになることも悪いものになることもありうる。たとえば「ブルジョワジー」は、歴史的で、上昇的で、進歩主義的な存在という点から見ると良いものであり、裕福さにかんするときは悪いものである。ときおり、幸いにも言語自体が二重の語という選択肢を提供してくれることがある。たとえば「構造」は、はじめは良い価値であったが、あまりにも多くの人が不動の形態（「設計図」、「図式」、「型」など）だと受けとめているとわかったとき、価値は失墜した。幸いなことに「構造化」という語があり、それがあとを引き継いで、〈行為〉

や倒錯的な（「無益な」）消費という、きわめて強い価値をふくむようになったのである。

おなじように、だがもっと特殊であるが、〈エロティック〉ではなく〈エロティック化〉のほうが良い価値である。エロティック化とは、エロティックを生みだす活動である。軽やかに、拡散するように、水銀のように生みだすこと。それは凝固せずに流れてゆく。複雑で変わりやすい恋愛遊戯は、移り過ぎるものに主体をしばりつけ、引きとどめるふりをするが、そのあとは他のもののために離れてゆく（そしてときには、このきわめて変わりやすい情景が、突然の静止によって中断され、切断される。それが愛である。）

二つのなまの状態

なまの状態とは、食べ物とおなじく、言語にもかかわっている。この（「貴重な」）両義性から、彼は自分の昔からの問題をふたたび取りあげる方法を見出す。〈自然なもの〉という問題である。言語活動の場においては、デノテーション[79]は、実際にはサドの性的な言語によってしか実現されることがない（『サド、フーリエ、ロヨラ』[80]を参照）。それ以外では、言語的な人工物にすぎない。したがってデノテーションは、言語活動においては純粋で理想的で信憑性のある〈自然なもの〉という幻想をいだくのに役立つのであり、また食べ物の領域においては、「自然」というやはり純粋なイメージである野菜と肉のなまの状態に相当するのである。だが、食べ物と言葉のこのような純粋状態を

〈維持することはできない〉。なまの状態は、ただちに記号としてみずから取りこまれてしまうからである。なまの言葉とはポルノ的な（愛の悦びをヒステリックに演じる）言葉であるし、なまの食物とは文明社会の食事における神話的な価値か、日本の膳の美的な装飾でしかない。それゆえ、なまの状態は、偽－自然という忌むべきカテゴリーへと移行する。そういうわけで、言語のなまの状態と肉のなまの状態にたいする大いなる嫌悪が生じたのである。

解体する／破壊する

知識人（あるいは作家）の歴史的使命とは、今日においては、ブルジョワ意識を〈解体〉することを継続し、強めてゆくことである、と仮定しよう。そうすると、解体のイメージについて、きわめて明確でありつづけなければならない。すなわち、わざとブルジョワ意識の内部にとどまるふりをして、そこでブルジョワ意識を荒廃させ、衰弱させ、打ちのめす、ということである。ひとかけらの角砂糖に水をしみ込ませて溶かしてゆくように。つまりこの場合、〈解体〉は〈破壊〉とは対照的である。ブルジョワ意識を〈破壊〉するためには、それから離れねばならないが、そのように外部に位置することは革命的な状況においてしか可能ではない。たとえば中国では、今日、階級意識が破壊されつつあるが、それは解体されているのではない。だがほかの状況（今、ここ）においては、〈破壊〉するとは、結局は外在性だけが唯一の特徴であるような語りの場を再現することにほかならないだろう。外部にあって不動である語りの場を。それは教条的な言語である。ようするに、破壊するには〈飛び移る〉ことができなければならないのだ。だがどこへ飛び移るというのか。どのような言語活動の中にか。良心と欺瞞のどのような場所にか。だが解体のほうは、解体するあいだに、わたしもその解体とともに歩んで、だんだんと自分自身も解体することを受け入れてゆくことになる。すなわち、逸脱し、しがみつき、引きずってゆくのである。

女神H

倒錯（ここでは、ホモセクシュアリティとハシッシュ[81]というふたつのHの倒錯）による悦楽のちからは、つねに過小評価されている。倒錯とは、ただ〈幸せな気分にする〉のだということを「法」や「ドクサ」や「学問」は理解しようとしない。あるいはもっと明確に言うと、〈より以上のこと〉を生みだすのだということを理解しようとしない。わたしは、より敏感になり、知覚がより鋭くなり、より饒舌になり、より放心できる、などということを。――そして、この〈より以上のこと〉のなかにこそ、差異が（それゆえに人生の「テクスト」が、テクストとしての人生が）、やどりに来るのだ。したがってそれは、女神、加護を祈る像、とりなしの道なのである。

友人たち

彼は、ニーチェのなかで読んだ「道徳性」という言葉（古代ギリシア人における身体の道徳性）の定義をさがしており、この言葉を道徳と対立させて考えている。だが、概念化することができない。ただ、実践の場のようなものを、ひとつの〈トピカ〉[82]を認めうるだけである。その場とは、彼にとっては明らかに、友情の場である。いや、(ラテン語のこの言葉[83]はあまりにも堅苦しくてあまりにも上品ぶっているので)、むしろ友人たちの場と言ったほうがいいだろう(友人たちについて話しながら、結局、わたしは自分を、友人を、ある偶然性において――ある差異において――しかとらえることができない)。この〈はぐくまれた〉情の空間において、彼は、その理論化が今や求められているあの新しい主体による実践を見いだすのである。友人たちは互いに交際網を形成しており、会話をかわすたびに異所性の問題を課せられるので、各人が〈外部/内部〉として自分をとらえねばならない。それらの欲望のなかで、わたしはどこにいるのか、わたしは欲望のどこにとどまっているのか、というふうに。その疑問は、友情をめぐる予期せぬできごとがおびただしく繰り広げられることで、わたしに提起される。こうして、けっして終わることのない情熱的なテクストが、魔法のテクストが、日ごとに書かれてゆく。「解放された本」という輝かしいイメージである。

すみれの香りとお茶の味は、どちらもきわめて特殊で、たぐいまれで、〈えも言われぬ〉ものであるように見えるが、それらはいくつかの要素に分解することができて、その微妙な配合によってまさしく物質の独自性が生まれているのである。同様に、それぞれの友人を〈感じよく〉している独自性も、ひとつの配合にあるのだと彼は感じていた。日々のつかのまの場面のなかで集められた小さな特徴が微妙に調合されて、それゆえ完全に独自のものとなっている配合なのである。そのようにして、彼の前で、友人のひとりひとりが自分の個性をあざやかに演出して見せていたのである。

ときおり、昔の文学のなかで、愚かしく見えるこの表現を目にすることがある。〈友情という宗教〉（誠実さ、英雄的精神、性欲の不在など）という表現だ。とはいえ、宗教のなかにも儀式の魅力だけはまだ残っているので、彼は友情のささやかな儀式はつづけたいと思ったのである。たとえば、仕事から解放されたことや、心配が遠のいたことを友人と祝うのである。祝いの儀式をすると、できごとの価値がより大きくなるし、無益な追加や倒錯的な悦びがふえてゆく。そういうわけで、不思議な力によって、この断章は、すべての断章のあとに最後に書かれたのだった。いわゆる献辞のように（一九七四年九月三日）。

たんなる〈トピカ〉について語るように、友情について語ろうと努めねばならない。そうすると、わたしは感情の場から自分を解き放つことができるのだ——感情とは〈困惑せずに〉は語りえないものであろう。想像界の領域に属するからである（あるいはむしろ、自分が困惑するからこそ、想像界がきわめて近いことを認めるのである。あと一歩のところにいるのだ、と）。

特権的な関係

彼は、独占的な関係（所有欲、嫉妬、いざこざなど）を望んではいなかった。広げられた共同体的な関係も望んでいなかった。彼が求めていたのは、そのつど特権的になる関係であった。繊細な差異によって特徴づけられる関係であり、類い稀なきめをもった声の抑揚のように、まったく独特な感情的抑揚のような状態になった関係である。そして逆説的なことだが、この特権的な関係をふやしていくのに、彼はいかなる困難も感じなかった。ようするに特権があるだけなのだから。こうして友情の領域が、二重の関係でいっぱいになった(その結果、大いなる時間の浪費となった。友人たちひとりひとりに別々に会わなければならなかったからだ。グループや仲間やパーティーへの抵抗である)。求められていたのは、平等でも無‐差異でもない複数性なのであった。

違反への違反

性を政治的に解放すること。それは、二重に違反することである。性的なものによって政治的なものに違反し、政治的なものによって性的なものに違反するのである。だがそんなことは重要ではない。そのようにして露呈され、認知され、検討され、そして解放された政治的‐性的な場に……〈ほんのわずかな感傷〉をふたたび導入することをここで想像してみよう。それこそ〈最終的な〉違反ではないだろうか。違反に違反することではないのか。というのは、結局のところ、それは〈愛〉になるだろうからだ。愛がふたたびもどってくるであろう。〈ただし、べつの場所に〉。

第二段階とそれ以外

わたしは書く。これが言語活動の第一段階だ。つぎに、〈わたしは書く〉と書く。これが第二段階だ。(すでにパスカルが言っていた。「逃れ去った考え。わたしはそれを書きとめようとしていたのだが。かわりに、わたしは書く。それはわたしのもとを逃れ去ってしまった[84]」と)。

わたしたちは今日、この第二段階の言語活動を大いに消費している。わたしたちの知的活動のかなりの部分が、いかなる言表にたいしても、何重もの段階性をあばいて、その言表に疑念をいだかせることをおこなっている。その段階性には限りがなく、それぞれの言葉にひらいた裂け目のことを、言語活動のこの狂気を、わたしたちは学問的に〈言表作用〉と呼んでいる(わたしたちは戦術的な理由から、〈まず〉この裂け目を広げてゆく。すなわち、自分の言表へのうぬぼれや、学問の傲慢さを解体するのである)。

第二段階とは、ひとつの生きかたでもある。発言や情景や身体の段階を後退させるだけで、わたしたちがもつことのできた味わいや、あたえうるであろう意味が、完全にくつがえされてしまうのだ。第二段階には、さまざまなエロティシズムや美が存在している(たとえばキッチュがそうだ)。わたしたちは第二段階のマニアになることさえできる。たとえば、デノテーションや自然さ、おしゃべり、陳腐さ、無邪気な繰りかえしなどを退けること。パロディや多義構文やひそかな引用といった、意味をずらす力をすこしでも示す言語活動しか容認しないこと。言語活動は、自分について考えるやいなや、破壊的なものとなってゆく。ただし、〈いつまでも〉考えることをやめなければ、であるが。というのは、もしわたしが第二段階にじっととどまるなら、知性偏重だという非難を（いかなる単純な自己反省にたいしても仏教がおこなう非難を）受けてもしかたないからだ。とはいえ、もし（理性や学問や道徳の）歯止めを取り去ったら、もし〈制約なく自由に〉言表行為をおこなったりしたら、そのときわたしは果てしない断絶の道に入って、〈言語活動の良心〉を消滅させることになってしまう。

いかなる言述も、段階のたわむれのなかにとらえられている。それを〈段階論[85]〉と呼ぶことができるだろう。新しい学問を着想したときには、新しい造語も行きすぎにはならないものだ。言語活動の段階性という新しい学問を着想したのだから。この学問は、未だかつてないものとなるだろう。というのは、表現することと読むことと聴くことという普通の具体的言行為を（「真実」、「現実」、「真正さ」を）揺るがすことになるからだ。その学問の基本方針が、動揺をあたえることになるだろう。階段を一段とびこえるように、いかなる〈表現〉もまたいで越えることになるだろう。

言語の真実としてのデノテーション

ファレーズの町の薬局で、ブヴァールとペキュシェ[86]は、ナツメのペーストを水に入れて実験する。「ペーストは豚脂の外皮のようになった。ゼラチンが入っていることを外示していた」。

デノテーション［外示］とは、学問的な神話なのであろう。言語活動の「真の」状態という神話である。あたかも、いかなる文のなかにも〈エティモン〉[87]（起源と真実）があるかのようだ。したがって、〈デノテーション／コノテーション〉という対概念は、真実の領域でしか価値をもっていない。わたしは、ひとつのメッセージを検証する必要（神話をあばく必要）を感じるたびに、そのメッセージを外部のなんらかの具体的言行為に入れて実験し、真の基層[88]をなしている醜い外皮のようなものに変えてみる。したがって、対比させることは、化学の分析実験に似た批評的作業の枠内でしか役に立たない。真実だと思うと、そのたびにデノテーションが必要となってくるのである。

彼の声

（だれの声も問題にはなっていない。——いや、まさに問題になっているのだ、つねに、だれかの声が問題になっているのである。）

わたしはすこしずつ、彼の声を〈言葉で表現〉してみようとする。形容詞をもちいて言おうとする。軽快だ、もろい、若々しい、すこしかすれている、など。いや、正確にはそうではない。むしろ、イギリス的な後味をもった〈過度に‐教養のある〉声だ。では、そっけない、というのはどうか。そうとも言える。ただし、つぎのように説明するならば、であるが。彼は、冷静になって態度をはっきりさせている身体のねじれ（不機嫌な顔）をそっけなさによって示していたのではない。そうではなく、発する言葉がなくて、その失語状態の脅威にあらがっているという、主体のひどい失敗状況を示していたのだ。これは、はじめに述べた、過度に教養のある声とは逆に、〈レトリックのない〉（だが優しさがないわけではない）声であった。こうした声すべてにたいして、ふさわしい隠喩を生みだすべきなのであろう。いちど知ったら永久にあなたの頭から離れないような隠喩を。だが、わたしには見つけられない。文化によってわたしが思いつく言葉と、わたしの耳に一瞬よみがえるあの奇妙な存在（それはたんなる音だろうか）とのあいだには、それほどまでに大きな断絶があるのだ。

隠喩を見つけられない原因は、つぎのことから来ているのだろう。すなわち、声はつねに〈すでに〉死んでいるのであり、そのことを必死に否認して、声を生きたものと称しているということだ。このどうしようもない喪失にたいして、わたしたちは〈声の抑揚〉という名をあたえている。声の抑揚とは、つねに過ぎ去って、口をつぐんだ状態における声である。

したがって、〈描写〉とは何であるかを理解せねばならない。描写とは、対象が生きていると信じる、あるいはそう望むふりをしながら、対象が死を免れないことを言い表そうと必死になっているのである（逆転による幻想だ）。「生きているようにする」とは、「死んでいるのを見る」という意味なのだから。形容詞はその幻想の道具である。形容詞が何を言おうとも、描写するというその性質だけで、死を思わせてしまうのである。

切り離すこと

〈切り離す〉ことは、古典芸術におけるきわめて重要な行為である。画家は、線や影を「切り離し」、必要におうじて拡大したり、逆さにしたりして、作品をつくりだしてゆく。たとえ作品が単調だったり、無意味だったり、そのままのもの（デュシャンのオブジェや、単色の表面）だったりしても、人がどう望もうと、つねに物理的な背景（壁や通り）の外へと出てゆくので、必然的に作品として認められることになる。その点で芸術は、社会学や、文献学、政治学などの対極にあるのだ。それらの学問は、自分が識別したものをたえず〈組み入れ〉つづける（よりよく組み入れるためにのみ、識別をする）からである。したがって、芸術はけっしてパラノイア的になることはなく、つねに倒錯的でフェティシズム的となるであろう。

さまざまな弁証法

彼の言述は二項による弁証法にしたがって進んでいる、とあらゆる点が示しているように思われる。一般的な意見とその反対のもの、「ドクサ」とパラドクサ、ステレオタイプと新しいもの、疲労状態と生き生きとした状態、〈好きだ／好きではない〉という好感と嫌悪感、など。この二項弁証法は、意味（〈有標／無標〉[89]）の弁証法や、フロイトの糸巻き遊び（〈いない／いた〉[90]）の弁証法そのものである。つまり価値の弁証法なのだ。

しかし、ほんとうにそうだろうか。彼のなかで、べつの弁証法が姿をあらわし、はっきりと示されつつあるのだ。彼の目からすると、総合ではなく〈移動〉である第三項の発見によって、二つの項の矛盾は退いてゆくように思われる。いかなるものも回帰する。ただし、「虚構」として、すなわち、らせんの別の周回の上に、である。

複数、差異、衝突

しばしば彼は、〈複数主義〉と曖昧によばれている一種の哲学に頼ることがある。彼がこのように複数的なものに固執するのは、性の二元性を否定するためのひとつの方法だからではないだろうか。ふたつの性が対立することが、「自然」の法則であってはならないのだ。したがって、対立とパラディグムとを解消して、意味と性の両方を複数化しなければならない。意味のほうは、増殖や（「テクスト」理論における）散逸のほうへと向かってゆくだろう。そして性のほうは、いかなる類型論にもとらえられなくなるだろう（たとえば〈さまざまな〉同性愛があるだけとなり、構成されて中心の決まっている言述はどれも、同性愛の複数性によって裏をかかれることになるだろう。そんな言述について語ることなど無駄だと思われるようになるほどに）。

おなじく、くりかえし用いられ、褒めそやされている言葉である〈差異〉は、とくに価値がある。差異は、衝突をなくすか、衝突を抑えるからである。衝突は性にかかわり、意味にかかわるが、差異のほうは複数的で、官能的で、テクスト的である。意味や性は、構成や構成内容についての原則なのであるが、差異はほこりのように舞い上がり、散らばって、きらめく様子そのものである。重要なのは、もはや世界や主体の解読において対立を見出すことではなく、氾濫、浸食、流出、滑走、転位、逸脱などを見出すことである。

フロイトが言うところによると（『モーセと一神教』）、すこしの差異は人を人種的差別へと導く。だが、おびただしい差異は、差別からどうしようもなく遠ざからせる。平等化すること、民主化すること、大衆化することなど、こうした努力すべては、人種的不寛容の根源である「ごくわずかな違い」を排することはできない。とめどもなく複数化してゆくことや置きかえてゆくことこそが必要なのであろう。

分割への好み

分割されたものが好きだ。かけら、写本装飾画、輪郭線、きわだった精密さ（ボードレールの言うハシッシュの効果のような）、畑のながめ、窓、俳句、描線、エクリチュール、断章、写真、イタリア式の舞台など、ようするに、意味論研究者の言う分節されたもののすべてや、フェティシストの言う対象素材すべてが、どれも好きなのだ。このような好みは、進歩主義的だと決めつけられている。なぜなら、上昇期にある階層の芸術は、枠に入れることによって進行してゆくからである（ブレヒト、ディドロ、エイゼンシュテイン[91]）。

ピアノの指づかいは……

ピアノの「指づかい」とは、優美と洗練の価値をしめすことではまったくなくて（その場合は「タッチ」と言われる）、しかじかの音符を弾くときに用いる指に番号をつける方法にすぎない。指づかいは、よく考えられた方法で、機械的動作となるものを確立しているのだ。ようするに、機械や動物の仲間になるためのプログラムである。さて、わたしがピアノをうまく弾けないのは――指を速く動かせないという、純粋に筋肉にかかわる問題にくわえて――楽譜に書かれている指づかいをいっさい守らないからである。演奏のたびに、指の位置を即興でなんとか間に合わせるので、それゆえミスタッチをせずには何も弾けない。そうなる理由は明らかに、わたしが即時の音の悦びをもとめて、訓練の退屈さを拒んでいるという点にある。なぜなら、訓練は悦びをさまたげるからだ。――実際に、後のより大きな悦びのためなのですから、と人は言う（神々がオルフェウスに言ったように[92]、人はピアニストに言う。自分の演奏の結果をふりかえるのを〈早すぎ〉ないようにしなさい、と）。楽曲とは、現実にはけっして達しえない完璧な音のかたちで想像すると、わずかな幻想のように働きかけてくるものである。だからわたしは、「〈今すぐに〉」という幻想の合い言葉によろこんで従ってしまうのだ。たとえ現実では大いなる損失になろうとも。

悪しきもの

彼の言述のなかでは「ドクサ」（「世間一般の意見」）の語が大いに用いられているが、「ドクサ」とはまさしく〈悪しきもの〉である。だがその内容によって「ドクサ」だと定められるわけではない。表現形式によってのみ決められるのであり、その悪い表現形式とはおそらく反復なのだろう。――だが繰り返されるものでも、ときとして良いものがあるのではないか。〈テーマ〉[93]は、良き批評対象であるが、まさしく繰り返されているものではないか。――身体から生じる反復は良いものである。「ドクサ」が悪しきものであるのは、それが死んだ反復であり、だれの身体からも生じていないからである――あるいは、おそらくは死者の身体から生じているからであろう。

ドクサ／パラドクサ

反作用による形成。ひとつの〈ドクサ〉（世間一般の意見）が提示されると、耐えがたくなる。それから自由になるために、わたしはひとつのパラドクサ［逆説］を仮定する。そのあと、そのパラドクサが粘ついてゆき、それ自体が新しい凝固物、新しい〈ドクサ〉となる。だからわたしは、さらに遠くへ、もっと新しいパラドクサのほうへと進まねばならなくなる。

この過程をたどりなおしてみよう。活動の発端は、社会的な関係の不透明性、いつわりの「自然」

であった。したがって最初のゆすぶりは、神話をあばくことだった（『現代社会の神話』）。つぎに、非神話化の活動が繰りかえされて動きのないものになると、それをずらさねばならなくなる。すなわち（そのころ要請されていた）記号学的〈科学〉がひとつの方法をあたえて、神話的な身ぶりや態度をゆるがせ、よみがえらせ、強化しようとするのである。するとこんどは、その科学がまさに想像界で身動きできなくなる。記号学に願いをかけたあとは、記号学者たちによる（しばしばきわめて陰気な）学問の時代になる。したがって、それを断ち切って、その理性的な想像界のなかに欲望のきめや身体の要求を導入しなければならなくなる。そのとき、「テクスト」や「テクスト」理論があらわれる。だが、また「テクスト」が凝固するおそれが出てくる。「テクスト」は、くりかえされて、型に入れられ、くすんだテクストに作られてゆく。好きになってもらいたいと望むことの証拠物ではなく、読まれたいと要求することの証拠物になってしまう。「テクスト」は「おしゃべり」に堕落しつつある。どこへ行けばよいのか。わたしは、そういうところにいる。

移り気

仕事に嫌気がさしたり、怖じ気づいたり、行きづまったりしている男が気晴らしをする能力といったら、あきれるほどだ。田舎で仕事をしているとき（何の仕事か。なんと、自分が書いたものを読み返すという仕事だ）、わたしが五分ごとに思いつく気分転換をあげると、つぎのようになる。ハエに殺虫スプレーをする、つめを切る、プラムを食べる、小便をしに行く、水道の水があいかわらず泥で濁っているかどうか確かめる（今日、断水があったのだ）、薬局に行く、桃の木の実がいくつ熟しているかを見ようと庭に出る、ラジオの番組欄を見る、小カードをはさむホルダーを作る、など。つまり〈あさっている〉のだ。

（あさることは、フーリエが「変形」、「交替」、「移り気」などと呼んだあの情熱[94]に属している。）

両義的な語

「intelligence」の語は、知性と共謀（〈〜と通じている〉）のどちらの意味も示すことができる。普通は、文脈によってふたつの意味のどちらかを選びとり、もうひとつを忘れてしまわねばならない。だがR・Bは、このように二重の意味をもつ語に出会うたびに、逆に、ふたつの意味の両方を語に残しておこうとする。まるで、ふたつの意味のどちらかがもうひとつにウインクをして、語の意味がそのウインクのなかにあるかのようだ。そのウインクによって、〈同じひとつの文〉のなかの〈同じひとつの語〉が〈同時に〉ふたつの異なることを意味するようになり、どちらの意味もあじわうことができるようになるのだ。それゆえ、そうした語は「きわめて繊細に両義的である」とたびたび言われる。それは語彙の本質によるものではない（辞典のなかのいかなる語も複数の意味をもっているのだから）。言語ではなく言述のほうの良き配列という一種の〈幸運〉のおかげで、わたしは語の両義性を〈現実に作動させる〉ことができるのだ。おもに知性のほうの意味を参照しているふりをしながら、「共謀」の意味が〈聞こえてくるように〉して「intelligence」と言うことができるのである。

このように両義的な語はきわめて（異常に）多い。〈Absence〉（人の不在、放心）、〈Alibi〉（ほかの場所、アリバイ）、〈Aliénation〉（「社会的な意味と精神的な意味をもつ良い語である」[95]〔放棄、疎外〕）、〈Alimenter〉（給水する、会話をはずませる）、〈Brûlé〉（焼けた、暴かれた）、〈Cause〉（原因、主義主張）、〈Citer〉（呼び出す、書き写す）、〈Comprendre〉（内包する、理解する）、〈Contenance〉（容量、態度）、〈Crudité〉（なまの食物、みだらさ）、〈Developper〉（敷衍する、自転車でペダル一回転ぶん進む）、〈Discret〉（離散した、慎み深い）、〈Exemple〉（文例、見せしめ）、〈Exprimer〉（果汁をしぼる、表現する）、〈Fiché〉（突き刺さった、ブラックリストに載った）、〈Fin〉（終わり、目的）、〈Fonction〉（関係、機能）、〈Fraîcheur〉（涼しさ、新鮮さ）、〈Frappe〉（刻印、ごろつき）、〈Indifférence〉（無関心、無差異）、〈Jeu〉（遊び、機械部品の動き）、〈Partir〉（出発する、麻薬で高揚状態になる）、〈Pollution〉（汚染、マスターベーション）、〈Posséder〉（所有する、支配する）、〈Propriété〉（所有、言葉の的確さ）、〈Questionner〉（質問する、拷問する）、〈Scène〉（舞台、けんか）、〈Sens〉（方向、意味）、〈Sujet〉（主体、主題）、〈Subtiliser〉（繊細にする、くすねる）、〈Trait〉（描線、言葉による表現）、〈Voix〉（声、言語の態）、など。

二重の意味を聞きとりうる語として〈addād〉がある。これはアラビア語の言葉で、それぞれの語が正反対のふたつの意味をもつものをさす（「文字の精神」を参照）[96]。また、ギリシア悲劇は二重の意味を聞きとる場である。「それぞれの登場人物が、自分の立場あるいは相手役のためにしゃべっていることよりも多くを、観客はつねに聞きとっている」（「作者の死」より）[97]。さらに、（文体上の「失敗」にさいなまれた）フロベールと（古代詩のアナグラムを読みとることに取りつかれた）ソシュールの幻聴もそうである。そして最後に、つぎのことを言っておこう。期待されているであろうこととは反対なのだが、称賛され求められているのは、多義性（意味の多重性）ではなく、まさしく両義性や二重性であるということだ。願望としての幻想は、すべてを（何でも）聞くことではなく、〈ほかのこと〉を聞きとることである（その点で、わたしは自分が擁護しているテクスト理論よりも古典的なのである）。

斜めに

ひとつには、大まかな知的対象（映画、言語、社会など）について彼が言うことは、記憶しておく必要などないということである。論文（何か〈について〉の論考）など、粗大ごみのようなものだ。正当なことは細かくて小さく（正当なものがあるとしてだが）、余白や挿入節や挿入句のなかに〈斜め〉にしか現れない。つまり、主体の〈オフ〉の声である。

もうひとつには、彼にとってもっとも必要であるように思われ、彼がつねに用いる概念（つねに一語に包摂されている）を、彼はけっして明確には述べない（けっして定義しない）という点である。〈ドクサ〉はたえず引き合いに出されるが、定義されることはない。「ドクサ」についての文章はまったくない。〈テクスト〉のほうは、隠喩的にしか近づけない。それは占い師の見る領域[98]である。べンチ、多面体、結合剤、すきやき[99]、舞台装置の大騒ぎ[100]、三つ編み、ヴァランシエンヌのレース模様、モロッコの涸れ川[101]、故障したテレビの画面、何層にもなったパイ生地、たまねぎ、などである。そして、彼が「テクスト」〈について〉の小論を（百科事典のために）記述するとき、その論文を否定するわけではないが（何であれ否定することはけっしてない。どのような現在を理由として否定できるというのか）、それは知識の仕事であって、エクリチュールの仕事ではないのである。

残響室

彼をとりまく諸体系との関係において、彼はいったい何なのであろうか。むしろ残響室であろう。彼は考えたことを再現するのが苦手なので、ただ言葉についてゆく。語彙をおとずれる。すなわち語彙に敬意を表するのだ。概念を〈援用〉し、それらの概念をひとつの名称のもとに繰りかえす。その名称を紋章のように用いる（そのようにして、一種の哲学的表意文字法を実践しているのだ）。そうした紋章は、自分がそのシニフィアンとなっている（たんに連絡の役目を担っている）体系を深めることを彼に免除してくれる。たとえば〈転移〉という概念は、精神分析から来ており、その意味にとどまっているように見えるが、オイディプス的な状況[102]からは無頓着に離れてしまっている。ラカンの概念である〈想像界〉は、古典的な「自己愛」の境界あたりまで広がっている。〈欺瞞〉は、サルトルの体系[103]から外れて、神話批評[104]のほうに入っている。〈ブルジョワ〉は、マルクス主義的な重圧を大いに担っているのだが、しかしたえずそれをはみだして、美学や倫理のほうへと流れてゆく。このよ

カード

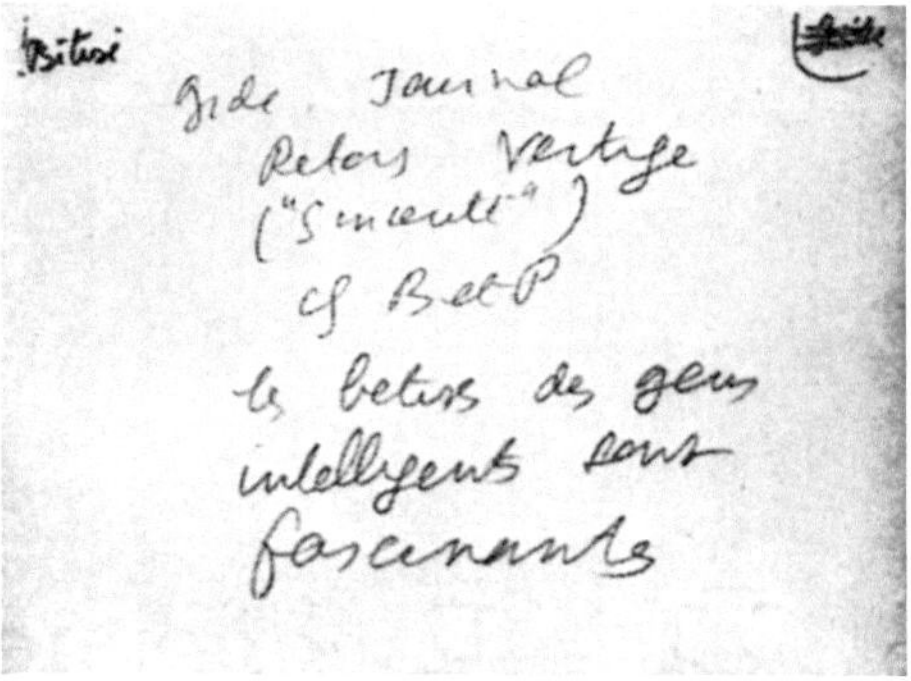
Bêtise
Boîte
Gide Journal
Retour Vertige
("Sincérité")
cf B et P
les bêtises des gens
intelligents sont
fascinantes

ベッドで……

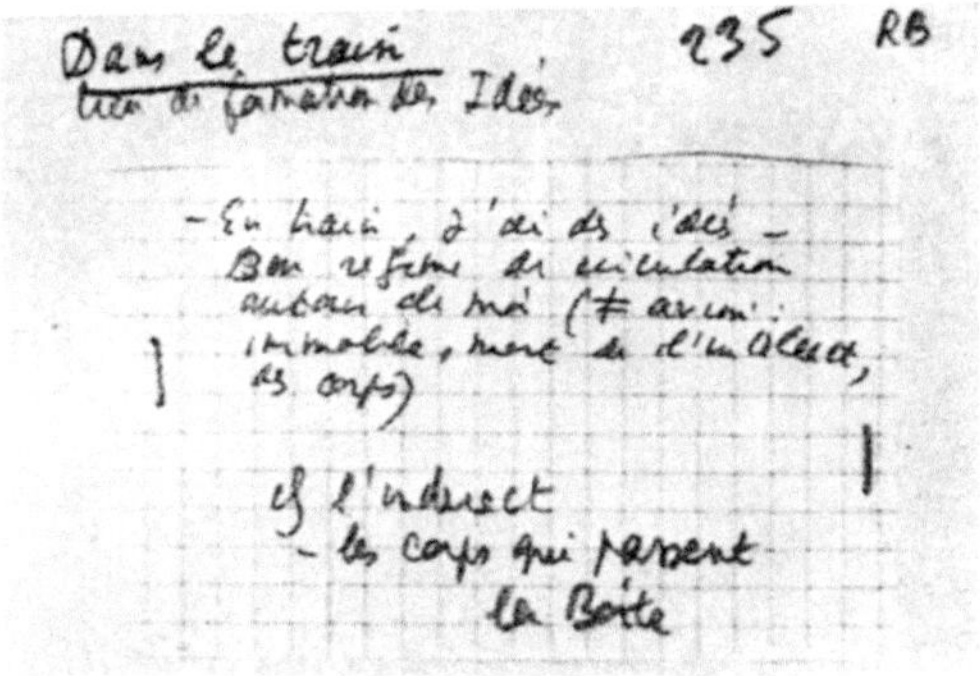
Dans le train
lieu de formation des Idées
235 RB
– En train, j'ai des idées –
Bon refrain de circulation
autour de moi (≠ avion :
immobile, mort de l'intellect,
des corps)
cf l'indirect
– les corps qui passent
la Boîte

……外出先で……

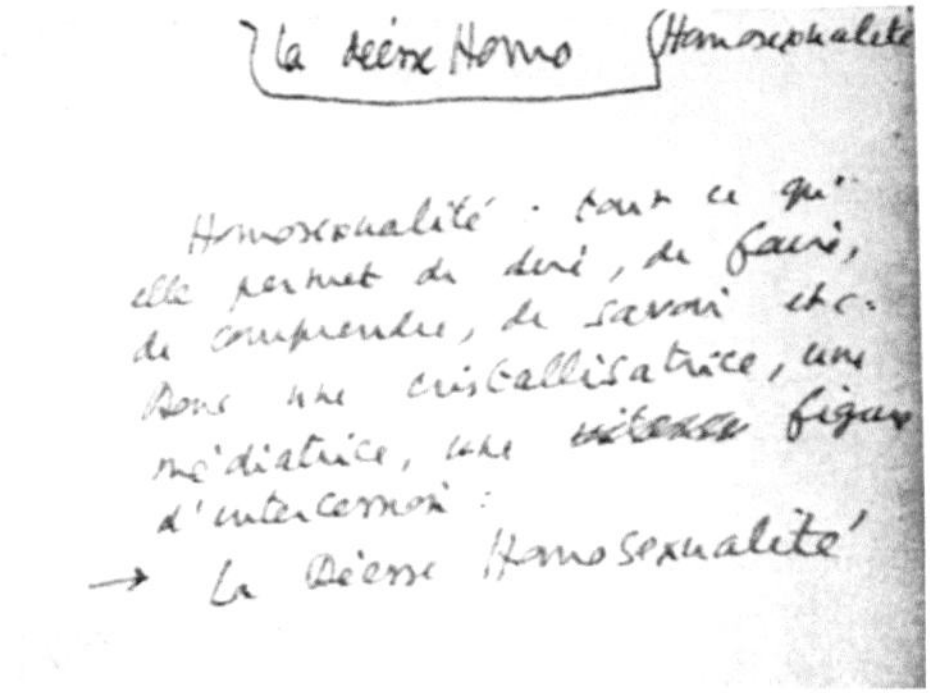
la déesse Homo (Homosexualité
Homosexualité : tout ce qu'
elle permet de dire, de faire,
de comprendre, de savoir etc. :
Donc une cristallisatrice, une
médiatrice, une figure
d'intercession :
→ La Déesse Homosexualité

……あるいは仕事机で……

逆転——もともとは学識のためであったカードが、欲動のさまざまな動きにしたがって進んでゆく。

うに、たしかに語は移動し、諸体系は連結し、現代性がこころみられているのであるが（ラジオの使いかたがわからないときに、あらゆるボタンを押してみるようなものだ）、そのようにして生み出された間テクストは文字どおり〈表層的な〉ものとなっている。〈鷹揚に〉くっつけられるのだ。（哲学的、精神分析的、政治的、科学的な）名称は、もともとの体系とむすびつく紐を保持しており、その紐は切られずに残っている。紐は強靱で、風にたなびいている。その理由はおそらく、ひとつの語を深く掘りさげながら、同時に欲望することはできない、ということであろう。彼の場合は、語への欲望のほうが勝っているが、しかしその快楽には学説の震えのようなものが含まれているのである。

エクリチュールは文体から始まる

連結辞省略は、シャトーブリアンが破格構文[105]と呼んで大いに感心していたものであるが（『新＝批評的エッセー』を参照[106]）、彼もときおりそれを実践してみる。たとえば、乳とイエズス会士とのあいだに、いかなる関連を見つけることができるのだろうか。それはこうである。「……舌打ち音だ。すなわち、驚くべきイエズス会士ファン・ヒネケン[107]が、エクリチュールと言語のあいだに位置づけていた、あの乳の現象である」（『テクストの快楽』より[108]）。また、数えきれないほど多くの対照法（意図的なもの、組み立てられたもの、型にはまったものなど）もあれば、まさしくひとつの体系を引きだしうる言葉遊びもある（たとえば、快楽は〈一時的［プレケール］〉で、悦楽は〈早熟［プレコス］〉だ、など）。ようするに、語のもっとも古い意味での〈文体〉の作業の痕跡がたくさんあるのだ。ところで、こうした文体は、〈エクリチュール〉という新しい価値を称賛するのに役立っている。エクリチュールとは、文体があふれ出て、言語と主体のべつの領域のほうへ、〈見限られた〉文学的コード（断罪される階級の時代遅れのコード）からは遠いところへと、突き動かされたものである。この矛盾は、おそらく次のように説明され、正当化されるであろう。すなわち、彼の書きかたが形成されたのは、政治的意図と哲学的概念と真のレトリック的文彩との結合（サルトルはそれに満ちている）によって、エッセーのエクリチュールが一新されようとしたときだったということだ。だが何よりも、文体とは、言ってみればエクリチュールの始まりである。遠慮がちであれ、取り込まれてしまうという大きな危険に身をさらしながらも、文体はシニフィアンが支配する時代を開いてゆくのである。

ユートピアは何の役に立つのか

ユートピアは何の役にたつのか。意味を生みだすことに、である。現在にたいして、わたしの現在にたいして、ユートピアは、記号の装置が始動することを可能にする第二の項なのである。すなわち、現実についての言述が可能になるので、わたしのなかで、わたしのこの世界のなかで、うまくいかないことすべてにパニックになって陥る失語症状態から、抜け出すことができるのである。

ユートピアは、作家にとってはなじみのものである。なぜなら、作家は意味をあたえる人だからだ。作家の仕事（あるいは作家の喜び）は意味や名称をあたえることであり、そうできるのは、パラディグムや、〈はい／いいえ〉の始動や、ふたつの価値の循環があるときだけである。彼にとって、世界は一個のメダル、一枚の貨幣、表裏の両面を解読できるものである。その裏面を彼自身の現実が占めており、表面をユートピアが占めている。たとえば、「テクスト」とはひとつのユートピアであり、その機能——意味的な——は、現在の文学や芸術や言語には意味を生むことが〈不可能〉だと明言されているかぎりは、それらに意味を生み出させようとすることなのである。ごく最近まで、109文学は過去によって説明されていたが、今日ではそのユートピアによって説明されている。意味は価値にもとづいている。ユートピアは、この新しい意味論を可能にするのである。

革命期に書かれたものはつねに、フランス革命の日常における目的や、〈われわれは明日も生きてゆく〉ことの方法についてどう考えているかを提示することはほとんどなかったし、提示してもまずいものであった。それを示すと、現在の闘争を甘くしたり浅薄なものにしたりする恐れがあるからなのか。あるいは、より正確に言うと、政治理論とは人間的問題の現実的自由を確立することだけを目指しているのであり、それにたいする答えは何ひとつ前もっては示していないからなのか。となると、ユートピアはフランス革命のタブーになるだろうし、作家のほうがタブーをおかす責任を担うことになるだろう。作家だけが、ユートピアを表現するという〈危険をおかす〉ことができるだろう。作家だけが、聖職者のように、終末論的な言述を引き受けることになるだろう。はじめに革命を〈選択〉したこと（人が革命的に〈なる〉理由）にたいして、価値観による最終的な展望によって答えて、倫理の円環を閉じることになるだろう。

『零度のエクリチュール』においては、(政治的な)ユートピアは、社会の普遍性という(素朴かもしれない)形態をまとっている。あたかもユートピアは、現在における悪のちょうど正反対のものでしかありえないかのようであり、あたかも分割にたいしては不分割で遅ればせに応じることしかできないかのようである。だがそのあとに、曖昧で困難にみちてはいるが、複数主義という哲学が現れてくる。画一化に反対して差異のほうに向かってゆく、ようするにフーリエ主義的な哲学である。するとユートピアは(ずっと維持されたまま)、きわめて細分化された社会を思い描くということになる。その分割はもはや社会的なものではなくなり、それゆえ対立を生むものではなくなるであろう。

幻想としての作家

おそらくもう、〈作家になる〉という幻想をいだいている若者はひとりもいないだろう。同時代のいかなる作家の、作品ではなく日常的習慣や態度をまねたいと思うであろうか。ポケットに手帳をいれて、頭で文章を考えながら、世界じゅうを歩きまわる、というあの作家の流儀を(そんなふうなジッドをわたしは思い描いたものだ。ロシアからコンゴまで旅してまわり、列車の食堂車で料理がくるのを待ちながら、古典作品を読んだり手帳に書きこんだりしている姿を。実際にそんなジッドを見たことがある。一九三九年のある日のこと、ブラスリー・リュテシアの奥まった席で、彼が洋梨を食べながら本を読んでいたのだ)。というのは、幻想によって心にいだくのは、日記のなかで見ることができるような作家の姿だからである。〈作品以外の作家のすがた〉、すなわち聖職の至高のかたちであり、つまりは特徴と空虚なのである。

新しい主体、新しい学問

〈主体とは、言語活動によって生みだされた結果にすぎない〉[110]という原則のもとに書かれたすべてのものに、彼は連帯感をもっている。ついには学者が学問の叙述のなかに含みこまれてしまうような、そんな非常に壮大な学問を彼は思い描いている。それは、言語活動のさまざまな効果についての学問となるであろう。

あなたなの、エリーズ[111]……

……このせりふが意味しているのは、近づいてくる人物がだれなのかわたしには確信がもてないので、〈彼女は彼女なのかしら〉という非常に奇妙な問いをその人に向かって発して確認している、ということではない。そうではなく、反対につぎのような意味である。ほら見えるでしょう、聞こえるでしょう、こちらに進んでくる人物は〈エリーズ〉という名なのですよ、いえむしろ〈エリーズ〉と呼ばれることになる人なのですよ、わたしは彼女をよく知っていて、彼女とわたしはかなり親しい間柄だと思ってくださっていいですよ、と。そしてさらに、こういうことでもある。発話のかたちそのものの中に急に現われて注意をひくのであるが、だれかが〈あなたなの〉と言うことになった全状況についての漠然とした記憶がある、ということである。さらにそのほかに、〈やって来た人〉に問いを発するという分別のない主体がいること（もし〈あなた〉でなかったら、なんと失望することでしょう――または、なんと安堵することでしょう）、などである。

言語学とは、メッセージあるいは言語活動を対象としなければならないのだろうか。すなわちこの場面では、〈耳にするとおりの表層的な意味〉を対象とすることになってしまうのだろうか。そうではないあのほんとうの言語学を、コノテーションの言語学を、何とよべばいいのだろう。

かつて彼はこう書いた。「テクストとは、政治的な『父』にお尻をみせる磊落な人物である（あるべきだろう）」（『テクストの快楽』より）[112]。これをある批評家は、慎みによって「ケツ」のかわりに「お尻」の語を用いたのだと信じるふりをしている[113]。その人はコノテーションをどう考えているのか。いたずらっ子[114]はマックミッシュおばさんにケツを見せたりはしない。お尻を見せるのだ。この子どもっぽい言葉こそが必要であった。「父」にかかわる文だからである。この例のように、ほんとうに読むとは、つまりはコノテーションに入ってゆくことなのだ。だが、ちぐはぐになっている。実証的な言語学は、デノテーションの意味ばかりを対象として、ありそうにもない非現実的で漠然とした意味をあつかっているので、意味は疲弊してしまっている。そうした言語学は、明るい意味や、輝かしい意味、表現されつつある主体の意味などは軽蔑して、空想的な言語学のほうへと押しやってしまっている（明るい意味とは何か。そう、夢のなかのように、光につつまれている意味だ。わたしは夢のなかでは、ある状況における苦悩や満足や欺瞞性を鋭敏に感じとっている。夢のなかで起こりつつあるできごとよりもずっと鮮明に)。

省略法

ある人が彼にたずねる。「〈エクリチュールは身体を通ってゆく〉とあなたはお書きになりましたが、説明していただけますか」。

そこで彼は気づく。そのような文章が、彼にとってはとても明快なのに、多くの人にはどれほど分かりにくいかということに。とはいえ、その文は常軌を逸しているわけではなく、ただ省略的なだけなのだ。省略法が我慢できないのである。さらにつけ加えるなら、おそらくは、形式の問題とあまり関係のない抵抗もあるのだろう。世間の考えは、身体についての限定的な概念をもっているからだ。身体はつねに精神に対立するものらしい。だから、身体をすこしばかり換喩的に広げて語ることはタブーなのである。

省略法は、あまり知られていない文彩であり、言語活動の恐るべき自由を、いわゆる〈守るべき節度がない〉という自由をみせるという点で人を不安にさせるものである。その規範はまったく人為的で、もっぱら習得されたものなのである。わたしはラ・フォンテーヌの省略法に驚きはしないが(とはいえ、セミの歌声とその貧窮とのあいだには、言葉にされない中継部がどれほどあることか)、それはたんなる家具[冷蔵庫]のなかで電流と冷却とを結びつけている物理的省略に驚かないのとおなじことである。なぜなら、これらの短絡法は、学校学習と台所という、もっぱら操作をする場所に置かれているからだ。だがテクストは操作するものではない。テクストが見せる論理の変換には〈前提となる状況〉がないのである。

象徴、ギャグ

映画『オペラは踊る』[115]は、まさにテクストの宝庫だ。なんらかの批評的論証をおこなうときに、カーニバル的テクストの狂った仕掛けが大騒ぎを始めるという喩えが必要になったら、この映画こそが提供してくれることであろう。大型客船の船室、破かれる契約書、ラストシーンの書き割りの大騒動など。これらの(ほかにもあるが、とくにこれらの)場面のそれぞれが、「テクスト」によってなされる論理的転覆を象徴するものとなっている。そして、これらの象徴がすばらしいのは、結局は、それが喜劇だからである。笑いが、最終的には、演技による証明を、証明するという属性から解放するのである。隠喩や表象や象徴を、詩への偏愛から解き放つもの、そしてそれらに論理を転覆させせる力があると明示するもの、それは〈突飛さ〉である。フーリエが、いかなるレトリックの作法も無視して例の列挙のなかに入れることのできた、あの「そそっかしさ」である(『サド、フーリエ、ロヨラ』[116]を参照)。したがって、隠喩の論理的な未来はギャグとなるであろう。

発信者社会

わたしは〈発信者〉社会に生きている（わたし自身も発信者のひとりだ）。わたしが出会う人や、わたしに手紙をよこす人それぞれが、本やテクスト、報告書、パンフレット、抗議文、劇場や展覧会の招待状などを送りつけてくる。書いたり生みだしたりする楽しみが、いたるところから押し寄せてくるのだ。だが、その回路は商業的になっているので、自由な産出のほうは閉塞して、空転し、抑制がきかないようになっている。ほとんどの場合、テクストや芸能は求められていないところへ向かってゆく。そして不幸なことに、出会うのは「知人」であって、友人ではなく、ましてや仕事仲間でもない。その結果、エクリチュールのこの集団的射精と言うべきものは、自由な社会（金銭を経由することなく悦楽が広まってゆくような社会）という〈ユートピア的な〉情景を見ることができるはずなのに、現在は悲惨な状況になってしまっている。

スケジュール

「休暇のあいだ、わたしは七時に起き、階下に降りていって、窓を開け、お茶を入れ、庭で待っている鳥たちのためにパンを細かく切り、シャワーをあびて、仕事机のほこりをはらい、机の灰皿の吸い殻を捨て、ばらの花を一輪切り、七時半のニュースを聞く。八時になると母が降りてくる。いっしょに朝食をとる。半熟のゆで卵ふたつとトースト一枚を食べ、砂糖なしのブラックコーヒーを飲む。八時一五分にわたしは村へ『シュッド＝ウエスト』紙を買いに行く。C夫人に、「いい天気ですね」「曇っていますね」などと言う。それから、仕事をはじめる。九時半に郵便配達員が通る（「今朝は蒸しますね」「じつにいい天気ですね」などと言う）。すこしして、パン屋の娘が、小型トラックにパンをいっぱい積んでやってくる（彼女は教育があるので、天気の話などはしない）。十時半きっかりに、わたしはブラックコーヒーをいれて、その日の最初の葉巻を吸う。午後一時に、母とわたしは昼食をとる。そして、一時半から二時半まで昼寝をする。そのあとは、いろいろなことをする時間だ。あまり仕事をする気になれないのだ。ときにはちょっと絵を描いたり、薬局にアスピリンを買いに行ったり、庭の隅で紙類を焼いたり、書見台や整理箱やカードボックスを作ったりする。そうしているうちに四時になるので、ふたたび仕事をする。五時一五分にお茶だ。七時ごろに仕事を終える。（天気がよければ）庭に水をまき、それからピアノをひく。夕食のあとはテレビ。その夜の番組があまりにもくだらないときは、仕事机にもどって、カード作りをしながら音楽を聴く。一〇時にベッドに入り、二冊の本を続けてすこしずつ読む。一冊はかなり文学的な文章で書かれた本（ラマルティーヌの『打ち明け話』やゴンクールの『日記』など）であり、もう一冊は推理小説（比較的古いもの）か、イギリスの（古くさい）小説か、あるいはゾラだ。」

——こうしたことすべては、なんら興味をひくものではない。それどころか、あなたは自分が属している階級を示しているのであり、しかも、それを文学的な打ち明け話にしてしまっているのだ。文学的な話となると、〈つまらないこと〉ではすまなくなる。あなたは自分を幻想的に〈作家〉に作りあげているのであり、さらに悪いことには〈自分を作りあげている〉のである。

プライバシー

自分の〈プライバシー〉を打ち明けるときは、もちろん、わたしは自分をもっとも危険にさらしている。「スキャンダル」の危険ではない。そのときわたしは、自分の想像界をもっとも強い堅固な状態で見せているから危険なのだ。想像界とはまさしく、他人が優位な立場からながめるものである。いかに裏返して見せようと、いかに切り離して語ろうと、守られることのないものである。しかしながら、「プライバシー」は、それが語られる相手の〈ドクサ〉によって違ってくる。右派（ブルジョワあるいはプチブルジョワ、すなわち制度や規範やマスコミなど）のドクサであれば、もっとも危ない暴露となるのは性的なプライバシーだ。だが左派のドクサであれば、性的なことをさらけ出しても何の違反にもならない。そこで問題となる「プライバシー」は、ささいな習慣や、主体が打ち明けるブルジョワ・イデオロギーの痕跡である。こちらの〈ドクサ〉に向かって語るなら、ひとつの好みを述べるよりも、倒錯趣味を宣言するほうが暴露度が少ないのである。そうすると、情熱、友情、優しさ、感じやすさ、書く快楽などは、たんなる構造的転位によって、〈語ることのできない〉言葉になってしまう。それらは、言葉にできることや、あなたが言うと期待されていることに反しているのだが、しかしそれらこそがまさしく――想像界の声そのものであり――あなたが〈ただちに〉（媒介なしに）言うことができればいいと思っていることなのである。

じつは……

プロレスの目的は勝つことだ、とあなたは思っているのだろうか。いや、そうではない、理解することなのだ。演劇は、実人生とくらべて虚構で空想のことだ、とあなたは思っているのだろうか。そうではない、アルクール・スタジオ[117]のみごとな撮影効果からもわかるように、舞台での姿はありふれており、町中の情景のほうが理想化されているのだ[118]。アテネは神話的な都市ではない。アテネは、古典文学研究の言述から離れて、リアリズムの言葉で描かれるべきなのだ（一九四四年「ギリシアにて」を参照[119]）。火星人はどうだろうか。火星人たちは、「他者」（「奇妙な人」）なのではなく、わたしたちと「おなじ人」であるということを演出するために登場しているのだ。ギャング映画は感情的だと信じられているかもしれないが、知的なものなのだ。ジュール・ヴェルヌは旅の作家だろうか。まったく違う。閉じこもることの作家なのだ。占星術とは、予言ではなく記述をすることだ（社会の状況をきわめて写実的に記述するのだ）。ラシーヌの演劇は、愛の情熱ではなく、権力関係についての演劇なのだ、など。

このような逆説のかたちは無数にあり、それらには論理的な操作子がある。〈じつは〉という表現である。たとえば、こうだ。ストリップショーはエロティックな誘惑をするものではなく、〈じつは〉「女性」を非性化しているのである、など。

エロスと演劇

演劇（切り取られた場所である舞台）とは、〈ウェヌスの優美さ〉の場そのもの、すなわち、〈プシュケとその灯りによって〉見つめられ照らされているエロスの場そのものである。[120] 脇役や端役でも、その人物に欲望を感じさせるための何らかのモチーフを表わしさえできれば、舞台全体が救われるのである（そのモチーフは倒錯的かもしれない。美しさではなく、身体の細部や、声のきめ、息のしかた、いくぶん不器用なところにさえ結びついているかもしれない）。演劇のエロティックな機能は、付随的なものではない。なぜなら、あらゆる具象芸術（映画や絵画）のなかで演劇だけが、身体を表象するのではなく、身体をあたえるからである。演劇の身体は、偶発的であると同時に本質的である。本質的であるというのは、観客は身体を所有することができないからだ（憧憬による欲望という威光によって身体は賛美されるのである）。偶発的であるというのは、身体を所有することができるかもしれないからである。というのは、一瞬だけ狂気に陥れば（あなたにもありうることである）、舞台の上に駆け上がって、欲望するものにふれることができるからだ。それとは逆に、映画のほうは、そもそもの必然性によって、行為にうつることなど問題外だ。映像は、見せられている身体の〈どうしようもない〉不在なのである。

（映画は、夏にシャツの胸を大きくはだけて通ってゆく身体のようなものだ。それらの身体も、そして映画も、「見てください、でもさわらないでください」と言っている。どちらも、まさしく〈作為的〉なのである。）

美的な言述

彼は、「法」および／または「暴力」の名のもとに表明されるのではない言述をなそうと努めている。言行為が、政治的にも宗教的にも学術的にもなることなく、そうした言表すべてのいわゆる残滓や補足でありたいと望んでいるのだ。このような言述をなんと言えばよいのだろうか。おそらくは〈エロティックなもの〉であろう。悦楽にかかわっているからである。あるいは、たぶん〈美的なもの〉でもあるのだろう。この古めかしいカテゴリーに、軽いねじれをすこしずつあたえるつもりでいるならば、であるが。そのねじれが、言述を、退行的で理想主義的な基層から遠ざけて、身体や漂流に近づけてゆくことになるだろう。

民族学の誘惑

彼がミシュレのなかで気に入った点は、フランスについての民族学を創始したことである。顔や食物や衣服や体質といった、もっとも自然だとみなされている対象を歴史学的に――すなわち〈相対的に〉――検討する意志と技術をもっていたことである。彼は他方で、ラシーヌの悲劇に登場する人びとや、サドの小説に出てくる人びとについては、未開原住民や閉鎖的民族のように描きだしたのだった。その構造を研究する必要があったからである。[121]『現代社会の神話』においては、フランスそのものを民族誌的に分析している。さらに彼は、小社会にきわめて近いけれども壮大な小説宇宙発生論（バルザック、ゾラ、プルースト）をつねに好んでいた。民族学的な本というのは、愛される本のもつ力のすべてを有しているのである。それはひとつの百科事典であり、あらゆる現実を、もっとも浅薄なものであれ、もっとも官能的なものであれ、書きとめて分類するのだ。このような百科事典は、「他者」を「同一のもの」に還元して歪めるようなことはしない。他者を所有しようとすることは少なくなり、「自己」への確信は緩和される。結局のところ、あらゆる学問的言述のなかで、民族学的言述が「虚構」にもっとも近いように彼には思われるのである。

語源

彼が〈déception〉（失望）と書くとき、それは〈déprise〉（離脱）という意味である。〈abject〉（卑しい）は〈à rejeter〉（捨て去るべき）という意味だ。〈aimable〉（感じのいい）は〈que l'on peut aimer〉（愛することができる）ということであり、〈image〉（イメージ）は〈imitation〉（模倣）である。〈précaire〉（一時的な）とは〈que l'on peut supplier, fléchir〉（懇願して譲歩させることができる）であり、〈évaluation〉（評価）は〈fondation de valeur〉（価値設定）だ。〈turbulence〉（騒がしさ）は〈tourbillonnement〉（渦巻くこと）であり、〈obligation〉（義務）は〈lien〉（関係）、〈définition〉（定義）は〈trace de limité〉（境界線）である、など。

彼の言述は、いわば、根元のところで断ち切ってしまった語に満ちている。とはいえ、語源においても、て彼が気に入っているのは、言葉の真実や起源ではなく、むしろ語源が可能にする〈二重写しの効果〉である。言葉はパリンプセスト122のように見られる、というわけだ。したがって、わたしは〈言語からじかに〉構想をえている——たんに書くということであるが——ような気がするのである（ここでわたしが語っているのは、実践についてであって、価値についてではない）。

暴力、自明のこと、自然

ほんとうの暴力とは〈自明のこと〉という暴力である、という暗い考えから彼は離れることができなかった。明白なこととは、暴力的なことなのだ。たとえ、その明白さがおだやかに、寛大に、民主的に示されていようとも、である。逆説的なことや、明白ではないことは、たとえ独断的に押しつけられようとも、あまり暴力的にはならないのだ。とんでもない法律を発令する専制君主のほうが、〈自明のことだ〉と言って満足している大衆よりも、結局のところに暴力性が少ないと言えるだろう。「自然なこと」とは、ようするに〈最大の侮辱〉なのである。

排除

（フーリエふうの）ユートピア。もはや差異しかなくなり、その結果、異なっていることがもはや排除しあうことにはならない、といった世界である。

サン＝シュルピス教会のなかを歩いていて、偶然に結婚式が終わろうとするところに出くわし、彼は排除されている気分をあじわう。いったいなぜ、このような気分の悪化が生じたのか。儀式的で宗教的、夫婦にかんすることでプチブルジョワ的という、見せ物のなかでももっとも愚劣なもののせいで、なぜ気分が悪化したりするのか（盛大な結婚式でもなかったというのに）。結婚式に出くわすという偶然によって、あらゆる象徴的なものが積み重なってきて身体に譲歩を強いるという、あの希有な瞬間がもたらされていたのである。彼は、自分が対象となっている役割のすべてを一気に引き受けさせられていたのだ。あたかも、突然に、排除という存在そのものが、つまり凝縮して固くなった存在が、彼にぶつけられたかのようだった。というのは、このできごとが彼に見せつけた単純な排除のうえに、さらには最悪の隔離作用もくわえられていたからである。彼自身の言語という隔たりである。彼は、自分の心の動揺を、動揺のコードそのものにおいて引き受けること、すなわち動揺を〈表現する〉ことができなかった。彼は、排除されている以上に〈分離されている〉と感じていた。つねに〈目撃者〉の位置に追いやられていたのである。目撃者の言述とは、よく知られているように、分離[123]のコードにしたがうことしかできないものだ。叙述的、説明的[124]、異議申し立てふう、あるいは皮肉なものになりはしても、〈抒情的〉にはならないし、パトスと調和したものにはならない。彼は、パトスの外に自分の位置を見つけねばならないのである。

セリーヌとフローラ

エクリチュールによって、わたしはきびしい排除をこうむっている。普通の（大衆の）言語から分け隔てられているからだけでなく、もっと本質的な理由として、「自分を表現する」ことができなくなっているからである。エクリチュールが〈だれを〉表現しうるというのか。エクリチュールは、主体の一貫性のなさや、場所を定めないアトピアをむき出しにして、想像界のおとりをまき散らし、（主要な「感動」を表現する言葉づかいとしての）いかなる抒情表現も保持できなくしている。エクリチュールとは、よそよそしくて禁欲的で、感情がほとばしることのまったくない悦楽なのである。

さて、愛の倒錯の場合、このよそよそしさは悲痛なものとなる。わたしは道をふさがれている。ある魅力の〈恍惚感〉（純然たるイメージ）をエクリチュールのなかに移行させることができないのだ。愛しているひとについて、愛するひとに向かって、どのように語ることができるというのか。どのように感情を響かせることができるのか。きわめて複雑な中継を経るしかないのだが、そうすると情動のいかなる顕示も、したがっていかなる喜びも、失われることになってしまうだけだ。

それはまさに、きわめて微妙な言語障害なのである。人を疲れさせる〈フェーディング〉[125]現象にも似た言語障害であり、電話で話しているとき、話している二人の一方だけをときおり苦しめるものだ。そのことをプルーストは、愛とはまったく異なることにかんして、非常にみごとに描きだしていた（異なる論理のもとでの例は、しばしばもっともよい例となるのではないか）。セリーヌ叔母とフローラ叔母が[126]、スワンにアスティ・ワインのお礼を言おうとして、適切な言葉をさがし、慎みぶかさが過剰になり、ことばに酔って、すこし常軌を逸した反語的賛辞を言うのだが、遠まわしすぎて、だれにも理解できないのである。セリーヌとフローラは、二重に意味のあることを言っているのだが、残念なことに、意味が二つあるようにはまったく見えない。その表向きの面のほうがはがれ落ちたようになり、完全に無意味になってしまっているからである。話がつうじないのは、理解不能だからではない。そうではなく、主体の動揺——お世辞を言うときであれ、恋しているときであれ——と、その表現の無効性や失声とのあいだに、まさに解離が生じているからである。

意味の免除

明らかに彼は、（兵役を免除されている、と言うように）〈意味を免除されている〉ような世界を思い描いている。それは『零度のエクリチュール』を書いたときに始まっており、そこでは「いかなる記号も存在しない」ことが夢見られている。そのあと、この夢は機会があるたびに何度も明示されてきた（前衛的なテクストや、日本、音楽、アレクサンドランなどについて[127]）。

おもしろいのは、世間一般の意見のなかにも、まさにこのような夢を述べるものがあるということだ。「ドクサ」もまた、意味を好ましく思っていないのである。ドクサから見ると、意味は、際限のない（止めることのできない）理解不可能性のようなものを人生に持ちこむという誤りを犯しているのだ。意味の侵入（それは知識人たちに責任がある）にたいして、ドクサは〈具体的なもの〉を対置させる。具体的なものは意味に抗うとみなされているのである。

しかしながら、彼にとって重要なのは、意味 - 以前、すなわち世界や人生や事件の起源といった意味に先立つものを探し出すことではなく、むしろ意味 - 以後を想像することである。通過儀礼の道にそって進むように意味全体を通りぬけ、そうして意味を疲れ果てさせ、意味を免除するようにしなければならない。したがって、ふたつの戦術が必要となる。「ドクサ」にたいしては、意味を支持する主張をしなければならない。なぜなら、意味は「自然」ではなく「歴史」から生み出されるからだ。だが「学問」（偏執病的な言述）にたいしては、意味の消滅というユートピアをつよく主張せねばならないのである。

夢想ではなく幻想を

（よい夢でも悪い夢でも）夢を見ることはつまらない（夢の話はなんと退屈なことか）。その反対に、幻想は、徹夜や不眠のときなど、どんな時間を過ごすのも助けてくれる。それは小さな懐中小説なのだ。いつも持ち歩いており、列車のなかでもカフェでも、人を待ちながらでも、だれにも何も見られることなく、どこでも開くことができる。わたしにとって夢が好ましくないのは、そこに完全に飲みこまれてしまうからだ。夢は〈独白的〉である。幻想が好ましいのは、現実（自分がいる場所）の意識も同時に持ちつづけるからである。そうして、二重になり、取り外されて、段階的に配置された空間が作られる。その中心では、ひとつの声が（カフェで聞こえてくるような声なのか、内心での

1. Plaisir certain

2 Trop plein Peur du vide

3 Serpentin : trait bête qui signifie la volonté du hasard et non la pression du corps Trait de bavardage.

4.. Fantôme figuratif : oiseau, poisson des Iles.

作り話の声なのか、わたしにはぜったいに言うことはできないだろう）、フーガの進行におけるように、〈間接的なもの〉として応じる位置にあるのだ。すなわち、何かが〈編まれ〉てゆくのである。それは、ペンも紙もない状態でのエクリチュールの兆しである。

通俗的な幻想

Xがわたしに言った。「サドの小説の放蕩者たちが、わずかでも欲求不満を感じていたなどと想像できるでしょうか。とはいえ、彼らの途方もない力や驚くべき放逸にしても、わたし自身の幻想からすると、まだまだ弱いのです。網羅的にみえる彼らの悦楽のリストに、さらにちょっとした実践をくわえてみたいと思うからではありません。そうではなく、わたしが夢想することのできる唯一の放逸を彼らが持っていないからです。それは、偶然にすれちがったときに欲望を感じた相手と〈ただちに〉肉体的快楽をあじわうことができる、という放逸です」。Xはつけくわえて「このような幻想はたしかに〈通俗的〉なのですが」と言った。「潜在的にはわたしこそが三面記事に載るようなサディストであり、道で通りすがりの女性に『とびかかる』性的異常者なのではないでしょうか。逆に、サドにおいては、マスコミのつまらない記事を思わせるようなところは何もないのです」。

笑劇としての回帰

かつて強い衝撃を受けて、いつまでもその衝撃がつづいているのは、マルクスの次の考えかたである。歴史においては悲劇がときおり回帰するが、〈ただし笑劇として〉である[128]、というものだ。笑劇とは両義的な形式である。なぜなら、笑劇が滑稽なほどに繰りかえしているもののすがたを、笑劇自体のなかに読みとらせているからである。たとえば〈経理〉がそうだ。それはブルジョワジーが進歩主義的だった時代には優れた価値であったが、そのブルジョワジーが勝ち誇って賢くなり、搾取をするようになったときには、狭量な特徴をもつものになった。また、たとえば「具体的なもの」もそうである（多くの凡庸な学者や卑屈な政治家の言い訳になっているものだ）。それはまさしく、意味の免除というもっとも高い価値のひとつを笑劇化したものなのである。

この笑劇としての回帰は、それ自体が、唯物論の象徴[129]を嘲弄するものとなっている。らせん状の回帰（われらが西欧の言述のなかにヴィコが導入したもの）だからである。らせん状の線上では、あらゆるものがもどってくる。ただし、べつの場所に、もっと高いところに。すると、差異が回帰して、隠喩が進展してゆく。それが「虚構」である。ところが笑劇のほうは、より低いところへもどってくる。それは、傾き、しおれ、倒れた（萎えた）隠喩である。

疲れと新鮮さ

ステレオタイプは、〈疲れ〉という観点から判断することができる。ステレオタイプとは、わたしを疲れさせ〈はじめる〉ものだ。それゆえに、『零度のエクリチュール』のころから主張されている解毒剤が生まれたのだ。すなわち言葉の〈新鮮さ〉である。

一九七一年には、「ブルジョワ的イデオロギー」という表現は、古い馬具のように、ひどくすえた匂いがして、「疲れさせる」ものになりはじめていたので、彼は「〈いわゆる〉ブルジョワ的イデオロギー」と（ひかえめに）書くようになる。それは、彼が一瞬でもそのイデオロギーにブルジョワ的な特徴を認めないことがありうるからではない（その反対だ。そのイデオロギーがブルジョワ的である以外の何だというのか）。とはいえ、彼はステレオタイプの〈自然らしさをこわす〉必要があるので、言葉が使い古されていることを明示するための音声的あるいは表記的な記号を何か（たとえばカギ括弧などを）つけるのである。理想的なのはもちろん、硬直した言葉が自然らしさをふたたび取りこだりしないようにしつつ、カギ括弧などの外部記号をすこしずつ消してゆくことであろう。だがそのためには、ステレオタイプ化した言述がひとつの〈ミメーシス〉（小説または演劇）のなかに取りこまれる必要がある。そうすれば、登場人物自身がカギ括弧のかわりをつとめるからである。そのようにしてアダモフは（『ピンポン』において）、誇示はないが距離感がないわけでもない言葉づかいを生みだすことに成功している。すなわち〈凍結した〉言語である(『現代社会の神話』を参照[130])。(小説とくらべて、エッセーとは〈信憑性〉を——カギ括弧を締め出すことを——強いられる宿命にある。)

『サラジーヌ』において、ザンビネッラは自分を愛している彫刻家にむかって、彼にとっての「忠実な男友達」でありたいと明言する。この男性形の言葉によって、彼女はもともとの真の性別を明かしてしまっているのだが、恋する男のほうはまったく理解しない。彼は〈ステレオタイプによって〉だまされているのである(『S/Z[131]』)。この〈忠実な男友達〉という表現が、万人の発言でなんど用いられたことか。半分は文法の規則であり、半分は性別を示している、というこのたとえ話から、ステレオタイプの〈抑圧効果〉を認めねばならないだろう。ヴァレリーは語っていた。事故のときに雨傘を手放そうとしなかったばかりに死んでしまった人たちのことを。〈ステレオタイプを手放さないばかりに〉、抑圧され、自分を曲げ、自分自身の性欲に目をつぶっている人が、どれほどいることであろうか。

ステレオタイプとは、〈身体が欠如〉しており、身体が存在していないことが確実である言述が保管された場所である。ところが逆に、わたしが読んでいる最中の、集団的だと称されるテクストにおいても、ときおりステレオタイプ(著述[132])が身をひいて、エクリチュールが現れ出ることがある。そのときわたしは、その発話の断片が〈ひとつの〉身体によって生みだされたと確信するのである。

虚構

虚構とは、うすく分離させて、うすくはがしてゆくと、彩色された完全な絵が形づくられているというものである。デカルコマニー[133]のように。

文体について。「わたしが検討したいのはイメージである。あるいはもっと正確には〈ヴィジョン〉である。わたしたちは文体をどのように〈見ているのか〉ということである」(「文体とそのイメージ」より[134])。そういうわけで、いかなるエッセーも、おそらくは知的対象にたいするひとつのヴィジョンのうえに立っているのであろう。では学問のほうは、なぜ、ヴィジョンをもつ権利を自分にあたえないのだろうか(幸いにも、学問もしばしばその権利を手にするのではあるが)。学問も、虚構的になることができないものだろうか。

「虚構」とは、ひとつの〈新しい知的技法〉に属しているのであろう(『モードの体系』では、記号学と構造主義がそのように定義されている)。わたしたちは、知的なことがらを扱いながら、理論を生みだし、同時に批評闘争もし、快楽も感じている。知識や論考の対象を——いかなる技法においてもそうであるように——真実の言行為ではなく、〈効果〉の思考にゆだねるのである。

彼は、「知性」の喜劇ではなく、知性のロマネスクを生みだしたかったのであるが。

二重の顔

この作品は、持続的な観点からみると、ふたつの動きをもつ道を進んでいる。ひとつは〈直線〉（観念や位置や好みやイメージを、その価値を高め、増大させ、強調すること）であり、もうひとつは〈ジグザグ〉（逆の主張をすること、背面行進、対立、反作用の力、否定、行った道をもどること、逸脱の文字であるZの動き）である。

愛、狂気

第一執政ナポレオン・ボナパルトによる、近衛兵への日々命令にこうあった。「擲弾兵ゴバンが恋愛沙汰で自殺した。非常に良き臣下であったのだが。一か月のあいだに近衛隊に起こったこの種のできごとは二件めである。第一執政は、以下のことを近衛隊の規律とするよう命じる。兵士は、情熱の苦悩と憂鬱とを克服せねばならない。毅然として心の苦痛を耐え忍ぶことは、弾丸の降り注ぐなかにじっととどまるのと同様の真の勇気なのである……」。

恋をして憂鬱になったこれらの擲弾兵たちは、どのような言葉から、自分の情熱を（彼らの階級や職業のイメージにほとんどふさわしくない情熱を）引きだしたのだろうか。彼らは、それ以前に、どのような本を読んでいたのか――あるいは、どのような物語を聞いていたのか。炯眼のナポレオンは、恋愛と戦闘とを同等に見ていた。双方がぶつかりあうということ――平凡なことだ――ゆえにではない。愛の嵐は、降り注ぐ砲弾のように、耳を聾し、恐怖を引き起こすからだ。すなわち、感情の激発、身体の拒絶反応、狂気である。ロマン派作家ふうに恋をしている人には狂気の経験がある。ところが、そのように狂った人にたいして、今日ではふさわしい現代語がまったく見あたらないのだ。結局はそれが原因で、その人は自分が狂っていると感じてしまう。盗用できる言葉がまったくないからである――とても古い言葉をのぞいては。

動揺、心の傷、悲嘆、あるいは歓喜。身体は完全にわれを忘れ、〈「自然」に飲みこまれて〉いる。ところが、こうした言葉のすべてが〈あたかも何かの引用文を借用しているかのよう〉なのだ。恋愛感情のなかで、愛の狂気のなかで、語ろうとすると、「本」や「ドクサ」や「愚かしさ」を見出すことになる。身体と言語のもつれあいだ。どちらから始まっているのか。

贋造術

わたしがものを書いているとき、どのように〈それは進行している〉のだろうか。――おそらくは、「文彩」と呼びうるほど充分に形式的で反復的な言葉の動きによってであろう。わたしが思うには、〈生産のための文彩〉やテクストの操作子といったものがあるのだ。本書ではとりわけ以下のものがある。評価、命名、多義構文、語源、逆説、価値上げ、列挙、回転仕掛けなど。

こうした文彩には、もうひとつ別のものがある。〈贋造術〉だ（贋造術とは、筆跡学の専門家たちの特殊用語で、筆跡を模倣することである）。わたしの言述には、対になった概念がたくさん含まれている（デノテーション／コノテーション、読みうる／書きうる、作家／著述家など）。これらの対置は人為的なものだ。概念的な方法や、分類することの強みを、学問から借りてきているのである。言葉づかいを盗用しているわけだが、しかしそれを完全に適用させるつもりはない。これはデノテーションで、あれはコノテーションだとか、この人は作家で、あの人は著述家だ、などと言うことは不可能なのだ。対置関係が〈刻印されている〉（貨幣が刻印されるように）のだが、その関係を〈尊重〉しようとは思わない。では、対置関係は何の役に立つのか。ただ単に〈何かを言う〉ことに、である。ひとつの意味を生みだし、つぎにそれを漂流させうるためには、パラディグム的選択を設定することが必要なのである。

テクストを（文彩と操作とによって）進めてゆくこの方法は、記号学（そして旧修辞学から記号学のなかに残っているもの）の考えかたによく合っている。したがってこの方法は、歴史的にもイデオロギー的にもはっきりしている。すなわち、わたしの書くテクストは〈読みうる〉ものだということである。わたしは、構造や文や分節テクストの側にいる。再生するために生みだしているのだ。あたかも、わたしには一つの考えがあって、それを資料や規則をもちいて表現しているかのように。すなわち〈わたしは古典的に書いている〉のである。

フーリエか、フロベールか

歴史的にみて、どちらがより重要だろうか。フーリエか、フロベールか。フーリエの作品には、いわゆる歴史の直接的な痕跡は何もないが、しかし彼の時代には歴史が激動していた。フロベールのほうは、ある小説のなかでずっと、一八四八年のできごとを物語っていた[135]。それでもやはり、フーリエのほうがフロベールよりも重要なのだ。フーリエは間接的に歴史の欲望を表現したのであり、その点において彼は歴史家かつ現代人である。すなわち、欲望の歴史家なのである。

断章の輪

断章で書く。すると、それらの断章は、輪のまわりの小石になる。わたしは自分を丸く並べているのだ。わたしの小さな全宇宙が粉々になる。中心には何があるのか。

彼の最初の、あるいはほとんど最初のテクスト（一九四二年）は、断章で作られている。断章を選択したことは、そのときはジッドふうに正当化されている。「なぜなら、統一性のないほうが、何かをゆがめる秩序よりも好ましいからだ[136]」。それからは、彼は実際に、短い形式を実践することをやめなかった。『現代社会の神話』と『記号の国』の小画集、『批評をめぐる試み』のいくつもの小論や序文、『S／Z』のレクシ集、『ミシュレ』のタイトルつき段落集、「サドII」と『テクストの快楽』の断章集。

彼はまえから、プロレスとは断章の連続であり、見せ物の集まりであると思っていた。なぜなら、「プロレスにおいて理解可能なのは、持続ではなく、それぞれの瞬間だ」からである（『現代社会の神話』より）[137]。このスポーツ的な技巧を、彼は驚きをもって、だがとりわけ好んでながめていた。その構造そのものが、中断と短絡のレトリックである連結辞省略と破格構文[138]に従っているからである。

断章は、となりの断章から切り離されているだけでなく、さらにそれぞれの断章の内部では併置の法則が支配している。それは、本書の小断片文のインデックスを作ってみればよくわかる。それぞれの断片にかんして、集められた参照対象が種々雑多なのである。あたえられた韻で詩句をつくる遊びのようだ。「以下の語があるとせよ。〈断章〉、〈輪〉、〈ジッド〉、〈プロレス〉、〈連結辞省略〉、〈絵画〉、〈作文〉、〈禅〉、〈間奏曲〉。これらの語を結びつけうる言述を想像せよ」。そうすると、答えはたんにこの断章だということになるだろう。したがって、テクストのインデックスとは参照するための方法であるだけでなく、それ自体がテクストなのである。第一のテクストの〈レリーフ〉（名残かつ起伏）である第二のテクストだ。文章の理性のなかにある、常軌を逸した（中断された）ものである。

絵画では、絵具をたらして塗りたくったものしか実践したことがなかったので、規則正しくて根気の必要なデッサンの練習をはじめようと決心する。十七世紀ペルシアの作品（「狩をする領主」）の構図を模写してみる。ところが、均整や構成や構造を再現しようと努めるかわりに、われながらどうしようもなく丸写しをして、細部から細部へと無邪気につなぎ合わせてしまうのだ。すると予期せぬ〈結果〉が生じる。馬に乗っている人の足が、馬の胸よりも完全に高い位置にある、などということになる。ようするにわたしは、構図によってではなく、描き加えてゆくことによって作業を進めているのである。細部や断片や〈ラッシュ[139]〉への好みがあらかじめ（最初に）あって、それを「構成」にみちびくことが不器用なのだ。わたしには「全体」を再現することができない。

彼は〈書きだし〉を考えだして書くのが好きなので、その楽しみをふやそうとする。そういうわけで、彼は断章を書く。断章の数とおなじだけ書きだしがあり、喜びがあるからだ（だが終わりは好きではない。レトリックふうの結句の危険があまりにも大きいからだ。〈最後の言葉〉や最終的な返答を書きたい、という思いに抵抗できないのではないかと恐れてしまうのである）。

「禅」は、仏教の〈頓理〉に属している。道が険しくて、切り離され、断ち切られた、開眼の方法である（反対に〈機縁〉とは、徐々に接近する方法である[140]）。断章は（俳句とおなじく）〈頓理〉だ。直接的な悦楽をともなっている。言述の幻想であり、欲望の裂け目である。断章の萌芽は、文－思考となって、あなたがどこにいようと頭に浮かんでくる。カフェにいても、列車のなかでも、友人と話していても、である（それは、友人が言うことやわたしが言うことのなかに、横から現れ出てくる）。そうすると手帳を取りだす。ひとつの〈思考〉を記すためではなく、刻印のような何かを、昔なら「詩句」と呼んだであろうものを記すために。

なんということか、断章群をならべてゆくときに、まったく構成しないということが可能なのか。そうだ、断章とは連作歌曲（『優しい歌』や『詩人の恋』[141]）という音楽の考えかたのようなものなのだ。それぞれの歌曲はそれだけで充足しているが、しかし前後の曲の間隙にしかすぎない。作品が、挿入されたものだけから作られているのである。断章の美学を（ヴェーベルン以前に）もっともよく理解して実践したひとは、おそらくはシューマンであろう。彼は断章を〈間奏曲〉とよび、自分の作品のなかに〈間奏曲〉をふやしていった。彼が作曲したものはすべて、結局は〈挿入された〉ものだったのだ。だが、何と何のあいだに挿入されたというのか。中断が純粋に連続してゆくとは、どういうことなのか。

断章にはその理想がある。高い凝縮性だ。だが、（「格言」に見られるような）思考や英知や真実のではなく、音楽の凝縮性である。「展開」にたいして、「音色」や、分節されて歌われている何かや、発声法が対置されることになるだろう。そこでは〈響き〉が支配するであろう。ヴェーベルンの『小品』[142]にはカデンツがない。なんという絶対性をもって〈突然に中断する〉ことか。

幻想としての断章

自分の言述をばらばらにしてしまえば、自分自身について想像的に長々と書くことをやめられるし、超越性の危険を小さくすることができる、という幻想をわたしはもっている。しかし、断章（俳句、格言、箴言、日記の断片など）は、〈結局は〉レトリック性のつよいジャンルであるし、レトリックとはもっとも解釈に身をさらす言語層であるから、わたしは自分を分散させているつもりでいながら、想像的なものの温床におとなしくもどっているだけなのである。

断章から日記へ

論文形式をこわすという口実のもとに、規則正しく断章形式を実践してゆくことになる。つぎに、断章からすこしずつ「日記」へ移ってゆく。それゆえ、こうしたことすべての目的は、「日記」を書く権利を自分にあたえることなのではないだろうか。自分が書いたものすべては、ジッド的「日記」のテーマをいつの日か、思いのままに再現させるための密かで執拗な努力である、とみなすに充分な根拠があると言えないだろうか。その最終的な地平には、おそらくたんに最初のテクストがあるのだろう（彼のきわめて初期のテクストは、ジッドの『日記』を対象としていた）。

しかしながら、（自伝的な）日記は、今日では信用を失っている。立場の交代である。十六世紀は、嫌悪感をもたずに日記を書きはじめていた時代であるが、そのころ日記は〈ディエール〉とよばれていた。すなわち、〈下痢「ディアレ」〉と〈粘液「グレール」〉である。

わたしの断章を産出すること。わたしの断章を熟視すること（修正すること、推敲すること、など）。わたしの廃棄物を熟視すること（ナルシシズム）。

いちご酒

突然、シャルリュスのなかに「女」が現れる。彼が軍人や御者たちを追いまわして口説いていたときではなく、ヴェルデュラン邸で彼が甲高い声で〈いちご酒〉をたのんだときである。143 飲み物は、〈解釈のための良い判断物〉（身体の真実を発見するための判断物）ではないだろうか。

一生ずっと飲んでいるけれど好きになれない飲み物。お茶やウイスキー。時間を区切る飲み物、効果のための飲み物であって、味わうための飲み物ではない。理想的な飲み物をさがす。それは、あらゆる種類の換喩をきわめて豊かに持っている飲み物であろう。

よいワインの味（ワインの〈ストレートな〉味）は、食べ物と切り離すことができない。ワインを飲むことは、食べることだ。T店の主人は、それを象徴するような規則を、食養生のためだという口実で、わたしに課すのである。食事が出されるまえにワインを一杯飲むときには、いっしょにパンをすこし食べてほしい。ひとつの対位モチーフ、相伴関係が生まれるようにしてほしい、というのだ。文明は二重性（多元的決定[144]）とともに生まれる。よいワインとは、味わいが切り離されたり、二重になったりするワインではないだろうか。その結果、飲みこむときの味が、口にふくんだときの味とまったく同じではなくなるワインではないだろうか。よいワインをひとくち飲むことは、テクストを把握することと同じように、ねじれや段階性がある。毛髪のように、はねかえったりするのである。

子ども時代に手に入らなかったささやかなものを思い出してみると、彼は現在好きなものを発見するのだった。たとえば、とても冷たい飲み物（よく冷えたビール）。なぜなら、当時はまだ冷蔵庫がなかったからだ（Bの町では、暑苦しい夏のあいだ、水道水はいつもなまぬるかった）。

フランス人

果物にかんしてはフランス人である（ほかの人たちが「女性にかんしては」フランス人だったように）。梨、さくらんぼう、木いちごの味が好きだ。オレンジになると、それほどではない。トロピカル・フルーツ、マンゴー、グアバ、ライチーなどは、ぜんぜんだ。

タイプミス

タイプライターで書く。手でいかなる線も書くわけではない。線の痕跡などない。そして突然に、痕跡が現れる。いかなる〈産出〉もなく、それに似たものもないというのに。文字が誕生するのではなく、文字表の小さな断片が飛び出すだけだ。したがってタイプミスは、かなり独特なものになる。本質的なミスである。キーを打ち間違えることで、わたしは体系の中心を傷つけるのだ。タイプミスは、曖昧な字や〈解読不能な字〉になることはけっしてなく、読むことのできる間違いであるので、ひとつの意味をもってしまう。しかし、こうした文字の打ち間違いのなかを、わたしの身体全体が通過しているのだ。たとえば、今朝、わたしは時間をまちがえて、起きるのが早すぎたので、ミスをしつづけ、145 原稿を損なってばかりいる。そこで、べつのテクストを書くことにする（本書の麻薬や疲労のところだ）。ふだんから、わたしはいつも同じタイプミスをする。たとえば、文字の位置をなんども逆にして「構造」をこわしてしまったり、複数をあらわす「s」のかわりに「z」（悪い文字だ）を打ち出したりする（手で書くときには、しばしばやる間違いはひとつしかない。「m」のかわりに「n」と書いて、文字の足を一本少なくしてしまうのだ。三本足ではなく二本足の文字をわたしは望んでいるのである）。こうした機械での間違いは、逸脱することではなく置き換えることであるから、手書きにおける特殊性などとはまったく違った不安におちいることになる。すなわち、タイプライターを介すると、手書きのときよりはるかに確実に無意識が文字を書いているのだ。だから、退屈な筆跡学よりもずっと的確な〈書記分析〉を考案することができそうだ。上手なタイピストは打ち間違えをしないというのはほんとうだから、そのひとには無意識がないことになる。

意味のふるえ

彼の仕事全体は、明らかに、記号の道徳性を対象としている（〈道徳性〉とは〈道徳〉ではない）。この道徳性のなかにしばしば現れるテーマとして、意味のふるえがあり、それは二重の場をもっている。その最初の状態においては、まず「自然なもの」が揺れ動きはじめ、なにかを意味しはじめる（相対的、歴史的、慣用表現的なものになりはじめる）。そして、〈自明のことである〉という（嫌悪すべき）幻想がはげて、くずれ落ちる。言語機械が始動する。「自然」は、抑圧されて眠っていた社会性全体に身ぶるいする。わたしは、さまざまな文章の「自然らしさ」を前にして驚く。ヘーゲルの古代ギリシア人146が「自然」を前にして驚き、そこに意味のふるえを聞きとったように。しかしながら、意味の読み取りというこの最初の状態においては、事物は「真の」意味（「歴史」的な意味）のほうへ進んでゆくのだが、ところがそれにたいして、ほとんど矛盾するように、ほかの場所でべつの価値が答えるのである。意味は、無-意味のなかに消え去るまえに、なお身ぶるいをする。〈いくぶんかの意味はある〉のだ。だがその意味が「とらえられる」ことはない。意味は軽やかな興奮に身ぶるいしながら、流れつづける。社会性の理想状態は、つぎのように表明される。すなわち、巨大で永続的なざわめきが無数の意味を生き生きとさせ、それらの意味は、破裂し、ぱちぱちと音をたて、閃光を放つが、その最終的なかたちが、シニフィエによって嘆かわしくも重くなった記号になることは決してない、というものだ。これは幸福ではあるが不可能なテーマである。というのは、理想的にふるえつづける意味は、堅固な意味（「ドクサ」という意味）や無能な意味（解放を盲信する人たちがあたえる意味）によって、情け容赦なく取り込まれてしまうからである。

（このようなふるえを表現する形式が、「テクスト」や意味形成性[147]であり、そしておそらくは「中性」なのであろう。）

急進的な推論

推論したいという誘惑。たとえば、夢の話（あるいは男あさりや女あさりの話）は、聞き手を（その指向対象についての楽しみから）排除してしまう。そのことから、「物語」の機能のひとつは読者を〈排除する〉ことであろう、と推論する。

（これには軽率な点がふたつある。まず、事実が確かではないことだ——まったく個人的な印象以外に、どういう点から、夢の話は退屈だという事実を引き出せるのか——。さらに、その事実があまりにも抽象的で、「物語」という一般的カテゴリーに広げられすぎていることだ。つまり、その不確かな事実が、過度な拡大解釈の出発点となっているのである。そうしたことすべてを払いのけるもの、それは逆説のもつ味わいである。すなわち、「物語」とはけっして何かを投影するものではないと暗示できるし、語りの〈ドクサ〉をくつがえすこともできるのである。）

左きき

左ききであるとは、どういうことだろうか。ナイフやフォークがおかれている位置が逆になって食事をすること。右ききの人が電話を使ったあとは受話器の向きが逆になっていること。はさみが自分の親指に合うように作られていないこと。かつて、学校で、ほかの子たちとおなじになるために苦闘しなければならなかった。自分の身体を標準化して、きき手を学校の小社会に献上しなければならなかったのだ（わたしは無理に右手でデッサンをしていたが、色づけだけは左手でしていた。欲動の報復である）。ささやかで、ほとんど重要ではなく、社会的に黙認されている排除であるが、ごく小さいけれど消えることのない皺を青少年期の生活にきざんだのだった。順応して、それを続けていた、という皺を。

観念の身ぶり

（たとえば）ラカン的な主題が、彼に東京の街について考えさせることはまったくないが、東京の街はラカン的主題について考えさせてくれる。いつもこのようなプロセスをたどる。彼が観念から始めて、つぎにひとつのイメージを作りあげることは、めったにない。官能的な対象から始めて、そのときの知的文化のなかで採取された〈抽象概念〉を自分の仕事のなかで見つける可能性に出会うことを期待している。したがって哲学は、もはや個人的なイメージや観念的な虚構の貯蔵所にすぎなくなっている（彼は論理ではなく対象を借用するのだ）。マラルメは「観念の身ぶり」について語っていたが、[148]彼のほうはというと、まず身ぶり（身体の表現）を、つぎに観念（文化や間テクスト性の表現）を見つけるのである。

深淵

自分をひとりの他者とみなさずに書きはじめることなど、できるのだろうか――あるいは、すくなくとも昔ならできたのだろうか――。起源の歴史ではなく、人物のすがたの歴史こそを考えるべきなのであろう。すなわち作品の始まりとは、最初の影響ではなく、最初の姿勢だということである。まずひとつの役わりを模倣し、そして換喩的に広げて、ひとつの芸術を模倣する。自分がこうありたいと思う人をまねながら、わたしは作品を生みだしはじめるのだ。この最初の願望（わたしは望む、だから夢中になる）が、幻想のひそかな体系を確立するのである。幻想は、時代から時代へと続いてゆく。そうありたいと願った作家の書いたものとはしばしば無関係に。

彼の初期の論考のひとつ（一九四二年）は、ジッドの『日記』にかんするものだった。べつの論考（一九四四年の「ギリシアにて」）のエクリチュールは、明らかにジッドの『地の糧』[149]を模倣したものだった。またジッドは、彼の若いときの読書における大きな位置をしめていた。ジッドにおいてはノルマンディー地方とラングドック地方が交わっていたが、おなじように彼の場合はアルザス地方とガスコーニュ地方が斜めに交差していた。[150]プロテスタントで、「文学」を好み、ピアノをひいていた。ほかの点をあげなくとも、それだけでも、彼がこの作家のなかに自分のすがたをみとめて、この作家のようになりたいと望まなかったわけがあるだろうか。ジッド的な〈深淵〉やジッド的な不変性は、今もなおわたしの頭のなかで頑固にうごめくものを生じさせている。ジッドは、わたしの原言語であり、わたしの〈原始スープ[151]〉、文学スープである。

アルゴリズムへの好み

彼は、ほんとうのアルゴリズム[152]を用いたことがない。いっときは、それほど難しくない形式化に甘んじたこともあった(だがその好みはもう過ぎ去ったように思われる)。単純な方程式らしきもの、図解、一覧表、樹形図などである。そうした図表は、じつは、何の役にも立たない。あまり複雑ではないおもちゃであり、ハンカチの端で作る人形のようなものだ。〈自分のための〉遊びである。そんなふうにゾラも、自分の小説を自分自身に説明するために、プラッサンの町[153]の地図を作成している。そうした図面を描いても、言述を科学的根拠のもとに位置づけるという利点すらないことはゾラにもわかっているのだ。図面でだれをあざむけるだろうか、と。しかし、人は科学で遊ぶのだ。コラージュを作るように、科学を表に入れこむのである。同じようにフーリエは、〈計算〉を——そこに〈快楽〉があった——幻想の連鎖のなかに置いたのだった(というのは言述の幻想があるからなのだが)。

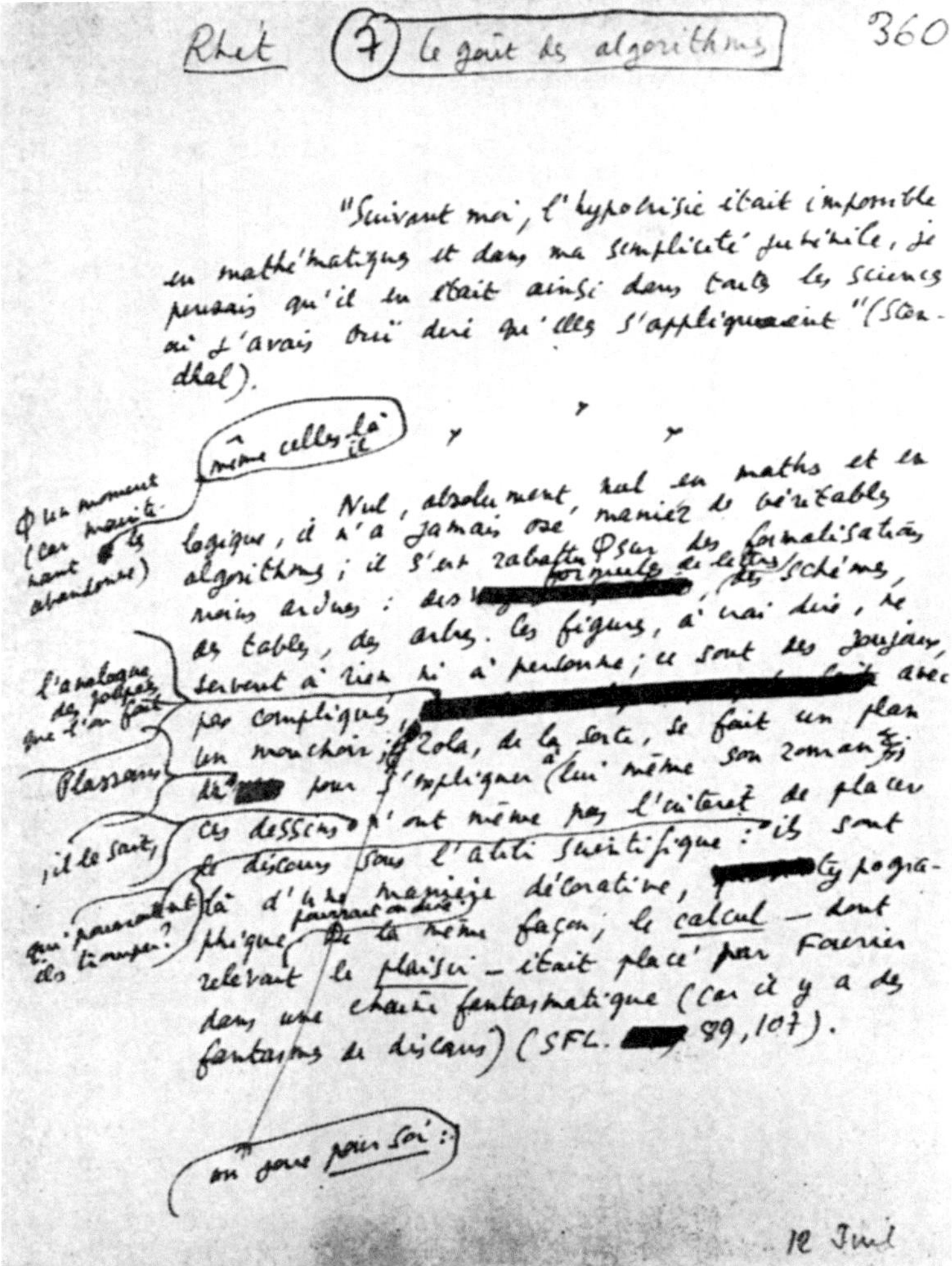

Rhét ⑦ le goût des algorithmes 360

"Suivant moi, l'hypocrisie était impossible en mathématiques et dans ma simplicité juvénile, je pensais qu'il en était ainsi dans toutes les sciences où j'avais ouï dire qu'elles s'appliquaient" (Stendhal).

(même celles-là il)

Nul, absolument nul en maths et en logique, il n'a jamais osé manier de véritables algorithmes; il s'est rabattu Ø sur des formalisations moins ardues: des [redacted] formules de lettres, des schémas, des tables, des arbres. Les figures, à vrai dire, ne servent à rien ni à personne; ce sont des joujoux, pas compliqués, [redacted] avec un mouchoir; Zola, de la sorte, se fait un plan de [redacted] pour s'expliquer à lui-même son roman; ces dessins n'ont même pas l'intérêt de placer le discours sous l'alibi scientifique: ils sont là d'une manière décorative, [redacted] typographique. De la même façon, le calcul — dont relevait le plaisir — était placé par Fourier dans une chaîne fantasmatique (car il y a des fantasmes de discours) (SFL. [redacted] 89, 107).

Ø un moment (car maniant les abandonne)

l'analogue des joujoux que l'on fait

Plassans

il le sait,

qui pourraient les tromper?

pourrait-on dire

on joue pour soi:

12 Juil

訂正だろうか。むしろテクストにひびを入れるという快楽のためだ。

そして、もしわたしが……を読んでいなかったとしたら……

そして、もしわたしが、ヘーゲルも、『クレーヴの奥方』も、レヴィ＝ストロースの『猫』も、『アンチ・オイディプス』[154]も読んでいなかったとしたら、どうだろうか。――まだ読んでいないけれど、読む時間ができる前からしばしば〈わたしに向かって語られていた〉本（だからたぶん読んでいないのだろう）というものがあり、そうした本も読んだ本と同じように存在している。読んでいなくても、それなりに理解できることや、記憶に残ること、作用のしかたがあるのだ。わたしたちは、〈いっさいの文字の外にある〉テクストを受容しうる自由を持っているのではないだろうか。

（抑圧。哲学の教授資格者や、マルクス主義の知識人や、バタイユ[155]の専門家にとっては、ヘーゲルを読んでいないことは、とんでもない落ち度であろう。だが、わたしはどうか。わたしが読まなければならない本とは、どこから始まるのだろうか。）

書くことを実践しているひとは、自分の考えの激しさや責任を減じたり逸らせたりすることをかなり無造作に受け入れるものである（〈わたしには、どうでもいいことだ、わたしは重要な点はおさえているではないか〉と言うときに普通に用いがちな口調をとってしまう危険をおかさねばならないという点はあるのだが）。書くことにおいては、いくぶんかの不精さやいくぶんかの精神的〈気楽さ〉による快感があるようだ。あたかもわたしは、話すときよりも書くときのほうが、自分自身の愚かしさに無関心でいられるかのようである（教師たちは作家よりも何倍も知的なことか）。

異種性と暴力

彼には説明できないでいる。どうして、一方では異種性の（したがって切断の）テクスト理論を（ほかの人たちといっしょに）支持しながらも、他方ではたえず暴力批判をはじめること（だが結局は、その批判を展開したり最後まで引き受けたりすることは決してない）ができるのか、と。漂流という平和への好みがありながら、どうして、前衛派やその支持者たちとともに歩んでゆけるのか。――いくぶんかは後退することになろうとも、分裂の〈べつの流儀〉が見えているかのようにふるまう価値がまさしくあるからだ、というのでなければ理由は思いつかないのである。

孤独という想像界

彼はこれまでつねに、大いなる体系（マルクス、サルトル、ブレヒト、記号学、「テクスト」）の保護のもとで次々と仕事をしてきた。今は、それよりも裸の状態で書いているような気がする。彼を支えているものは何もない。過去の言葉という面がいくつか残っているだけだ（というのは、語るためには他のテクストを足場にしなければならないからである）。自分を支えるものがないと彼が言うのは、独立宣言にありがちな自負でもなければ、孤独を告白するときの悲しげなポーズでもない。むしろ、彼を今とらえている、安全ではないという感覚を自分自身に説明するためである。さらにはおそらく、わずかなもののほうへと、彼もそうである「自分ひとりが頼りだ」という古いもののほうへと〈後退〉している、という漠然とした苦悩を説明するためである。

——あなたはここで、謙虚さの宣言をしているのです。したがって、想像界から、そして心理的な想像界という最悪のものから、出ていないのです。そうすることで、あなたが予想もしていなかったし、必要ともしないであろう逆転が生じて、あなたが自分の診断の正しさを証明していることは確かなのです。つまり、実際にあなたは〈後退している〉わけです。——でも、そう言うことで、わたしは免れているのですが……など〈〈段階状態はつづく〉〉。

欺瞞なのか

彼は、ひとつのテクストについて語るときに、その作者が読者に配慮したりしない点を長所だと考えている。だが、彼がそうした称賛をするようになったのは、自分自身が読者への配慮のためなら何でもするし、結局は自分が〈効果〉のための技法をけっして捨て去ることはないだろうと気づいたからである。

悦楽としての観念

世間一般の意見は、知識人の言葉づかいを好まないものだ。そういうわけで彼は、知性偏重的な専門語を用いていると非難されて、しばしばブラックリストに載せられた。そのとき彼は、自分が一種の人種差別の対象になっていると感じたものだ。彼の言葉づかい、すなわち彼の身体が、締め出されたのである。「おまえは、わたしとおなじ話し方をしない。だからおまえを排除する」、と。ミシュレにしても（だがミシュレは、そのテーマ体系の豊かさゆえに、知識人の言葉づかいをしても許されただけなのだが）、知識人や三文文士や聖職者にたいして激しく怒り、彼らに〈下位の性[156]〉の領域を定めていた。それは、知識人を〈その言葉づかいのせいで〉脱 - 性別化すなわち非男性化してしまう、というプチブルジョワ的な見解だ。反 - 知性偏重が、まるで男らしさの言明であるかのような正体を現しているのである。そうなると、もはや知識人は、外部から押しつけられた言葉づかいを受け入れるしかなくなってしまう。サルトルの描いたジュネが、ブラックリストに載せられたとおりの存在になろうとして、そうなるように[157]。

しかしながら（いかなる社会的非難もしばしば揶揄できるものだ）、彼にとって観念とは、〈快楽が高揚したもの〉以外の何でありうるというのか。「抽象化とは、けっして官能性に相反するものではない」のである（『現代社会の神話』より[158]）。人間にかんする〈理解可能なこと〉を描くのが主要なつとめであった構造主義の段階においてさえ、彼はつねに知的活動を悦楽に結びつけていた。たとえば、パノラマは――エッフェル塔から見えるものは（『エッフェル塔』を参照[159]）――知的かつ幸福な対象である。パノラマは、見わたす領域を「理解している」という幻想を身体にあたえて、まさにその瞬間に身体を解放するのである。

理解されない考え

批評における同じひとつの考えが（たとえば、〈「運命」とは巧みに構成されたもの〉であり、予期しなかったところに〈まさしく〉落ちてくるものだ、という考えが）、ひとつの本（『ラシーヌ論』）を育み、ずっとあとになって別の本（『S／Z』[160]）のなかにふたたび姿を見せている。こんなふうに、もどってくる観念があるのだ。したがって、彼がそれらに執着しているということである（いかなる魅力によるのか）。ところで、これらの大切な観念は、概して、何の反響もよぶことはない。ようするに、繰りかえして用いるほどわたしが自分を鼓舞しているその箇所で、〈まさに〉読者は「わたしへの関心を失う」のである（その点について――また繰りかえして言うが――「運命」はたしかに巧みに構成されたものなのだ）。さらに別のことであるが、わたしは「人は愛されるために書く」と公言したことに満足していた（その指摘が一見愚かしく見えることを覚悟しながらも）。この文を、M・D[161]が馬鹿だと言っていた、と知らせてくれた人がいる。もちろんこの文は、〈第三度で〉受け入れるのでなければ、耐えがたいものだ。この文は、はじめは心にふれるが、つぎに愚かしく思われることを意識して、〈最後には〉おそらく正しいのだろうと感じる自由をもつということなのである(M・Dはそこまで至ることができなかったのだ)。

文

文は、イデオロギー的なものとして告発され、悦楽として生みだされる(それは「断章」のもつ性質をやや縮小した本質である)。したがって、そのように矛盾する主体を糾弾することもできるし、その矛盾から驚きやさらには批判的意見を引きだすこともできる。だが、もし、二次的な倒錯として〈イデオロギーの悦楽〉というものがあったら、どうなのだろうか。

イデオロギーと美学

イデオロギーとは、繰りかえされて〈成り立つ－固くなる〉ものである(固くなるということの動詞によって、イデオロギーはシニフィアンの領域から身をひくことになる)。したがって、イデオロギーの分析(すなわち反－イデオロギー的分析)にしても、(分析をただ正当化しようとする態度で有効性を〈その場で〉主張したりすると)繰りかえされて、固くなってゆき、その結果、分析自体がイデオロギー的なものになってしまうのだ。

どうすべきか。ひとつの解決法が可能だ。〈美学〉である。ブレヒトにおいては、イデオロギー批判は〈直接的に〉なされることはない（さもなければ、批判はまたもやしつこくて同語反復的で攻撃的な言述を生みだしていたことだろう）。ブレヒトによる批判は、美学的な中継を介してなされる。反‐イデオロギーは、虚構のもとに忍びこむのである。まったく写実主義的ではなく、〈正確である〉虚構に。おそらくそれこそが、わたしたちの社会における美学の役割なのだろう。すなわち、〈間接的で他動詞的〉な言述のための規則をしめすことである（そのような言述は、言語活動を変化させることができるが、その支配力や良心をひけらかすことはない）。

Xに向かって、あなたの原稿（テレビにたいして異議申し立てをする、重くて読みづらい文章）はあまりにも論文調で、〈美的に〉じゅうぶんに守られていませんね、と言ったところ、彼はその言葉に飛びついて、すぐにわたしに仕返しをしてくる。彼は、『テクストの快楽』について仲間たちと大いに議論したのだそうだ。彼の言うには、わたしの本は「たえず破綻しそうになっている」らしい。彼から見て、破綻とはおそらく、美学に陥ることなのだろう。

想像界

想像界とは、イメージを包括的に想定したものであり、動物においても存在している（だが象徴界は動物にはまったくない）。なぜなら動物は、性的なものであれ、敵対するものであれ、差し出されたおとりのほうへと真っすぐに進んでゆくからである。動物のこのような視野によって、想像界がすぐれて興味ぶかいものだとわかるのではないか。想像界にこそ、〈認識論的にみて〉将来のひとつのカテゴリーがあるのではないか。

この本で必死に努力している点は、ひとつの想像界を演出することである。「演出すること」が意味しているのは、舞台装置を段階的に配置して、役わりを分散させ、いくつかの階層をつくって、最後には、舞台と客席の境界をはっきりしないものにすることである。したがって、想像界が段階におうじて扱われることが重要となる（想像界とは固さの問題であり、固さとは段階の問題なのだ）。本書の断章におうじて、何段階もの想像界が存在している。しかし難しい点は、それらの段階をアルコールや拷問の度数のように数字化できないことである。

昔の学者はときおり、賢明にも、ひとつの命題のあとに、それを緩和するための〈不確カナリ〉という言葉をつけていた。もし、想像界がかなり明確な断片のかたちをしているとすれば、それにともなう〈困惑〉はつねに確実なものであるだろうから、毎回、なんらかのメタ言語的な操作子によってその断片を発表しさえすれば、そのようなものを書いた汚名をそそげることであろう。この本でも、いくつかの断章にたいしては、そうすることができた（〈カギ括弧、丸括弧、口述筆記、舞台装置、段階状態、など〉）。すなわち、主体を二分化すること（またはそのように自分を想像すること）によって、ときには自分の想像界に署名することができるというわけだ。だが、それは確実なやりかたで

読者カード

みすず書房の本をご愛読いただき，まことにありがとうございます．

お求めいただいた書籍タイトル

ご購入書店は

・新刊をご案内する「パブリッシャーズ・レビュー　みすず書房の本棚」（年 4 回 3 月・6 月・9 月・12 月刊，無料）をご希望の方にお送りいたします．

（希望する／希望しない）

★ご希望の方は下の「ご住所」欄も必ず記入してください．

・「みすず書房図書目録」最新版をご希望の方にお送りいたします．

（希望する／希望しない）

★ご希望の方は下の「ご住所」欄も必ず記入してください．

・新刊・イベントなどをご案内する「みすず書房ニュースレター」（E メール配信・月 2 回）をご希望の方にお送りいたします．

（配信を希望する／希望しない）

★ご希望の方は下の「E メール」欄も必ず記入してください．

・よろしければご関心のジャンルをお知らせください．

（哲学・思想／宗教／心理／社会科学／社会ノンフィクション／教育／歴史／文学／芸術／自然科学／医学）

（ふりがな） お名前　　　様	〒
ご住所　　都・道・府・県　　市・区・郡	
電話　（　　　）	
E メール	

ご記入いただいた個人情報は正当な目的のためにのみ使用いたします．

ありがとうございました．みすず書房ウェブサイト http://www.msz.co.jp では刊行書の詳細な書誌とともに，新刊，近刊，復刊，イベントなどさまざまなご案内を掲載しています．ご注文・問い合わせにもぜひご利用ください．

郵便はがき

料金受取人払郵便

本郷局承認

2074

差出有効期間
2019年10月
9日まで

113-8790

東京都文京区
本郷2丁目20番7号

みすず書房営業部
行

通信欄

ご意見・ご感想などお寄せください．小社ウェブサイトでご紹介
させていただく場合がございます．あらかじめご了承ください．

はない。第一の理由として、明晰な想像界というものがあって、わたしは自分の言うことを分裂させてはいるが、どうしてもイメージをずっと先延ばしにしているだけであり、見せかけの第二の顔を生みだしているだけだからである。第二の理由として、そしてとくに重要なことであるが、たいていの場合、想像界はこっそりとやってくるからである。単純過去162や代名詞や回想など、ようするに「鏡」とその「イメージ」のスローガンそのものである〈わたしは〉のもとに集まりうるすべてのものの上を、なめらかに滑りながらやってくるのである。

したがって、夢見ているのは、うぬぼれたテクストではなく、明晰なテクストでもなく、不確実のカギ括弧や流動性の丸括弧がつけられたテクストである（開いた丸括弧をけっして閉じないようにすると、まさしく〈漂流する〉ことになる）。その夢は、読者しだいでもある。読者が、読みの〈段階性〉を生みだしてゆくのだ。

（「想像界」は、その充満した段階においては、つぎのように感じられる。すなわち、わたしが自分について書きたいと思っており、それが〈結局は〉書くのを気づまりにさせる、ということだ。さらに、それは読者の好意なしには書きえない、ということもある。ところで、それぞれの読者には、それぞれの好意がある。したがって、それらの好意を分類できさえすれば、断章そのものを分類することも可能になる。それぞれの断章に、自分の想像界の指標をつけるのである。自分は好まれているのであり、罰せられることがなく、好意のない読者やたんに〈見るだけであろう〉主体に読まれる気づまりを免れている、と思われるような領域での想像界の指標を。）

ダンディー

逆説を用いすぎると、個人主義的な態度に、いわゆる一種のダンディズムになるおそれがある（あるいは、まさしくなってしまう）。しかし、どんなに孤独であろうとも、ダンディーはひとりきりではない。学生たちは個人主義者ですからと、自分自身が学生であるSが――残念そうに――わたしに言う。ある歴史的状況――悲観と排斥の状況――においては、知識階級全体が、もし闘わないのだとすれば、ダンディーとおなじなのである。（ダンディーとは、「時間とはわたしの生涯の時間のことだ」という、一人かぎりの哲学しかもたない人のことである。）

影響とはなにか

『批評をめぐる試み』の本を見ると、エクリチュールの主体がいかに「変化している」か（社会参加の道徳から、シニフィアンの道徳性へ、と移行していること）がよくわかる。主体は、あつかう作家におうじて、しだいに変化してゆくのだ。とはいえ、変化をみちびくのは、わたしが語る対象の作家ではなく、むしろ〈その作家が、自分について述べるようにとわたしに仕向けること〉である。わたしは〈その作家の許可のもとに〉自分自身にたいして影響をあたえるのだ。すなわち、わたしがその作家について言うことが、そのことを自分自身についても考える（または考えない）ようにとわたしに強いる、などということである。

したがって、作家たちを区別しなければならない。まず、文章を書く対象となった作家の影響が、その作家について語られることの外部にあるのではなく、また先立つものでもない、という作家たち。そして、（より古典的な作家観であるが）ただ読む対象としての作家たち。だが、読むだけの作家から、わたしに何がもたらされているのか。音楽のようなもの、思索にふけるような響き、いくぶんか緻密なアナグラムのたわむれ、などである。（わたしは読んだばかりのニーチェのことで頭がいっぱいだった。だが、わたしが求めていたもの、とらえたかったもの、それは文－思考の歌だった。影響は、もっぱら音律的だったのである。）

繊細な道具

ある前衛芸術の方針は、こうである。

「世界は、まちがいなく蝶つがいが外れてしまっており、激しい運動だけが、すべてを再びかみ合わせることができるのだ。だが、それに役立つ道具のなかには、繊細にあつかう必要のある、小さくて弱い道具があるかもしれない。」（ブレヒト、『真鍮買い』より）[163]

〈休憩――アナムネーズ〉

〈おやつのときの、砂糖入りの冷たいミルク。古い白椀の底に、陶器のきずがひとつあった。かきまわしていてスプーンにさわるのが、そのきずなのか、溶け残るか洗い残されるかした砂糖のかたまりなのか、わからなかった。〉

〈日曜日の夜、祖父母の家から路面電車で帰る。夕食は、寝室の暖炉のそばで、スープとトーストだった。〉

〈夏の夕方、まだ日が暮れていないとき、母親たちは田舎道を散歩し、子どもたちはまわりを走りまわって、まるでお祭りだった。〉

〈一匹のコウモリが部屋に入ってきた。頭にとまったりしないかと恐れた母は、彼を背負って、頭からシーツをかぶり、暖炉の火ばさみでコウモリを追いはらった。〉

〈闘牛場通りの一角で、椅子に馬乗りにまたがって座っていたポワミロ大佐。大男で、肌は紫がかって、静脈が浮き出ており、口ひげをはやして、近視で、話しが回りくどくて、闘牛見物の大勢の人

が行き来するのをじっと見ていた。大佐に抱きしめられると、なんという責め苦、なんという恐怖だったことか。〉

〈彼の名づけ親のジョゼフ・ノガレは、ときおりクルミ一袋と五フラン硬貨一枚を彼にくれた。〉

〈バイヨンヌ中等学校の児童クラスの先生であるマダム・ラフォンは、スーツとブラウス、キツネの毛皮を身につけていた。できのいい答えをすると、ごほうびに、木いちごの形をして木いちごの味のするキャンディーをくれた。〉

〈グルネル地区アーヴル通りの牧師、ベルトラン先生[164]は、目を閉じて、ゆっくりと、おごそかに話すのだった。食事のたびに、聖書をすこし朗読した。それは古い聖書で、緑がかった布カバーがかけられて、タピスリー刺繡の十字架が縫いつけられていた。朗読はとても長く続いたので、旅に出る日などは列車に乗り遅れるかと思ったほどだ。〉

〈二頭立て馬車を、チエール通りのダリグラン店から呼んでいた。馬車は、年に一回、家まで迎えに来た。パリ行きの夜行列車に乗るわたしたちをバイヨンヌ駅に送っていくためだった。馬車が来るのを待つあいだ、「黄色い小人」[165]のゲームをしていた。〉

〈手紙で借りる予約をしておいた家具付きアパルトマンは、ふさがっていた。パリの一一月の朝、彼らはトランクとかばんをかかえてグラシエール通りに立ちつくした。近くの牛乳屋のおかみさんが彼らを家に入れて、熱いショコラとクロワッサンをごちそうしてくれた。〉

〈絵入り雑誌は、マザリーヌ通りの、トゥールーズ出身の女性の文房具屋でよく買っていた。店には、いためたジャガイモの匂いがした。おかみさんは、食べものを口に入れて、くちゃくちゃ嚙みながら奥から出てくるのだった。〉

〈とても品のいいグランセーニュ＝ドートリーヴ氏は、第四学年〔中学二年生〕の先生で、いつもべっこうの鼻眼鏡をいじっており、胡椒のような匂いがしていた。彼はクラスを「チーム」と「列」に分け、それぞれに「長」をつくった。それは、ギリシア語の無限定過去形について競争させるためにすぎなかったのだが。（なぜ、教師たちは、思い出のよき伝導体なのだろうか。）〉

〈一九三二年ごろ、「スタジオ28」で、五月のある木曜日の午後に、わたしはひとりで『アンダルシアの犬』を見た。五時ごろに映画館を出ると、トロゼ通りにはカフェオレの香りがした。クリーニング屋の女たちが、二回のアイロンかけの合間に飲んでいたのだ。あまりにも平板で、中心がなく、うまく言い表わせない思い出だ。〉

〈バイヨンヌでは、庭に大きな樹木があったために、蚊が多かった。窓にはチュール布が張ってあった（ただし穴があいていたが）。「フィディビュス」という、香りを出す小さな円錐形のものをいぶしていた。その後、「フライ・トクス」が売り出された。耳ざわりな音を出すスプレーで噴霧するのだが、使おうとするとたいてい空っぽだった。〉

〈気むずかしいデュプエ氏は第一学年［高校二年生］の先生で、生徒にたずねた質問に自分から答えを言うことはけっしてなかった。だれかが答えを見つけるまで、ときには一時間でも、黙って待っていた。あるいは、学校のなかを歩いてこいと生徒を教室から追い出すこともあった。〉

〈夏、朝九時に、ベリス地区にある低くて質素な家で、ふたりの少年がわたしを待っていた。その子たちに夏休みの宿題をさせねばならなかったのだ。新聞紙のうえに置かれた一杯のカフェオレもわたしを待っていた。やせたおばあさんが作った、とても薄くてとても甘いカフェオレで、気持ちが悪くなる味だった。〉

〈など〉。（アナムネーズ［記憶想起］には、「自然」な順序がないので、「など」をともなうことになる。）

主体が、かすかな思い出を〈誇張したり感動的なものにしたりすることなく〉見いだすためにおこなう行為——悦楽と努力が混じった行為——をわたしは〈アナムネーズ〉と呼んでいる。それは俳句そのものだ。〈伝記素〉（『サド、フーリエ、ロヨラ』166 を参照）とは、作られたアナムネーズ、すなわちわたしが好きな作者に提供するアナムネーズである。

ここにあるいくつかのアナムネーズは、いくぶんかは〈つや消し〉である（とるにたりないもの、つまり意味を免除されたものだ）。つや消しにできればできるほど、それだけアナムネーズは想像界から逃れられるのである。

愚かだろうか

（人格の統一性というものに立脚している）古典的な考えかたによると、愚かしさとはヒステリーであるらしい。自分を愚かだと思うだけで、愚かしさを減じることができるのだろう。弁証法的な考えかたでは、こうなる。すなわち、わたしは自分を複数化して、自分のなかで愚かしさという自由区を存在させることを受け入れている、というわけだ。

しばしば彼は、自分を愚かしいと感じていた。〈道徳的な〉知性しか持っていなかったからだ（すなわち、学問的でも、政治的でも、実践的でも、哲学的などでもない知性である）。

エクリチュールの機械

彼は一九六三年ごろには（『批評をめぐる試み』のラ・ブリュイエール論では）、〈隠喩／換喩〉という対に夢中になっている[167]（とはいえ彼は、一九五〇年にG[168]と話したときから、その対についてはすでに知っていたのであるが）。水脈占い師の棒[169]のように、概念は、対になったときにとりわけエクリチュールの可能性を〈引きだす〉ものである。概念は言う。ここに何かを言う力が眠っている、と。このように、概念への熱狂や、たえまない興奮、もろくてはかない偏愛などによって、作品は進んでゆく。言述は、小さな運命や、愛の熱狂によって前進するのだ。（言語のいたずらによって、〈熱中〉とは〈閉塞〉も意味している。[170]すなわち熱中という語は、しばらくのあいだは喉につかえているというわけである。）

空きっ腹で

ブレヒトは、つぎのリハーサルの日時を俳優たちに伝えるときに、こう言っていたものだ。〈空きっ腹〉でいるように。油ぎったりしないように。満たされていないように。霊感を受けたり、感動したり、自己満足したりせず、そっけなくしているように。空きっ腹でいるように、と。――わたしは、自分が書いていることにたいして、一週間後の〈空きっ腹〉のときに読んでも耐えられるという自信があるのか。この文章、この思考（この文‐思考）は、思いついたときには満足しているが、〈空きっ腹〉のときにも嫌悪をおぼえたりしないと言えるのか。わたしの嫌悪感（自分自身の廃棄物への嫌悪感）をどのように調べればいいのか。自分自身が書いたものの、わたしが望みうる最良の読みかたをどのように用意すべきなのか。書かれたものを、愛するのではなく、ただ〈空きっ腹のときにも耐えられる〉ようにするには。

ジラリからの手紙

「ぼくからの挨拶を受けとってくれ、親愛なるロラン。あなたからの手紙はたいへんうれしかったです。ところがその手紙は、欠陥のないという、ぼくたちの親密な友情のイメージをあたえているのです。おかえしに、あなたの誠意ある手紙に答えて、あなたのすばらしい言葉に心の底からたいへん感謝することに大きな喜びを感じます。ロラン、今回は、（わたしが思うに）厄介なことについて話します。内容は次のとおりです。ぼくには弟がひとりいます。彼はＡＳの第三学年の学生で、とても音楽好き（ギターが好き）で、愛にみちています。しかし貧しさゆえに、彼はひどい世界のなかに隠され、見えなくされています（彼は現在に痛みを感じています、「あなたの国の詩人が言ったように」です）。お願いですから、親愛なるロラン、魅力的なあなたの国で、彼に仕事をさがしてください。早いうちにお願いします、というのは彼は心配と不安でいっぱいの生活をおくっているからです。ところで、あなたはモロッコの若者の状況を知っています。彼らの状況にわたしはほんとうに驚き、わたしに晴れやかな微笑みを拒ませているのです。そして、あなたが外国人嫌いでも人間嫌いでもない心を持っているなら、あなたもそのことに驚いているでしょう。あなたの返事をじりじりと待ちながら、あなたを完全な健康に保ってくださるよう、わが神に求めます。」

（この手紙のもたらす無上の喜び。手紙は、豪奢で、きらきらして、逐語的ではあるが、直接に文学的、教養ぬきで文学的である。それぞれの文が、その語調すべてで言語の悦楽以上のことを語っている。手紙は、明確で、厳しく、いかなる美学もこえているが、だが、美学を検閲すること（わたしたちの悲しき同国人ならそうしたであろうこと）はけっして絶対になく、真実と欲望とを〈同時に〉語っているのである。すなわちジラリの欲望全体（ギターや愛情）と、モロッコの政治的真実のすべてを。これこそまさに、望みうるユートピア的言述である。）

悦楽としての逆説

Gは、『ボーデン湖の騎行』[171]の上演を見て、このうえなく興奮し、陶酔して、劇場から出てくる。その演劇について、つぎのような言葉で語る。〈これはバロックだ、狂っている、悪趣味だ、ロマンティックだ〉、などと。そして、つけ加えて言う。〈まったく時代遅れだ〉。したがって、ある種の体質にとっては、逆説とは恍惚であり、喪失状態であり、もっとも強烈なものなのである。

『テクストの快楽』への追加条項。悦楽とは、欲望に〈応える〉もの（欲望を満足させるもの）ではなく、欲望の不意をつくもの、手に余るもの、当惑させるもの、脇にそらせるものである。そのように主体を逸脱させうるものをうまく言い表わすには、神秘主義者たちに助けを求めねばならない。リュースブルク[172]は言った。「欲望が漠然と予想していた可能性を、悦楽が超えてしまうというあの状態を、わたしは精神の恍惚とよんでいる」。

(『テクストの快楽』のなかでも、悦楽は予知できないと〈すでに〉言われているし、リュースブルクの言葉も〈すでに〉引用されている。だがわたしは、固執や固定観念をしめすために、自分がかつて書いたことにたえず言及するかもしれない。なぜなら、それはわたしの身体にかかわることだからである。)

喜びにあふれた言述

――〈愛している、愛している〉。愛の宣言のこうした激発は、どれも身体から発しており、抑えられることなく、繰りかえし語られるのだが、それは何かの〈欠如〉を隠しているのではないだろうか。イカが墨を吐いて敵の目をあざむくように、過剰に愛を断言することによって、欲望の挫折を曖昧なものにしているのだ。そうでないとしたら、こうした言葉を口にする必要はないであろう。

――なんと、〈平凡な〉言述に、いつまでも鬱々ともどらねばならないというのか。つまり、言語世界のどこかの片隅に、喜びにあふれた純然たる言述の可能性が存在することなど、まったくありえないというのか。言語世界のいちばん端の一角で――まさに神秘主義に非常に近いところで――言語が

ÉCOLE PRATIQUE
DES HAUTES ÉTUDES
Sciences Économiques et Sociales
SORBONNE
PARIS, le 19

浪費

ついに本源的な〈表現〉となって、充足という〈意味などもたない〉ようになる、とは考えられないだろうか。

——それはない。〈愛している〉とは要求の言葉なのだから。したがって、その言葉を受けとる人を困らせるだけだ。「母」以外には。——そして「神」以外には。

——あるいは、わたしがその言葉を発しても正当化されることがあるかもしれない。稲妻の一撃のように発せられた二度の〈愛している〉が完全に合致して、その同時性によって、ひとつの主体から別の主体にたいする脅しという効果が失われる場合には、すなわち要求が〈浮揚〉しはじめるような場合にはである（これはありそうにもないが、しかしつねに期待することはできる）。

充足

〈きみを愛している〉というこの要求の言葉にみられる、あらゆる詩情とあらゆる（ロマン派の）音楽。だが、もし奇跡的に、喜びにあふれた返事がもどってくるとすれば、それはどのようなものでありうるだろうか。どのような〈味わい〉の充足であろうか。——ハインリッヒ・ハイネは言う。〈あなたを愛しているわ、ときみに言われると、わたしは苦い涙を流さねばならない〉[173]。すなわち、わたしは取り乱し、崩れ落ち、〈苦い涙を流す〉のである。

（愛の言葉は働きかけてくる、まるで喪のように。）

言葉の作業

そして場面が変わる。愛の言葉をしつこく繰りかえして、弁証法的な解決を見つけようとする自分を想像してみる。すると、愛の呼びかけの言葉は、わたしがそれを繰りかえし言い、時をこえて日に日に言い続けても、言うたびに、新しい状態をふくむことになるだろうと思われる。アルゴー船の乗組員たちが、航海のあいだじゅう、船のあちこちの部品を変えながらも船名を変えることはなかったように、恋する主体はおなじ叫びをつうじて長い過程をなしとげようとする。本来の要求をすこしずつ弁証法的に発展させるが、しかし最初に口にしたときの興奮が色あせるわけではない。愛と言語の作業とはまさしく、おなじ文につねに新しい調子をあたえることだと考えられる。そうして、記号の形態は繰りかえされてもシニフィエはけっして繰りかえされることがないという驚くべき言語を作りだす。言語（と精神分析学）がわたしたちの情動すべてに刻みつける残酷な〈単純化〉にたいして、話者と恋する者がついに打ち勝つ、という言語を作りだすのである。

（わたしがあげた三つの想像的なもののなかでもっとも効果的なのは、最後のものである。というのは、ひとつのイメージが作りあげられると、それはすくなくとも弁証法的な変換をうけた――〈実践〉された――イメージとなるからである。）

言語を恐れること

彼は、あるテクストを書きながら、特殊な言葉づかいをしていることを後ろめたく感じてしまう。独特でありすぎて、常軌を逸した言述から出ることができないかのようである。そして、もし、彼が結局のところは生涯ずっと〈言葉づかいを間違えていた〉のだとしたら、どうだろうか。このようなパニックは、ここで（Uで）いっそう激しく彼をとらえる。夜に外出しないので、テレビを見ることが多いからだ。すると、日常語ではあるが、彼が切り離されている言語がたえず彼に提示される（なんども示される）。彼はその言語に興味をもつが、それは相互的ではない。テレビの視聴者にとっては、彼の言語はまったく非現実的に見えるようなのだ（そして非現実的な言語はどれも、美学的な悦楽の外では、滑稽なものとなる運命にある）。言語エネルギーが下がってゆくさまは、つぎのようなものだ。はじめは、他の人たちの言語を聞いて、その言語と距離があることに安心感をもつ。つぎに、そんなふうに身を離していられるのかと疑わしくなる。人の言っていることが（その言いかたと切り離すことができないので）恐ろしくなる。

彼は、昼間に書いたばかりのことが、夜になると恐ろしくなってくる。夜は、エクリチュールの想像界そのものを途方もなく呼びもどしてしまうのだ。〈生産物〉というイメージや、批判的な（あるいは友好的な）〈うわさ話〉といった想像界を。〈これは言いすぎだ、あれは言いすぎだ、こちらは言い足りない……〉というふうに。夜には、形容詞がいっせいにもどってくる。

母語

なぜ、外国語にたいする好みというか、適性が、これほどまでに少ないのだろうか。[174]英語は高等中学校で習った（『クイーン・マッブ』、『デイヴィッド・コパフィールド』、『負けるが勝ち』など、読んでも退屈だった）。イタリア語はもっと楽しくて、ミラノ出身の元プロテスタント牧師（奇妙な取り合わせだ）[175]が基礎をいくらか教えてくれた。だが、これらの言語を、結局、彼はなんとなく観光的にしか使ったことがなかった。ひとつの言語のなかに入りこんだことはなかった。外国文学にはほとんど関心がなかったし、翻訳にたいしてはつねに悲観的だった。自分の本を訳す人たちから質問されるとパニックになった。そうなるほど、言葉の意味そのものだとわたしが考えていることを、つまりコノテーションの意味を、翻訳者たちがしばしば知らないように見えるのだ。こうした拒絶反応はすべて、愛の裏がえし、すなわち母語（女性たちの言語）への愛の裏がえしである。それは国語だからという愛ではない。というのは、まず、彼はいかなる言語もほかの言語より優れているとは思わないし、フランス語の耐えがたい欠陥をしばしば感じているからである。もうひとつには、自分自身の言語のなかにいても自分が安全な状態にあるとはけっして感じないし、言語活動の危険な分裂に気づく場合がひんぱんにあるからだ。そしてときおり、道でフランス人が話しているのを耳にして、それを理解できることや、身体の一部を彼らと分かち合っていることに驚いたりもする。というのは、彼にとって、おそらくフランス語とは臍の言語以外の何ものでもないからだ。

（それと同時に、日本語のようにきわめて異質の言語にたいする関心がある。その言語の構造が、〈べつの〉主体の組織を彼に〈提示する〉——イメージを見せ、忠告をあたえる——のである）。

不純な語彙

自分をつぎのように定義できないものだろうか。純粋な構文への夢と、不純で異質な（語の起源や特殊事例を混ぜてしまう）語彙の快楽である、と。このふたつの配合が、ある歴史的な立場を説明しているのだろう。そして、読書にかんするデータも。まったくの前衛作品よりはすこし多く読まれるけれど、豊かな教養の作家よりははるかに少ない、というわけだ。

わたしは好きだ、好きではない

〈わたしは好きだ〉——サラダ、シナモン、チーズ、とうがらし、マジパン、干し草の匂い（どこかの「調香師」がそんな香水を作ってくれるとうれしいのだが）、バラの花、しゃくやくの花、ラヴェンダー、シャンパン、政治的に軽い立場、グレン・グールド、とてもよく冷えたビール、平らな枕、トーストパン、ハヴァナ葉巻、ヘンデル、適度な散歩、梨、白桃または赤桃、さくらんぼ、絵具、腕時計、万年筆、羽ペン、デザート、粗塩、リアリズム小説、ピアノ、コーヒー、ジャクソン・ポロック、サイ・トゥオンブリー[176]、ロマン派の音楽すべて、サルトル、ブレヒト、ジュール・ヴェルヌ、フーリエ、エイゼンシュテイン[177]、列車、メドックワイン、ブージ産の赤ワイン、小銭を持っていること、ブヴァールとペキュシェ、南西部地方の田舎道を夕方にサンダル履きで歩くこと、L博士の家から見えるアドゥール川の湾曲部、マルクス兄弟、朝7時にサラマンカを出発したときに食べたセラーノハム、など。

〈わたしは好きではない〉——白いスピッツ、パンタロンをはいた女、ゼラニウムの花、いちご、チェンバロ、ジョアン・ミロ、同語反復、アニメーション映画、アルトゥール・ルービンシュタイン、別荘、午後の時間、エリック・サティ、バルトーク、ヴィヴァルディ、電話をすること、少年少女合唱団、ショパンの協奏曲、ブルゴーニュのブランル[178]、ルネサンス期のダンス音楽、オルガン、M-A・シャルパンティエ、そのトランペットとティンパニー、政治的-性的なことがら、言い争うこと、イニシアチブをとること、何かにこだわること、自然発生性、知らない人たちとすごす夜のパーティー、など。

〈わたしは好きだ、好きではない〉。そんなことは、誰にとっても何の重要性もない。そんなことは、一見して無意味だ。とはいえ、それらすべては〈わたしの身体はあなたの身体と同じではない〉ということを意味している。このように、うわの空でつけた網かけのような、好きなものと嫌いなものの無秩序な泡のなかで、身体の謎のかたちがすこしずつ明確な形をとって、暗黙の合意またはいらだちを呼ぶようになる。ここで身体による威嚇がはじまり、自分を〈寛大に〉受け入れてくれほしい、共感できない悦楽や拒絶には沈黙して礼儀正しくしてほしい、と他者に強いるのである。

（一匹のハエにいらいらして、そのハエを殺す。人は、自分をいらだたせるものを殺すのだ。もしハエを殺さなかったとしたら、それは〈たんなる寛大さから〉だったであろう。すなわち、わたしが寛大なのは、人殺しにならないためである。）

構造と自由

だれが、今なお構造主義者でいるだろうか。ところが彼はそうなのである。すくなくとも次の点においては。たとえば、一様に騒がしい場所は構造をもっていないように彼には思われる。なぜなら、そのような場所では、沈黙か発言かをえらぶ自由がもはやまったくないからである（彼はバーで〈うるさすぎて、話ができませんね〉と隣客になんど言ったことか）。すくなくとも構造とは、わたしに二つの項を提示し、わたしはそのうちのひとつの項に好きなように印をつけ、もうひとつの項は追いはらうことができる、というものなのだ。したがって結局は、構造とは自由の（ささやかな）担保なのである。だが、あの日、いかにしてわたしの沈黙に意味をあたえられたというのか。〈いずれにせよ〉、わたしは話すことができないのだから。

容認可能であるもの

彼は、この言語学概念をかなりよく用いてきた。〈容認可能であるもの〉[179]だ。たとえば、ある与えられた言語において、ある形式が意味を受け入れられるときには、容認可能である（読むことができる、文法にかなっている）となる。この概念は、言述の面に移すこともできる。たとえば、俳句が言うことはつねに「単純で、日常的で、容認可能である」（『記号の国』[180]）とか、また、ロヨラの『心霊修業』の機械にかんして「コード化され、それゆえに『容認可能』である要請が生じる」（『サド、フーリエ、ロヨラ』[181]）というふうに。一般的に言って、文学の科学は（いつの日かそれが存在するとしたら）、しかじかの意味を証明するのではなく、「なぜ、ひとつの意味が容認可能であるか」（『批評と真実』[182]）を言わねばならなくなるだろう。

（言語学を起源にもつゆえに）ほとんど科学的であるこの概念は、情熱的な側面ももっている。形式の真実性を、形式の有効性に置き換えてしまうのである。そしてそのことによって、いわば〈ひそかに〉、あざむかれて免除された意味や、さらには漂流する待機性[183]、という大切なテーマへと人を導くのだ。この点において、〈容認可能であるもの〉とは、構造を口実とした、欲望のかたちなのである。わたしは容認可能な（読むことのできる）かたちを欲している。充満して押しつけてくる意味の暴力と、英雄的な無意味という二つの暴力の裏をかく方法のようなかたちを。

読みうること、書きうること、そしてその先には

『S／Z』においては、〈読みうる／書きうる〉という対立関係が提示された。〈読みうる〉ものとは、わたしには再びそのように書くことができないであろうテクストである（今日、バルザックのよ

うに書きうるものだろうか）。〈書きうる〉ものとは、自分の読書規範を完全に変えるのでもないかぎり、読むのに苦労するテクストである。そして今、わたしは思い描いている（わたしのもとに送られてきたいくつかのテクストをみて思いついたのであるが）。おそらく、テクストの第三の存在があるのだろう、と。読みうるものと書きうるものの横に、〈受け取りうる〉もののような何かがあるのだろう。〈受け取りうる〉ものとは、ひっかかって読めないものであり、燃えるようなテクストであり、あらゆる真実らしさの外部でたえまなく生みだされてゆくものであろう。その機能——書き手によって明白に引き受けられている機能——とは、書かれたものにかんする金もうけ主義的な制約に異議を申し立てることであろう。こうしたテクストは、〈出版できないもの〉という考えに導かれて武装しており、つぎのような返答をもとめているのだろう。あなたが作りだしているものをわたしは読むことも書くこともできません。でも、わたしは〈受け取る〉のです。まるで火のように、麻薬のように、なぞにみちた崩壊のように。

マテシスとしての文学

古典的なテクスト（『黄金のろば』[184]からプルーストまで）を読むと、文学作品によって蓄積され分類されている知識の総量に、彼はいつも感嘆する（固有の法則にしたがって蓄積や分類がなされているので、その法則の新たな構造分析的方法を研究によって作り上げねばならないであろう）。すなわち文学とは、〈マテシス〉［普遍学］、秩序、体系であり、知によって構造化されている場なのである。

だが、その場は無限ではない。なぜなら、まず第一に、文学はその時代の知を超えることができないからであり、第二に、文学はすべてを言うことができないからである。呆然とするほど驚くような事物や光景や事件を目にすると、文学は、言語活動として、〈有限な〉一般性として、それらを説明することができない。それこそが、ブレヒトが経験し、語ったことである。「アウシュヴィッツ、ワルシャワのゲットー、ブーヘンヴァルト強制収容所[185]のできごとは、文学的性格の描写にはおそらく耐えられないだろう。文学は、そういうことには心構えがなかったし、それを説明する方法を手に入れなかったのである」(『ブレヒトの政治・社会論』より)[186]。

この言葉はおそらく、現在においては写実主義文学を生みだしえないことを説明しているのだろう。バルザックや、ゾラ、プルースト、粗悪な社会主義小説ですら、彼らの記述が根拠としている社会的分割は今もなお見られるにもかかわらず、ふたたび彼らのように書くことはもはや不可能なのである。写実主義はつねに臆病であり、そして世界には〈驚くこと〉がたくさんありすぎる。大衆の情報と政治の蔓延が世界をおびただしく広げたので、それをはっきりと描きだすことはもはや不可能なのだ。文学の対象として、世界は逃れ去ってゆく。知識のほうは、文学を見捨てている。文学は、もはや〈ミメーシス〉［芸術的な模倣］でも〈マテシス〉でもなく、ただ〈セミオシス〉［記号連鎖］、つまり言語の不可能性の冒険にすぎない。ようするに〈テクスト〉なのである(「テクスト」の概念は「文学」の概念と重なりあっていると言うのは間違っている。なぜなら、文学は有限な世界を〈表象する〉が、テクストは言語の無限性を〈形象化する〉からである。そこには、知識も、論理も、知性もないのである)。

「自己」の本

彼の〈思想〉は、現代性と、さらには前衛と呼ばれるもの（テーマ、歴史、性、言語）となんらかの関係をもっている。だが彼は、自分の思想に抵抗している。彼の「自己」、つまり理性的な凝固物が、たえず抵抗するのだ。この本は、一連の思想によって作られているように見えるが、しかし彼の思想の本ではない。「自己」の本であり、自分自身の思想への抵抗の本である。〈後退的な〉（後ろへ下がり、おそらくは距離をとって見ている）本なのである。

ここにあるすべては、小説のひとりの登場人物によって——むしろ何人かの登場人物によって——語られている、とみなされねばならない。というのは、想像界とは小説の避けがたい素材であるし、自分自身について語る人がさまよいこむ階段状の迷路であるからだ。想像界はいくつもの仮面（〈ペルソナ〉）をつけており、それらの仮面は舞台の奥行きにおうじて段階的に置かれている（しかしながら後ろには〈だれもいない〉）。[187] この本は、選択しているのではなく、循環によって作用しているのであり、素朴な想像界と批判的な発作とがときどき起こるなかで進んでいるのだ。だがそれらの発作そのものは、反響による効果でしかない。〈自己〉批判ほど純粋な想像界はないからである。したがって、この本の実体は、結局は完全に小説的である。エッセーの言述のなかに第三人称が闖入しているが、その第三人称はいかなる虚構の人物も指していないのだから、ジャンルを再編する必要があることを示している。つまり、エッセーは自分が〈ほとんど〉小説であることを認めているのだ。固有名詞の登場しない小説である、と。

おしゃべり

一九七二年のあの六月七日の、奇妙な状態。疲労と、いらだちによる鬱状態とで、わたしは内心での多弁にとらえられている。文が爆撃のようにやってくる。すなわち、自分がとても知的であると同時にとても空虚だと感じている。

それは、エクリチュールとは正反対のものである。エクリチュールは、出費をするときでも、倹約するものである。

明晰さ

この本は「告白」の書ではない。不誠実だということではなく、今日のわたしたちは昨日とは違った知をもっているということだ。その知は、つぎのように要約することができる。わたしが自分について書くことは、けっして〈最終的な言葉〉にはならない、ということだ。わたしが「誠実」であればあるほど、かつての作家とは異なる決定機関の監視のもとで、わたしは解釈されることになる。かつての作家であれば、〈真実性〉という唯一の掟のみに従えばよいと信じられたのであるが。現在における決定機関とは、「歴史」、「イデオロギー」、「無意識」などである。わたしのテクスト群は、そうしたさまざまな将来の解釈にさらされており（それ以外にどうできるだろうか）、たがいに外れており、どのテクストも他のテクストの上に立つことはない。このテクストも〈つけたし〉のテクストであり、最終的な意味を示すものではなく、シリーズのなかの最新のものでしかないのだ。〈テクストに重ねられたテクスト〉は、なにかを解明することは決してないのである。

わたしの現在が、いかなる権限をもって、わたしの過去について語りうるというのか。現在は過去にたいして優位に立っているというのか。いかなる「恩恵」によって、わたしを明らかにできるはずだったのか。すぎゆく時間や、途上で見つけた大義による恩恵だけか。

結局は、つぎのことだけが問題なのだ。もっともよい見せかけではなく、たんに〈決定不可能である見せかけ〉（Dがヘーゲルについて言ったことだ）を提示するであろうエクリチュールの計画とはどのようなものか、ということである。

結婚

「物語」（描写やミメーシス）とのかかわりが、エディプス・コンプレックスを経ているというのは周知のことである。だが、わたしたちの大衆社会においては、結婚生活との関係も経由しているのである。不倫がテーマになっている数多くの演劇作品や映画よりも、（テレビ）インタビューのあの（耐えがたい）場面に、わたしはそのしるしを見る。俳優J・Dにむかって、妻（彼女自身も女優だ）との関係について質問し、問いつめる。インタビュアーは、この良き夫が浮気をしていることを〈望んで〉いる。そのことでインタビュアーは興奮し、あやしい言葉や物語の兆しを〈要求〉する。このように、結婚生活はつよい集団的興奮をあたえるのである。もしエディプス・コンプレックスと結婚生活を取り除いてしまったら、〈物語る〉べきこととして何が残っているだろうか。それらが消え去ったりしたら、大衆芸術は一変してしまうことだろう。

（エディプス・コンプレックスと結婚生活を結びつけるもの。すなわち、「それ」を所有し、「それ」を人に譲り渡すことが問題となる、という点である。）

子ども時代の思い出

子どもだったころ、わたしたち家族はマラックという地区に住んでいた。その界隈には建築中の家がたくさんあり、子どもたちは建設現場で遊んでいた。家々の基礎をつくるために、粘土質の地面に大きな穴がいくつも掘られていた。ある日のこと、ひとつの穴のなかで遊んだあと、子どもたちはみんなよじ登って外に出たのに、わたしだけが登れなかった。地表から、上から、子どもたちはわたしをばかにした。途方にくれた。たったひとりだ。見おろされている。のけ者にされている。（のけ者にされるとは、外に出されることではない。〈穴のなかにひとり〉でいることであり、公然と閉じこめられることであり、〈排除される〉ことだ〉。そのとき、母が走ってくるのが見えた。母はわたしを穴から出し、子どもたちに対抗して、彼らから遠いところへわたしを連れて行った。

夜明けに

夜明けという幻想。わたしは生涯ずっと、早起きすることを夢見ていた〈高尚な願望だ。郊外電車に乗るためではなく、「考える」ためや、書くために早起きするのだから〉。だが、たとえ早起きしたとしても、あの幻想の夜明けをわたしは見ることはないであろう。というのは、夜明けがわたしの欲求に合うためには、起きるやいなや、ただちに、見ることができねばならないからである。目ざめていて、意識的であり、夜の感覚を蓄熱したままで見ることができねばならないのだ。自在に〈そういう気分になる〉には、どうすればよいのか。わたしの幻想の限界、それはいつも、わたしの〈非‐気分〉なのである。

メドゥーサ

ドクサとは、一般的な意見であり、〈何でもないかのように〉繰りかえされる意味である。それはメドゥーサだ。見る者を石に変えてしまう。すなわち、メドゥーサとは〈明白なもの〉ということである。だがそれは、ほんとうに見られているのだろうか。いや、見られさえしていないのだ。網膜の奥にはりついたゼラチン状のかたまりなのだ。対抗策はあるのか。わたしは、十代だったころ、ある日、マロ・レ・バンに行って、クラゲの出る冷たい水の海で泳いだことがある（いかなる無分別で、そんな海水浴をすることを承知したのか。わたしたちはグループだったが、グループというのは全く卑怯な同調も正当化してしまうものだ）。海から上がってくるとたいてい、からだじゅうが焼けつくように痛み、水ぶくれになっているものだから、更衣室の経営者女性は冷静沈着に、海から上がってくる者にジャヴェル水[188]を一リットル差し出したものだった。それとおなじように、大衆文化の水浴から出てくると、そのつど、何でもないかのように洗浄効果のある言説を差し出してくれるのであれば、大衆文化のドクサ化された商品に（ずるい）楽しみを感じることもできるだろうに。

醜いゴルゴン姉妹のひとりであるメドゥーサは、女王であり、その華やかな髪ゆえに、たぐいまれな美しさであった。ネプチューンに心を奪われ、ミネルヴァの神殿でネプチューンと交わったので、ミネルヴァはメドゥーサを醜くして、その髪を蛇に変えてしまった。

（たしかに、「ドクサ」の言述には、かつての美が眠っているし、昔の豪奢で新鮮な英知の記憶がある。そして、まさしく賢明な女神アテナ「ミネルヴァ」は、「ドクサ」を英知の戯画にしてしまうことで復讐をするのである。）

メドゥーサや「蜘蛛[189]」とは、去勢することだ。それはわたしを〈呆然〉とさせる。聞こえるけれど見えない場面ゆえに、呆然としてしまう。わたしの聴覚は、視覚を奪われている。つまり、わたしは

〈扉のうしろに〉とどまっているのである。

「ドクサ」が語り、わたしにはそれが聞こえるが、その空間にはいない。いかなる作家もそうであるように、逆説の人であるわたしは〈扉のうしろに〉いる。わたしもその扉を通りぬけたいと思う。語られていることをこの目で見て、その共同体の場にわたしも参加したいと思う。だからわたしはたえず〈自分が排除されているものに耳を傾ける〉のだ。そして呆然としてしまい、ショックを受け、人々の好む言語から切り離されるのである。

「ドクサ」が抑圧的であることはよく知られている。だが弾圧的にまでなりうるのだろうか。フランス革命期の新聞のこの恐ろしい言葉を読んでみよう(一七九〇年の『鉄の口』[190]より)。「……監視と世論とによる検閲権を三権の上に置かねばならない。その検閲権は、すべての人の権利となるだろう。代表者なしで、みなが行使しうるであろう。」

アブー・ヌワースと隠喩

欲望は、対象を特別あつかいはしない。ある男娼がアブー・ヌワース[191]を見つめていたとき、ヌワースはその視線のなかに、金銭への欲望ではない、たんなる欲望を読みとった――そのことに彼は心動かされた。これは、転位をあつかうどの学問にたいしても教訓話として役立つのではないか。移される意味などどうでもいいし、その移行過程の言葉づかいもどうでもいい。ただひとつ重要なのは――

そして隠喩に根拠をあたえるのは――〈移行そのもの〉である。

言語学的なアレゴリー

一九五九年に、フランス領アルジェリアにかんして、あなたは「である」という動詞のイデオロギー的分析をおこなっている。[192]「文」とは、この上なく文法的な対象であるが、あなたがタンジールのバーでのできごとを語るのにも役立つのである。[193]また、あなたは「メタ言語」という概念を持ちつづけているが、それは想像上のものとしてだ。このような方法は、あなたのいつものやりかたである。あなたは、擬-言語学、すなわち隠喩的言語学を実践しているのである。それは、文法の概念に言及するために比喩表現をさがそうとするということではなく、まったく反対だ。なぜなら、それらの概念がアレゴリーや二次的な言語を形成してゆくのであり、それを抽象化したものはロマネスクな目的のほうへと向きを変えられているからだ。諸学問のなかでもっともまじめなもの、すなわち言語の存在そのものを引き受けて、いかめしい名称を山ほど提供してくれる学問とは、比喩の宝庫〈でも〉ある。それは詩的言語のように、あなたの欲望の特性をはっきり述べるのに役立つのだ。たとえば、あなたは「中和」と〈中性〉の親近性を発見している。「中和」とは、言語学者たちにとっては、ある関与的対立[194]における意味の消滅をきわめて科学的に説明することを可能にする概念である。そして〈中性〉とは、倫理的なカテゴリーであり、提示された意味つまり威圧的な意味の耐えがたい指標を取り去るためにあなたが必要としているものである。そして、意味そのものにかんしても、それが機能しているのをあなたが見ているときは、新案品をいつまでも飽きずに動かしている客のように、ほとんど子どもっぽい楽しみからなのである。

偏頭痛

わたしは、たんなる〈頭痛〉という意味で〈偏頭痛〉と言うくせがある（おそらくその言葉が美しいからだろう）。言葉は不適切ではあるが（なぜなら痛いのは頭の片側だけでないからだ）、社会的には適切な言葉である。ブルジョワ女性や文人の伝説的な特性である偏頭痛は、階級をしめすことがらなのだ。偏頭痛もちの労働者や小商店主を見たことがあるだろうか。社会的区分がわたしの身体を通過している。わたしの身体そのものが社会的なのである。

なぜ、田舎では（南西部では）、偏頭痛がより強く、より頻繁に起こるのだろうか。休暇中で、空気のいいところにいるのに、いっそう偏頭痛がひどくなってしまうのだ。わたしは何を抑圧しているのか。都市から離れて嘆いているのか。バイヨンヌでの過去が再現されてしまうからか。子ども時代の倦怠感か。わたしの偏頭痛はいかなる転位の痕跡なのか。いや、おそらくは偏頭痛とはひとつの倒錯なのではないか。頭が痛いとき、わたしはまるで部分的な欲望にとらわれているかのようになっており、まるで〈頭の内部〉という身体の特定の一点を物神化しているかのようになっているのだろう。ということは、自分の仕事と不幸な／愛する関係にあるのだろうか。自分を分割し、自分の仕事を欲し、同時に恐れをいだく、という流儀なのだろうか。

「目まいと吐き気」の混ざったミシュレの偏頭痛とはかなり違って、わたしの偏頭痛は鈍いものである。頭が痛いことは（とてもひどかったことは一度もないが）、わたしにとっては、自分の身体を不透明で、頑固で、縮こまって、〈崩れ落ちた〉ものにする方法、すなわち結局は（またもや大テーマだが）〈中性的〉にする方法なのである。偏頭痛がないことや、身体が無意味に覚醒していること、体感が零度であることは、ようするに健康の〈おしばい〉であるとわたしは考えていた。自分の身体はヒステリー的な健康状態にあるのではないと確かめるために、ときどきは明快な身体の〈しるし〉を取り去らねばならないのだろう。勝ち誇った姿としてではなく、一種のすこし陰鬱な器官として、自分の身体を生きねばならないのだろう。すると偏頭痛は、（もはや神経症ではなく）心身の病ということになるであろう。その病によって、わたしは人を死に至らしめる病、すなわち象徴作用欠乏症[195]に〈すこしだけ〉かかってしまうこと（偏頭痛はささいなことだから）を受け入れているのだろう。

流行遅れ

書いた本を別にすると、彼の人生はいつも流行遅れの主体の生であった。恋をしたときは（その方法と、ことがら自体によって）、彼は流行遅れだった。母を愛したときも（仮に父をよく知っていて、不幸にも父のことを愛していたとしても）、流行遅れだった。自分は民主主義者だと思ったときも、流行遅れだった、など。だが、「流行」のほうがさらに先に進んでしまったら、結局は、一種の心理的な悪趣味になってしまうのであろう。

大げさな語のやわらかさ

彼の書くものには、二種類の大げさな語がある。ひとつは、たんに使いかたがまずいだけのものである。曖昧で押しつけがましい語であり、いくつものシニフィエの代わりをするのに役立っている（「決定論」、「歴史」、「自然」など）。わたしは、それらの大げさな語のやわらかさを感じている。ダリの時計[196]のようにやわらかいのだ。もうひとつは（「エクリチュール」、「文体」など）、個人的な意図におうじて作り直される語であり、その意味は個人言語的である。

「健全な文章作成」という観点から見ると、この二つのタイプはおなじ価値をもつわけではないが、しかし二つはつながっている。たとえば、（知的な意味で）漠然としている語は、漠然としているからこそかえって鮮明に存在の正確さがあるのだ。たとえば、〈歴史〉とは精神的な観念であり、自然なように見えることを相対化して、時代による意味がありそうだと考えさせてくれる。〈自然〉とは、抑圧的で不動な状態での社会性なのである。それぞれの語は〈変質〉する。牛乳が酸っぱくなるように、特有な語法が風化した空間のなかに消えてしまうかもしれないし、ドリルで穴をあけるように、主体の神経症的な根まで突き刺してしまうかもしれない。そして、それ以外の語は、結局は恋人をあさるようなものだ。出会ったもののあとをついてゆくのである。たとえば〈イマジネール〉は、一九六三年には、漠然とバシュラール的な語にすぎないが（『批評をめぐる試み』[197]）、一九七〇年になると（『S／Z』[198]）、このとおり洗礼しなおされて、全面的にラカン的な〈想像界[199]〉の意味に移行している（歪曲さえされている）。

踊り子のふくらはぎ

〈卑俗さ〉とは慎みぶかさを侵害することだと仮定するならば、エクリチュールは卑俗になる恐れがたえずあるのだ。わたしたちの（現在の）エクリチュールは、（すこしばかり）何かを伝えること（解釈や分析に身をさらすこと）を望むなら、やはりレトリック的になってしまい、そうなるのをやめられない言語空間において展開されることになる。したがってエクリチュールは、〈言述の効果〉を想定しているのである。だがそうした効果のいくつかが少しでも強制されたりすると、エクリチュールは卑俗なものとなってしまう。いわば、エクリチュールがその〈踊り子のふくらはぎ〉を見せるたびに、そうなってしまうのだ（この断章のタイトルそのものが〈卑俗〉である）。

作家の幻想のもとで固定され、とらえられ、動かないものとなっているイメージの世界は、スナップ写真の効果のように、一種の〈しかめ面〉になってしまう。だが、そのポーズが意図的だとすると、しかめ面の意味が変わってくる（問題は、それをどのように知るかということである）。

政治／倫理

生涯ずっと、わたしは政治的にくよくよしてきた。そのことから結論する。わたしが知った（得た）唯一の「父」は、政治的な「父」だった、と。

ひとつの〈単純な〉考えがあって、しばしば頭に浮かぶのだが、はっきりと言ったことはいちどもない（おそらく〈愚かしい〉考えなのだろう）。すなわち、政治的なものには〈つねに〉倫理なものがあるのではないか、という考えだ。政治的なものの基盤となっているもの、現実の秩序、社会的現実の純粋科学、それは「価値」ではないだろうか。なにゆえ活動家は……活動することを決心するのか。政治の実践は、まさにいかなる倫理からもいかなる心理からも離れてしまうが、そもそも政治的実践とは心理的で倫理的な……起源をもっているのではないか。

（これは、まさしく〈時代遅れの〉考えだ。というのは、「倫理」と「政治」を結びつけるとは、あなたの年齢は二〇〇歳近くになってしまうからだ。国民公会が「倫理学・政治学アカデミー」[200]を創設した一七九五年の人だということになる。倫理学と政治学は、古いカテゴリー、古い街灯[201]だ。――だが、これのどの点が〈間違っている〉のか。――間違って〈など〉いない。時代遅れなだけだ。昔の貨幣は、もう使用されなくなっても贋金ではない。博物館の展示物となり、特別な消費、つまり骨董品という消費にとどめ置かれるのである。――しかし、この古い貨幣からも、有用な金属をすこしばかり引き出すことができるのではないか。――こうした愚かしい考えから引き出せる有益なこと、それはマルクス主義とフロイト主義という二つの認識論の対立が妥協できないものだとわかる、ということである。)

ファッション-語

彼は、〈深く掘り下げる〉ことが苦手だ。ひとつの言葉、ひとつの思考の文彩、ひとつの隠喩など、ようするに、ひとつの表現に何年ものあいだ心をとらえられており、それを繰りかえし、いたるところで用いている(「身体」、「差異」、「オルフェウス」、「アルゴー船」など)。しかし、それらの言葉や文彩によって自分が言おうとしていることについて、より深く考えようとすることはほとんどない(考えるとすれば、説明するかわりに新しい隠喩を見つけるためであろう)。口ぐせというのは深く掘り下げたりできないものであり、べつの言葉で言い換えることができるだけなのだ。それは、結局は「ファッション」がやっていることである。そんなふうに、彼には、内面的で個人的なファッションがいくつかあるのだ。

記号学の歴史

価値－語

彼が好んで用いる言葉は、しばしば対立関係によって一対になっている。対になった二つの言葉のうち、彼はひとつに賛成で、もうひとつに反対だ。たとえば、〈生産／生産物〉、〈構造化／構造〉、〈小説的なもの／小説〉、〈体系的なもの／体系〉、〈詩的なもの／詩〉、〈透かし模様の／空気のような〉、〈模写／類似〉、〈剽窃／模作〉、〈形象化／表象化〉、〈占有／所有〉、〈言表行為／言表〉、〈ざわめき／雑音〉、〈模型／図面〉、〈価値転覆／異議〉、〈間テクスト／コンテクスト〉、〈エロティック化／エロティック〉、など。ときには、（二つの語の）対立関係だけでなく、（一つの語の）分裂にかかわることもある。たとえば、〈自動車〉は、運転するものとしては良いが、物体としては悪い。〈俳優〉は、反－「ピュシス」［自然］に属するなら救われるが、擬－「ピュシス」に与するなら非難される。〈人工〉は、（あからさまに「自然」に対立した）ボードレールふうのものであるなら望ましいが、（まさにその「自然」をまねようとする）〈模造品〉としては軽んじられる。このように、語と語のあいだに、そして語そのもののなかに、「『価値』のナイフ」202（『テクストの快楽』より）が入るのである。

絵具－語

わたしは絵具を買うとき、その名前だけを見る。絵具の名前（〈インドの黄〉、〈ペルシャの赤〉、

〈青磁の緑〉）は、属する地域のようなものを示しているが、その絵具の厳密で特殊な効果は予測できない。それゆえ名前は、楽しみの前兆や、作業の計画となる。豊かな名前には、つねに〈未来〉があるのだ。同じように、ある言葉が美しいとわたしが言うときや、言葉が気に入ったからと用いるときは、けっして、その語の音の魅力や、意味の独創性や、音と意味の「詩的な」結びつきゆえにそうするのではない。〈この言葉で何かをするのだ〉というその思いによって、言葉がわたしを突き動かすのだ。それは、未来の行為への心のふるえであり、〈食欲〉のような何かである。そのような欲望が、言語という不動の絵画の全体を揺り動かすのである。

マナ-語

ひとりの作家の語彙には、つねにひとつのマナ-語があるべきではないか。その語の意味作用は、燃えるようで、多様で、とらえがたく、ほとんど神聖なほどであり、その語を用いれば何にでも答えられるのだという幻想をあたえてくれる。その語は、中心から外れてはいないが、中心にあるわけでもない。不動ではあるが、どこかへ運ばれて、漂流し、けっして〈定着〉せず、つねに〈アトピア的〉である（いかなるトピカからも逃れているのだ）。残余であり、補足でもあり、いかなるシニフィエの位置も占めうるシニフィアンである。この言葉は、彼の著作のなかにすこしずつ現れてきた。それは、はじめは「真実」の言行為（「歴史」の言行為）によって隠されて、つぎに「有効性」の言行為（体系と構造の言行為）によって隠されたが、いまこそ花開いている。このマナ-語、それは

「身体」という言葉である。

移行的な語

語は、どのようにして価値となるのだろうか。身体のレベルにおいてである。肉体的な言葉の理論は『ミシュレ』の本において示されている。[203] 歴史家ミシュレの語彙、彼の価値-語の一覧表は、身体的なふるえによって、つまり何人かの歴史的人物の身体にたいする好みと嫌悪によって形づくられている。そのように、変化する複雑さを介して、「たいせつな」言葉や、（語の魅惑的な意味での）「こころよい」言葉、「驚異的な」（輝かしくて幸福な）言葉が生みだされるのである。それらは「移行的な」語であり、子どもがしつこくしゃぶる枕の端やシーツのへりにも似ている。子どもにとってと同じように、それらのたいせつな語は、遊び場の一部なのである。また、移行対象[204]とおなじように、不確かな位置をしめている。それらの語が演出しているのは、結局は、対象や意味の不在のようなものだ。その外形の硬さや、繰りかえす力強さにもかかわらず、それらの語は曖昧で、浮遊する。そして、お守りになろうとするのである。

中間の語

わたしは、話しているときに的確な言葉をさがしているという自信はない。むしろ、愚かしい言葉を避けようとしている。だが、あまりにも早く真実の語をあきらめることには、いくらか悔やしさがあるので、わたしは〈中間の語〉で満足するようにしている。

自然なもの

自然なものという幻想は、たえず告発されている(『現代社会の神話』でも、『モードの体系』でもそうだ。『S／Z』においてすら、デノテーションは言語活動の「自然」に転じると語られている)。自然なものとは、物質の「自然」の属性とはまったくちがう。それを口実にして、社会的多数派が身を飾りたてるものである。自然なものとは、ひとつの合法性である。それゆえ、その自然なものの下にある掟を、すなわちブレヒトの言葉によると「規則の下にある悪弊」を明らかにする批評が必要になってくる。

そのような批評をすることになった理由は、R・B自身の少数派的な境遇のなかに見ることができる。彼はつねに、なんらかの少数派、なんらかの周辺部に――社会、言葉づかい、欲望、職業、そしてかつては宗教さえもの少数派に――属していた(幼いカトリック教徒たちの多いクラスのなかで、プロテスタントであることに無関心ではいられなかった)。全然つらい状況ではなかったが、しかし社会における存在全体をすこしばかり特徴づけているのだ。すなわち、フランスにおいては、カトリックであり、結婚していて、良い免状をもっていることがどれほど〈自然〉なことか、と感じない人がいるだろうか。公共的適合性のこの一覧表をすこしでも満たしていないものがあると、社会の寝床とでも呼びうるものの小さな折り皺のようになるのである。

この「自然なもの」にたいして、わたしは二つの方法で逆らうことができる。ひとつは、わたしのいないところで、わたしの意志に反して作られた権利にたいしては、法学者のように主張することである（〈わたしにも、権利はありますよ……〉と）。もうひとつは、前衛という違反行為によって多数派の「掟」を荒らすことである。だが彼は、二つの拒否方法のまじわるところに奇妙にとどまっているように見える。彼には、違反行為に加担する気持ちと、個人主義的な気質があるからだ。そのことから、合理的でありつづける反-「自然」の哲学が生まれて、その哲学にとっては〈記号〉が理想的な対象となっている。というのは、記号によって、恣意的なものを告発したり、そして／あるいは称賛したりすることが可能になるからだし、また、いつの日かコードを消し去るのだと愛惜とともに想像しながらコードを楽しむことも可能だからである。わたしは、ときどきは〈アウトサイダー〉になったりする人のように、そのときの気分によって――同化するか、あるいは距離をおくか――、重くるしい社会性のなかに入ったり、あるいはそこから出たり、できるのである。

新品のもの／新規のもの

彼は、自分のえこひいき（彼にとって価値のあるものの選択）は生産的であると思っている。近いけれども異なり、対になっている語をフランス語が幸運にも提示してくれて、一語は彼の好きなもの 205
で、もう一語は好きではない、というときがそうである。まるで、おなじひとつの言葉が、意味場に降ってきて、くるりと方向転換してしまうかのようなのだ（いつもおなじ構造だ。彼の欲望の構造は、結局は、パラディグムの構造なのである）。たとえば、〈新品の／新規の〉の対についてはこうである。「新規」は良いもので、「テクスト」のもつ幸福な動きである。体制的に後退の恐れのあるいかなる社会においても革新は必要なことだ、と歴史的に認められているのだから。だが「新品」は悪いものである。新品の服を着るには格闘しなければならない。しばらく着ていると生じる緩みが新品の服にはないので、首を締めつけるし、からだにうまく合わないのだ。完全には〈新品〉ではないが〈新規〉であるもの、それが芸術やテクストや衣服の理想的な状態なのだろう。

中性

「中性」とは、能動性と受動性の中間なのではない。むしろ、往復運動であり、善悪とは無関係の揺れ動きであり、ようするに、二律背反の反対のものだと言ってもいいだろう。価値（「情熱」の領域から生じるもの）として、「中性」は、社会的実践によって教条主義的な二律背反を一掃し、非現実化してゆく力に相当するのであろう（『ラシーヌ論』で引用したマルクスのことば。「社会主観主義と客観主義、唯心論と唯物論、能動性と受動性といった二律背反がその二律背反的性質を失うのは、社会的存在においてのみである……[206]」）。

「中性」のさまざまなかたち。たとえば、いかなる文学的演劇性もまぬがれた白いエクリチュール

――アダム的言語[207]――心地よい無意味さ――なめらかなこと――空虚なことや縫い目のないこと――「散文」（ミシュレのえがいた政治的カテゴリー）――つつましさ――「個人」が不在であること、あるいは消え去ってはいないにしても、せめて見分けがつかないこと――〈イマーゴ[208]〉の不在――判断や決着の中断――転位――「［平静をよそおって］ひとつの態度をとる」のを拒否すること（いかなる態度も拒否すること）――繊細さの原則――漂流――悦楽。つまり、誇示や支配や威嚇を巧みにかわしたり、裏をかいたり、取るに足りないものにしたりすることすべてである。

「自然」はいけない。はじめのうちは、すべての活動が〈擬-「ピュシス」〉（ドクサ、自然なもの、など）と〈反-「ピュシス」〉（わたしの個人的なユートピアのすべて）との闘いになっている。前者は憎むべきで、後者は望ましい、というわけだ。しかし、のちには、そのような闘い自体があまりにも演劇的なもののように彼には思えてくる。そこで、「中性」の擁護（欲求）によって、闘いはひそかに押しやられ、遠ざけられることになる。したがって「中性」とは、意味的かつ闘争的な対立関係における第三項――零度――といったものではない。それは〈言語活動の限りない連鎖のべつの段階における〉新たなパラディグムの第二項なのだ。そのパラディグムにおいては、暴力（闘争、勝利、演劇性、傲慢）は充満した項となる。

能動的／受動的

〈男らしい／男らしくない〉。この有名な対は、「ドクサ」のすべてを支配しており、あらゆる二者択一の関係を端的に示している。すなわち、意味のパラディグム的たわむれと、誇示という性的たわむれである（うまく作られた意味はどれも誇示なのだ。つまり、結合ととどめを刺すことである）。

「困難なことは、多少とも絶対自由主義的な計画によって、性を解放することではありません。意味としての違反もふくめて、意味から性を解放することなのです。アラブの国々を見てください。同性愛をかなり容易に実践することで、「正しい」性の規範にたやすく違反しているわけですが……、しかしその違反は、厳密な意味での規則にあくまで従っているのです。したがって、違反の実践である同性愛はただちに……想像しうるかぎりもっとも純粋なパラディグムをみずからのなかに再現するのです。〈やり手／受け手〉、〈ものにする側／ものにされる側〉、〈掘り手／掘られ手〉、〈やる者／やられる者〉……です」[209]。それゆえアラブ諸国では、二者択一は純粋で、体系的なのだ。中性の項も複合的な項もいっさい見られない。あたかも、ここでの排他的関係（〈アレカ……コレカ……〉[210]）には、両極のさらに外の項を想像することなど不可能であるかのようだ。ところで、この二者択一は、とくに昇進をねらう場にいるブルジョワやプチブルジョワの青年たちによって言語化されている。彼らは、〈サディズム的〉（肛門期の）[211]であるとともに〈明晰な〉（意味に体をもたせかけた）言説を必要としている。彼らが望んでいるのは、意味と性とが純粋で、漏れがなく、過ちもなく、外側にあふれることもないといったパラディグムである。

しかしながら、二者択一が拒絶されるやいなや（パラディグムが混乱するやいなや）、ユートピアが始まる。意味と性は、自由なたわむれの対象となり、その内部では（多義的な）形式と（官能的な）実践とが、二元性の牢獄から解放されて、無限に拡大する状態になろうとする。そのようにして、ゴンゴリスム[212]的テクストと、幸福な性とが生まれるのかもしれない。

調節

本を読むとき、わたしは〈調節する〉。目の水晶体だけではない。意味の適正なレベル（わたしに合うレベル）をとらえるために、知性の水晶体も調節するのだ。繊細な言語学は、もはや「メッセージ」などにかかずらうべきではない（「メッセージ」など消え失せろ）。そうではなく、おそらくはレベルと閾値とによって処理をする調節作用をあつかうべきなのだろう。それぞれの人が、テクストの塊のなかで〈あの理解可能なこと〉をとらえるために、目を調節するように精神を〈たわめる〉のだ。なにかを知り、楽しんだりするために必要な〈あの理解可能なこと〉を。その点において、読むこととはひとつの労働である。読解をたわめさせる筋力をつかうのだから。

無限のかなたを見るときだけは、正常な目は調節する必要がない。おなじように、テクストを〈無限に〉読むことができるなら、もはやわたし自身の何もたわめる必要はないであろう。それが、前衛と言われるテクストを前にして、必要手続きのように生じることである（その場合は調節しようとしないこと。さもないと何も感じ取ることができなくなるだろうから）。

ヌーメン

ボードレールのこの言葉が好きで、なんども引用した（とくにプロレスにかんして）[213]。「人生の重大な状況における身ぶりの誇張された真実」[214]。彼は、そのような過剰なポーズを〈ヌーメン〉（人間の運命を告げる神々の沈黙の身ぶり）と呼んだ。〈ヌーメン〉とは、こわばって、長引き、危険な状況に陥ったヒステリーのことだ。というのは、結局は、じっと見つめることでヒステリーは不動で縛りつけられたものとなるからである。そのことから、ポーズ（ただし枠で囲まれている場合の）、高尚な絵画、悲壮な光景、空へ向けられたまなざしなどへの、わたしの関心が生まれたのである。

言述のなかに事物がやってくること

もっぱら観念的なものである「概念」や「考え」とは異なって、〈知的対象〉とはシニフィアンへの一種の働きかけによって生み出される。ひとつの形式（語源、派生、隠喩など）をわたしが〈真剣に受けとめる〉ことさえすれば、自分自身のために〈語‐思考〉のようなものを作り出すことができる。それは、わたしの言語活動のなかを、環探し遊び[215]の環のように回ってゆくことになる。そのような語‐対象は、〈心的エネルギーを注がれている〉（欲望されている）と同時に〈表層的〉（用いるけれども深めはしない）でもある。儀式的な存在なのだ。まるで、ある時期にわたしが自分の記号でその語に〈洗礼をさずけた〉かのようである。

読者への配慮から、ときおりエッセーの言述のなかに官能的な対象をいれるのは良いことだと彼は思っていた（エッセーではないが、『若きウェルテルの悩み』のなかに突然に、バター炒めのグリンピースや、皮をむいて四つ切りにされたオレンジが登場する）。そうすることにはふたつの利点がある。具体的な物が豪奢に現れることと、ねじれが生じて、知的なつぶやきに突然に隔たりがきざまれることである。

ミシュレが彼にひとつの例を見せてくれた。解剖学的な言説と椿の花のあいだに、どのような関係があるというのか。――ミシュレは言う。「子どもの脳は、乳白色の椿の花そのものだ」。そうしたことから、おそらく、書いているときに雑多なものを列挙しては〈気晴らしをする〉習慣が生まれたのだろう。社会論理学的な分析（一九六二年）のなかに、まるで匂いのある夢のように次の文を入れることには、快感のようなものがありはしないだろうか。「野生のサクランボ、シナモン、バニラ、シェリー酒、カナダの茶、ラベンダー、バナナ[216]」。または、意味論的な証明の重苦しさの疲れをいやすために、「つばさ、尾、兜飾り、羽飾り、髪の毛、スカーフ、煙、ボール、裳裾、ウエスト、そしてヴェール」（「エルテ[217]」より）といったイメージを入れること。これらは、エルテがアルファベットの文字をつくるのに用いたものである。——あるいはまた、社会学の雑誌に、ヒッピーたちが着ている「錦柄のパンタロン、ロングコート、長くて白いネグリジェ[218]」を挿入すること（一九六九年）。批評的な言述のなかへ「青みがかった煙の輪」を挿入するだけで、たんに……〈それをべつの場所でも書く〉という勇気をあなたにあたえるのではないだろうか。

（たとえば日本の俳句においては、ときおり、言葉の書かれた行が突然にあけられている。言葉が追い出された場所を行儀よく占めることになるのは、まさしく富士山やいわしの絵なのだ。）

におい

プルーストにおいては、五感のうちの三つの感覚が思い出をみちびきだしている。だがわたしにとって、響きのよさよりも結局は声のきめの点で〈よい香りのする〉声の場合はそうなのだが、それをべつにすると、思い出や、欲望、死、不可能な回帰といったものは、そうした感覚のほうにはない。わたしの身体は、マドレーヌ菓子や敷石やバルベックのナプキンの話には共感しない。もはや戻ってこないであろうもののなかで、わたしのなかに戻ってくるもの、それはにおいである。たとえば、バイヨンヌでの子ども時代のにおいがそうだ。〈曼荼羅〉の枠のなかの世界のように、バイヨンヌ全体がひとつの複合的なにおいのなかに集約されている。小バイヨンヌ（ニーヴ川とアドゥール川にはさまれた地区）のにおいだ。サンダル職人が編んだ紐、薄暗い食料品店、古い木製具のワックス、風通しの悪い階段、団子にまとめた髪をとめる布カバーまで黒色のバスクの老女たちの黒服、スペイン油[219]、職人工房や小売店（製本職人や金物屋）の湿気、市立図書館の紙ぼこり（そこでわたしはスエトニウスやマルティアリス[220]の作品中の性欲を知った）、ボシエール店で修理中のピアノの接着剤、バイヨンヌ特産のチョコレートの香り。これらのにおいすべてが、しっかりとして、歴史をになっており、田舎ふうで、南フランス的なのである。〈口述筆記〉。）

（わたしはこれらのにおいを夢中になって思い出す。わたしも年をとったということだ。）

エクリチュールから作品へ

うぬぼれの罠。自分が書いたものを「作品」とみなすのを認めている、と思わせてしまうこと。書かれたものの偶然性から、統一的で神聖な生産物という超越性へ移行してしまうこと。「作品」という言葉だけでも、すでに想像的である。

　エクリチュールと作品とのあいだには、たしかに矛盾がある（「テクスト」は寛容な言葉だから、エクリチュールと作品の違いにこだわったりはしない）。わたしは、絶えまなく、果てしなく、期限もなく、エクリチュールを楽しむ。永続的な生産行為であるかのように。無条件の散逸であるかのように。わたしがページに投げつける主体が合法的に身を守ろうとしても、もはや抑えることのできない誘惑のエネルギーであるかのように。だが、わたしたちの金もうけ主義社会においては、「作品」にたどりつかねばならない。作りあげること、すなわち、商品を〈完成〉しなければならない。わたしが書いているあいだ、エクリチュールは、作品になることにうまく協力せねばならず、そのようにして作品にたえず押しつぶされて、平凡になり、自責の念にかられるのである。作品というものについての集団的イメージがわたしに仕掛けるあらゆる罠をくぐりぬけて、いったいどのように書けばよいのか。——そうだ、〈盲目的に〉書くのだ。仕事をしながら、たえず途方にくれ、取り乱し、けしかけられて、わたしはサルトルの『出口なし』[221]の終わりの言葉を口にするしかない。〈続けよう〉と。

エクリチュールとは、狭い空間のなかでどうにか体の向きを変えるという、そんな〈遊び〉である。わたしは動きがとれない。書くのに必要なヒステリーと想像界とのあいだで、わたしは懸命になっている。想像界は、社会的なコミュニケーションというねらい（そしてヴィジョン）を監視し、仰々しくして、純化し、平凡にし、コード化し、修正して、強要してくる。一方でわたしは人から欲望されることを望んでいるが、他方では欲望されないことを望んでいる。ヒステリックであると同時に強迫神経症的なのである。

しかしながら、作品のほうへ向かえば向かうほど、わたしはエクリチュールのなかへと降りてゆくことになる。そして、その耐えがたい奥底に近づく。砂漠が現われ、避けがたくて悲痛な〈共感の喪失〉のようなものが生じる。わたしは自分がもはや（他者にたいしても自分にたいしても）〈共感できる〉ひとではなくなっていると感じる。エクリチュールと作品が接触するまさにその点において、きびしい真実が現れる。〈もう子どもではない〉という真実だ。あるいは、わたしが発見するのは、悦楽の苦行なのだろうか。

「周知のことですが」

見かけは修辞的虚辞にすぎない表現〈周知のことですが〉、〈ご存じのように……〉が、いくつかの論述展開の冒頭におかれている。彼は、出発点としようとする主張を世間一般の意見や常識に結びつけるのだ。平凡さに対抗する使命を自分にあたえているのである。多くの場合、裏をかかねばならないのは、一般的意見ではなく、彼自身の平凡さのほうだ。はじめに彼の頭にうかぶ言述は平凡であり、このもともとの平凡さと闘うことで、彼はすこしずつ書いてゆくのである。タンジールのバーでの自分の状況を描くとしたら、どうなるだろうか。述べるべきこととして彼がはじめに見つけるのは、自分がそのバーにおいて「内的言語活動」の場になっているということだ。結構な発見ではないか。そこで彼は、自分をねばつかせているその平凡さを取り除こうとする。そして、その平凡さのなかに、彼がなんらかの欲望関係をもっている観念粒子を見つけるようとする。すなわち「文」である。それに名前がつけられたなら、すべてはうまくいく。彼が何を書こうと（できばえの問題ではない）、つねに心的エネルギーが充当された言述となって、そこに身体が現れるであろう（平凡さとは、身体のない言述なのだ）。

結局のところ、彼が書くものは、〈修正された〉平凡さから生まれているようである。

不透明と透明

説明原則。彼の仕事は、ふたつの地点のあいだを進んでいるということ。

——始まりの地点には、社会関係の不透明さがある。この不透明さは、ステレオタイプという息苦しい形式(学校の作文で義務づけられた文彩や、『零度のエクリチュール』における共産主義小説)としてただちに暴きだされた。つぎに「ドクサ」のたくさんの他の形式があった。

——最終的な(ユートピア的な)地点には、透明さがある。やさしい感情、願い、ため息、休息への願望である。あたかも、いつの日か、社会的会話のねばりけが、澄んできて、軽やかになり、見えないほど透けてくることがありうるかのように。

一、社会的分断が不透明さを生む(明らかな逆説である。社会的に大きく分断されているときには、不透明で鈍重に見えるのである)。
二、この不透明さにたいして、主体はできるだけあらゆる方法で闘う。
三、しかし、彼自身が言語活動の主体であるならば、彼の闘いが直接的に政治的解決になることはありえない。なぜなら、ステレオタイプの不透明さを見出すことになってしまうだろうからだ。したがって、闘いは黙示録のような動きをとることになる。すなわち彼は、徹底的に分割をして、価値のたわむれそのものを激化させ、そして同時に、ユートピアを夢見て生きるのである——社会関係の最終的な透明さを〈渇望して生きる〉と言ってもよいだろうか。

対照法

対照法とは、対立をしめす文彩であり、二項対立を過激にした形式であり、まさに意味を見せものにすることである。それから離れるには、中性にたよるか、現実世界に逃れるか（ラシーヌ作品における腹心の部下は、悲劇的な対照法をこわそうとする）[222]、追加するか（バルザックは『サラジーヌ』の対照法に追加をしている）[223]、あるいは第三の（移動の）項を作りだすか、である。

ところが、彼自身はすすんで対照法を用いているのだ（たとえば、「装飾としてショーウインドーでは自由を、だが本質として自国では秩序を」[224]がそうである）。またもや矛盾しているのか。――そうだ、こうした矛盾にはつねに同じ説明がなされるであろう。つまり、対照法とは〈言葉づかいを盗むこと〉である。わたしが日常的言述の暴力を借りるのは、わたし自身の暴力や〈わたしにとっての意味〉に役立てるためである。

起源からの離脱

彼の仕事は反歴史的ではない（すくなくともそう願っている）が、いつも頑固に反生成的である。なぜなら「起源」とは、「自然」（「ピュシス」）の危険なかたちだからである。「ドクサ」は、打算的な悪用によって「起源」と「真実」とをいっしょに「押しつぶし」て、どちらも便利な回転ドアから出たり入ったりさせながら、ただひとつのことを証明しようとする。人文科学とは、あらゆることがらの〈エティモン〉（起源と真実）を研究する〈起源的な〉ものではないのか、と。

「起源」の裏をかくために、彼はまず「自然」の文化水準を徹底的に上げてゆく。自然のものなど何もなく、どこにもなく、歴史的なものしかないようにするのだ。つぎに、（いかなる文化も言語活動にすぎないと、バンヴェニスト[225]とともに確信しているので）、熱い手遊び[226]のように次から次へと重ねられた（生み出されたのではない）言述の無限の動きのなかに、その文化をもどしてやるのである。

価値のゆらぎ

一方では、「価値」が支配し、決定し、切り離して、そして善を片方に、悪をもう片方においている（たとえば〈新品／新規〉、〈構造／構造化〉など）。世界はしっかりと意味を示している。なぜなら、すべては好きと嫌いのパラディグムにとらえられているからである。

他方で、いかなる対立も疑わしいし、意味にはうんざりさせられているので、彼は休息したいと思う。すべてを武装させていた「価値」は武装解除されて、ユートピアのなかに吸収されてゆく。もはや対立も、意味も、「価値」さえもなくなり、そうした消滅は徹底的なものとなる。

このように「価値」（そして、それとともにある意味）はたえず揺らいでいる。彼の仕事は、全体として、（意味がつよいときの）善悪二元論という外見と、（意味の免除を欲しているときの）懐疑主義という外見のあいだで、ちぐはぐになっているのだ。

パラドクサ

（「逆説」の「訂正」。）

知識人の場において、つよい分派活動が横行している。もっとも親しい人にもことごとく対立するのだが、しかしおなじ「レパートリー」のなかにとどまっているにすぎない。動物の神経心理学においては、レパートリーとは動物が行動する目的の総体である。ネズミはネズミの「レパートリー」を持っているのだから、どうして人間への質問をネズミに問うたりするだろうか。どうして教師への質問を前衛芸術家に問うたりするだろうか。だが、逆説の実践はというと、すこし異なるレパートリーのなかで展開されている。むしろ作家のレパートリーといえるもののなかである。〈すでに命名され〉、分別されてしまった価値には対立したりしない。そうした価値にたいしては、それに沿って進んだり、逃れたり、かわしたりする。つまり〈うまく切りぬける〉のだ。それは厳密に言うと、後退行動（これはフーリエの便利な言葉なのだが）ではない。危惧すべきことは、対立や攻撃のなかに、すなわち〈意味のなかに〉陥ってしまうことなのだ（なぜなら意味とは、言葉の対立の始動にほかならないからである）。さらに言いかえると、単純な対立意見をむすびつける意味的連帯性のなかに陥ってしまうことである。

パラノイアのささやかな原動力

パラノイアの慎ましい、非常に慎ましい原動力。彼がものを書くときは（おそらく誰もが同じようにして書くのだろうが）、何かを、名前を挙げない誰かを（彼だけが名を挙げられるような人を）、遠まわしに批判しているのだ。そのような文――とはいえ一般的化され、和らげられているのだが――を書いた根源には、どのような〈執念ぶかい〉動機があったのか。あちこちで〈陰険〉になったりしないようなエクリチュールなどないのだ。動機は消えて、効果だけが残る。そのように動機が取り除かれていることが、美学のある言述の条件である。

語る／キスをする

ルロワ＝グーラン[227]の仮説によると、人間は、歩行時に前足を使わなくなり、したがって口で補食しなくなったときから、話すことができるようになったのだという。わたしとしては付けくわえて言いたい。〈そしてキスすること〉もできるようになった、と。なぜなら発声器官は、接触器官でもあるからだ。直立姿勢になることで、人間は言語と愛を発明することができたのである。これがおそらくは、言葉とキスという相伴う二重の倒錯の、人類学的な誕生なのであろう。その考えかたからすると、人間は（口が）自由になればなるほど、語って、キスをするようになったということである。そして論理的に考えると、文明の進歩によって人間があらゆる手仕事から解放されると、もはやおしゃべりすることとキスすることとしかしなくなるのだろう。

同一の場所にあるこの二重の機能にたいして、ひとつの特異な違反を想像してみよう。言葉とキスを同時におこなうこと、〈キスしながら話し、話しながらキスする〉ことから生じるであろう違反である。そのような快感が存在することを信じねばならない。恋人たちは「愛する唇から言葉を飲みこむ」[228]ことをやめないからだ。そのときに恋人たちが味わっているのは、愛の闘いのなかで開始したり途切れたりする意味のたわむれである。すなわち〈混乱している〉身体機能であり、ようするに〈しどろもどろの身体〉なのである。

通り過ぎてゆく身体

「ある夜、バーの長いすでうつらうつらしていると……」[229]。つまりこれは、タンジールのその「ナイトクラブ」で、わたしがしていたことである。わたしはそこですこし眠っていたのだ。さて、つまらない都市社会学によると、ナイトクラブとは覚醒と行動の場だということになっている（話すこと、コミュニケーションすること、出会うことなどが重要だというわけだ）。だが、ここでは反対に、ナイトクラブとは半‐不在の場なのである。その空間に身体が不在だということではなく、それどころか客たちの身体はきわめて近いし、そのことが重要にもなっている。だがそれらの身体は無名で、かすかに動くだけであり、わたしを無為で無責任で流動的な状態のままにしておいてくれる。みんながそこにいるが、誰もわたしに何も求めたりしないという、二つの利点をわたしは手にしているのだ。すなわち、ナイトクラブでは、他者の身体はけっして（市民の、心理的な、社会的な、などの）個人に変わることはない。その身体は、近くを歩いてみせるが、話しかけることはしない。したがってナイトクラブは、わたしの器官のために特別に処方された薬のように、わたしが文の仕事をする場になることができるのだ。わたしは夢想はしない。文章を作るのだ。会話によって耳を傾けられる身体ではなく、ただ見つめられる身体こそが、〈話しかけ〉（接触）の機能をになっており、自分の言葉の産出と、その産出が糧とする流動的な欲望とのあいだで、メッセージではなく覚醒の関係をたもっている。結局、ナイトクラブとは〈中性の〉場である。第三項というユートピアであり、〈語ること／黙っていること〉という純粋すぎる対関係からは遠いところへ漂流することなのである。

列車のなかでは、さまざまな考えが浮かぶ。人がわたしのまわりを行き来して、通り過ぎる身体が促進剤のように作用するのである。飛行機のなかでは、まったく逆だ。わたしは動かず、席に押しこめられており、何も見えない。わたしの身体は、したがって知性は、死んでしまっている。わたしにあたえられているのは、託児所のゆりかごのあいだを冷淡な母親のように歩き回るスチュワーデスの外見はよいけれど不在である身体だけだ。

戯れ、模作

彼が自分自身について抱いている数多くの幻想のなかには、つぎような頑固なものがある。すなわち、彼は〈戯れる〉のが好きで、したがってその能力がある、というものだ。しかし彼は、模作をしてみたいとしばしば思ったにもかかわらず、高校生だったとき（『クリトン』[230]）をのぞいては、いちども模作をしたことがない（すくなくとも意図して書いたことはない）。そのことには、理論的な理由があるのかもしれない。主体の〈裏をかく〉ことが重要なのだとすれば、〈戯れる〉ことはむなしい方法であり、その方法によって追求していることとは逆の効果さえもたらすということだ。戯れの主体は、このうえなく堅くしっかりしている。ほんとうの戯れとは、主体を隠すことではなく、戯れそのものを隠すことである。

パッチ－ワーク

自分に注釈をつけるとは。なんと退屈なことだろう。だからわたしには──遠くから、とても遠くから──現在の時点から、自分を〈ふたたび－書く〉以外に方法がなかったのだ。つまり、本や、主題や、回想や、テクストに、べつの言表行為をつけくわえることである。わたしが語っているのが、自分の過去についてなのか、現在についてなのかも、まったくわからないというのに。そのようにして、わたしは、書かれた作品のうえに、過去の身体と資料体[231]のうえに、ほとんどふれることなく、一種の〈パッチ－ワーク〉を投げかける。四角い布を縫い合わせて作ったラプソディー[232]ふうのカバーを投げかけるのだ。内容を深めるどころか、わたしは表面にとどまっている。なぜなら、今回は「わたし」(「自己」)にかかわるからであり、深さとは他者に属しているからである。

色彩

世間一般の意見はつねに、性欲が攻撃的であることを望んでいる。したがって、幸福で、おだやかで、官能的で、喜びにあふれた性欲、という考えは、いかなる著作にも見出すことができない。では、どこで読みとることができるのか。絵画のなかにである。さらに言うなら、むしろ色彩のなかである。もしわたしが画家だったとしたら、さまざまな色を描くことだけをしているだろうと思う。色彩の場は、「規則」から解放されているし(「模倣」も「類似」もないし)、また「自然」からも解放されているように思われるのである(というのは「自然」のあらゆる色彩とは、結局は画家に由来しているものではないだろうか)。

分割された人間か

古典的な形而上学にとっては、人間を「分割する」ことに何の不都合もなかった(ラシーヌは「わたしのなかには二人の人間がいる」と言った)。不都合があるどころか、人間は対立する二つの項をそなえており、ひとつの優れたパラディグムのように(〈高い/低い〉、〈肉体/精神〉、〈空/大地〉などのように)機能していたのである。対立する部分にしても、ひとつの意味を、つまり「人間」の意味を確立するときには和解するのであった。それゆえ、今日にわたしたちが分割された主体について語るとしたら、それはそうした単純な矛盾や二重の前提を確認するためとはまったくちがってくる。対象とするのは〈回折〉[233]である。投げ出されて散らばっているものであり、そこにはもはや中心核も意味構造も残っていない。わたしは矛盾しているのではない。分散しているのである。

このような矛盾をあなたはどのように説明するのか、どのように黙認できるのか。哲学的には、あなたは唯物論者のように見える（この言葉があまりにも古めかしく聞こえなければ、であるが）。倫理的には、あなたは分裂している。すなわち、身体にかんしては快楽主義者であるが、暴力にかんしてはむしろ仏教徒であろう。あなたは信仰を好まないが、儀式のことは少しなつかしく思っている、など。あなたは、さまざまな反応でできた寄せ木細工だ。あなたには〈自分が最初にした〉という何かがあるのだろうか。

あなたは、なにかの分類を目にすると、どんな分類であろうと、その分類表のなかに自分をあてはめたいという欲求にかられる。あなたの場所はどこなのか、と。はじめは、その場所を見つけたように思う。だが、すこしずつ、彫像が崩れたり、石のレリーフが浸食されて、凹凸が減り、形がなくなってゆくように、あるいはもっとよりよく言うと、飲んだ水のせいで付け髭がとれてしまうハーポ・マルクス[234]のように、あなたはもはや分類できなくなってゆく。個性が強すぎるからではなく、その反対に、配列表のあらゆる境目で動きまわってしまうからである。いわゆる弁別特徴[235]を自分のなかに集めてみるのだが、そうするとそれらの特徴はもはや何も識別しなくなっている。そして、あなたは自分が、同時に（または交互に）強迫神経症的で、ヒステリックで、パラノイア的で、しかも倒錯的であること（恋愛上の精神異常は言うまでもない）を発見する。あるいは、快楽主義、幸福主義、アジア主義、善悪二元論、懐疑主義など、あらゆる衰退した哲学もつけくわわっていることを発見する。

「〈すべては、わたしたちのなかで作られたのだ。なぜなら、わたしたちはわたしたちであり、つねにわたしたちでありながら、一瞬たりとも同じではないからである〉」（ディドロ『エルヴェシウスへの反駁』[236]より）。

部分冠詞

〈プチブルジョワ〉。この述語は、いかなる主語にも張り付いてしまう可能性がある。この災難をだれも逃れられない（当然だ。本だけでなくフランス文化全体がそれを経由しているのだから）。労働者にも、管理職、教師、反体制学生、活動家、友人のXやYにも、そしてわたしにも、もちろん〈ある程度のプチブルジョワ的なところがある〉のだ。これは質量 - 部分冠詞[237]である。ところで、可動性があって、突然に心をかき乱すという同じ性格をみせる別の対象語があり、理論的な言説のなかでは、たんなる部分冠詞のように存在している。それは「テクスト」である。しかじかの作品は「テクスト」であるとは言えないが、作品のなかには〈ある程度の「テクスト」がある〉ということだけは言える。このように〈テクスト〉と〈プチブルジョワ〉は、後者は有害で、前者は胸躍るものであるものの、どちらもおなじひとつの汎用的実質のかたちをとっている。両者とも、おなじ言説機能をもっているのだ。何にでも汎用できる価値操作子という機能を。

バタイユ、恐れ

バタイユは、結局のところ、わたしの心を動かすことはほとんどない。笑い、信仰、詩、暴力など、わたしにいかなる関係があるというのか。「聖なるもの」や「不可能なもの」について、なにを言うべきことがあるだろうか。

しかしながら、こうした（無縁の）言葉のいっさいも、わたしのなかで〈恐れ〉という名をもつ不安感と合致させてやれば、バタイユはわたしの関心を取りもどすことになる。すると、彼の書いていることすべてが、わたしのことを描いているというわけだ。これでうまくいく。

いくつかの段階

〈表の注記〉（一）間テクストは、かならずしも[238]影響の場ではない。それはむしろ、文彩や、隠喩や、語-思考などからなる音楽である。〈セイレーン〉としてのシニフィアンである。（二）〈道徳性〉は、道徳のまさに反対のものとして理解されねばならない（それは、言語活動の状態にある、身体の

テクスト相互連関	ジャンル	作品
(ジッド)	(書く欲望)	―
サルトル マルクス ブレヒト	社会的神話論	『零度のエクリチュール』 演劇について書いたもの 『現代社会の神話』
ソシュール	記号学	『記号学の原理』 『モードの体系』
ソレルス ジュリア・クリステヴァ デリダ、ラカン	テクスト性	『S/Z』 『サド、フーリエ、ロヨラ』 『記号の国』
(ニーチェ)	道徳性	『テクストの快楽』 『彼自身によるR・B』

思考である)。(三) まず、(神話にたいする)〈介入〉があり、つぎに(記号学的な)〈虚構〉、それから破片、断章、〈文〉などがある。(四) それぞれの時期のあいだには、もちろん、重なり合いや、復活したもの、似通ったところ、存続しているものなどがある。そのような結合の役割をはたしているのは、概して(雑誌の)論文である。(五) それぞれの段階は反作用的である。自分をとりまく言述にせよ、自分自身の言述にせよ、どちらもあまりに固まりはじめると、作者はそれに反応する。(六) ひとつの釘がべつの釘を追い出す［新しいものが古いものに取って代わる］と言われるように、ひとつの

倒錯がひとつの神経症を追い出すのである。政治的で倫理的な強迫観念のあとに、科学のささやかな妄想がつづき、その妄想がこんどは倒錯的な（可能なかぎりのフェティシズムの）悦楽によって和らげられることになる。（七）時期や作品を、変化する段階に切り分けてゆくことによって――想像界的な操作であるとはいえ――知的コミュニケーションのたわむれに加わることができる。自分を〈理解可能なもの〉にするからである。

文の有益な効果

Xがわたしに言う。ある日のこと、彼は「自分の人生から、不幸な恋愛を免除してやる」ことに決めたのだ、と。そして、その〈文〉がとてもよくできているように見えたので、その文を考えつかせた失敗がほとんど埋め合わせされてしまったのだという。そこで彼は、（美的な）言語のなかにあるこの〈アイコニーの蓄え〉をさらに利用することに心に決めた（わたしにも勧めた）のである。

政治的なテクスト

主観的に言って、「政治的なこと」とは、倦怠そして／または悦楽をたえず生じさせる源だと思う。しかも、それは〈実際には〉（つまり政治にかかわる人の傲慢さにもかかわらず、という意味であるが）、どこまでも多義的な空間であり、終わりのない解釈にめぐまれた場所なのである（もし解釈が

構造主義的ファッション

ファッションは身体におよぶ。ファッションによってわたしは、笑劇として、戯画として、自分のテクストのなかにもどってくる。自分についてこうだと思っていたイメージに、一種の集団的「イド」が取って代わる。そしてその「イド」こそが、わたしなのである。

じゅうぶんに体系的であるなら、いつまでもけっして否定されることはないであろう)。この二点を確認すると、「政治的なこと」とは、純粋な〈テクスト的なもの〉に属すると結論づけられるだろう。すなわち、それは「テクスト」が常軌を逸して激化した形式であり、その氾濫ぶりと見せかけとによって、わたしたちの現在の「テクスト」理解をおそらくは超えているであろう驚くべき形式なのである。そしてサドがもっとも純粋なテクストを生みだしたことを考えると、わたしは次のように理解できると思う。「政治的なこと」は、サド文学的なテクストだと思うと好ましいが、サディズムのテクストだと思うと好ましくない、と。

アルファベット

アルファベットの誘惑。断章を連結させるためにこの文字列を採用することは、言語の栄光を生み出しているもの(ソシュールを絶望させたもの)に身をゆだねることである。それは根拠のない(いかなる模倣もない)順序であり、恣意的になることのないものだ(だれもがアルファベットを知っており、認めて、合意しているからだ)。アルファベットは幸福感をもたらす。「構想」の苦悩も、大げさな「展開」も、ひねくれた論理もいらない。論述もしなくてよい。断章ごとにひとつの思考があり、思考ごとにひとつの断章がある。これらの原子を並べてゆくには、フランス語文字の、昔からある、途方もない順序だけでいいのだ(文字自体が、常軌を逸した――意味のない――ものである)。

彼は、語を定義するのではなく、断章に名前をつける。辞書とはまさに逆のことをするのだ。語から言表が生じるのではなく、言表から語が出てくるのである。用語辞典からは、わたしはもっとも形式的な原則だけを採用する。それらの語単位の順序である。とはいえ、その順序がいたずらをするかもしれない。ときには意味の効果を生んでしまうのだ。その効果が望ましくない場合には、アルファベット順をこわして、断絶（異種性）の規則という、より上位の規則を取り入れねばならない。意味が「固まる」のを妨げるためである。

もう思い出せない順序

これらの断章を書いた順序を、彼はだいたい覚えているのだが、その順序はいったいどこから生まれたのだろうか。いかなる分類に、いかなる脈略に従っていたのだろうか。彼にはもう思い出せない。アルファベット順がすべてを消し去り、いかなる起源も抑えこんでしまう。おそらく、ところどころでは、いくつかの断章は親近性によってつながっているように見えるだろう。だが重要なのは、それらの小さな組織網が連結していないことであり、本の構造や本の意味といった唯一の大きな組織網に徐々に変化したりしないことである。本の主題という宿命のほうに言述が落ちこんでゆくことをとどめ、方向をそらせて、分裂させるために、ときおりアルファベットは、その秩序（無秩序の秩序）にあなたを立ちもどらせ、そしてこう言うのだ。〈切りなさい、べつのしかたで話を再開しなさい〉と（だが、ときにはおなじ理由で、アルファベット順をこわさねばならなくなる）。

雑多なものとしての作品

反構造主義的批評というものをわたしは想像している。そのような批評は、作品の秩序ではなく、無秩序を研究することになるだろう。そのためには、いかなる作品も、〈百科事典〉とみなせばよいであろう。たんなる隣接性の文彩（換喩と連結辞省略）だけを用いてテクストが演出する雑多な（知識やエロティシズムの）対象がいくつあるかによって、それぞれのテクストを定義することはできないものか。百科事典なのだから、作品が種々雑多な対象を列挙しているという印象も和らげられる。そうした列挙こそ、作品の反構造であり、曖昧で常軌を逸した雑多性なのである。

司祭の言語づかい

儀式を執り行うことにかんしてなら、司祭であることはそれほど不快ではないだろう。信仰にかんしても、いつか自分が――これやあれを――「信じる」という経済性239に甘んじるようになったりなどしないと予言できる人はいないだろう。だが言葉づかいにかんしては、そうはいかないだろう。司祭の言葉づかいをすることなど、不可能だ。

予測できる言述

予測可能な言述の退屈さ。予測可能性とは、構造的なカテゴリーなのである。なぜなら、言語活動が舞台となった予想や出会いの（ようするに〈サスペンス〉の）形態をしめすことが可能だからである（物語にたいしてはすでに研究されたことだ[240]）。したがって、予測可能性の程度にもとづいて、言述の類型論をつくることができるだろう。たとえば〈死者たちのテクスト〉とは、延々と繰りかえされるテクストであり、一語たりとも変えることのできないものである。

（昨夜、これを書いたあとのことだ。レストランで、すぐ隣のテーブルでふたりの人物が話している。ぜんぜん大きな声ではないのだが、かなり明確で、よく通って、よく響く。まるで、発声法の教室に通って、話していることを公共の場所で近くの人たちに聞かせる準備をしてきたかのようだ。彼らの言うことは、ひとことひとことが（何人かの友達の名前とか、パゾリーニの最新の映画とか）、どれもまったく型どおりで、予測できるのだ。ドクサ化した体系には、ただひとつの亀裂もない。人をえらばないこの声と、容赦ない「ドクサ」との一致。それが〈おしゃべり〉である。）

いろいろな本の計画

（これらの本の構想は、さまざまな時期に考えたものである。）『欲望の日記』（現実の場所における「欲望」を日ごとに書いてゆく）。『文』（「文」のイデオロギーとエロティシズム）。『われらがフランス』（現代のフランスの新しい神話[241]。あるいはむしろ、わたしはフランス人であることに幸福／不幸なのかということ）。『アマチュア』（わたしが絵を描いているときに生じることを書きとめる）。『威嚇の言語学』（「価値」について、意味の闘いについて）。『おびただしい幻想』（夢ではなく幻想を書くこと）。『知識人の行動学』（アリの生態とおなじく重要である）。『同性愛のディスクール[242]』（同性愛のさまざまな言述、あるいはさまざまな同性愛の言述）。『食物百科事典』（食事療法、歴史、経済、地理、そしてとくに象徴体系）。『著名人たちの一生涯』（たくさんの伝記を読み、特徴や伝記素を採取すること。サドとフーリエにたいしてなされたように）。『視覚のステレオタイプ集』（「黒っぽい服を着て『ル・モンド』紙を小脇にかかえたマグレブ男が、カフェにすわっていたブロンド娘にしつこくしているのを見た」とか）。『書物／人生』（古典作品をひとつ選んで、一年間、生活のすべてをそれに結びつける）。『偶景[243]』（小テクスト、手紙、俳句、描出、意味の遊び、木の葉のように落ちてくるものすべて）、など。

精神分析との関係

精神分析にたいして、彼はきちんと取り組むという関係にはない（しかし、いかなる異議も反論も主張できるわけではない）。〈優柔不断な〉関係である。

精神分析と心理学

精神分析がなにかを語りうるためには、ほかの言述をすばやくとらえうる必要がある。すこし不器用で、まだ精神分析的にはなっていない言述を。そうしたよそよそしい言述、〈後退した〉言述――古くて修辞学的な文化に身動きがとれなくなっている言述――、それが本書でところどころに見られる心理学的言述なのだ。ようするに心理学の機能とは、みずからをよき対象であるかのように精神分析に差し出すことである。

（あなたの優位に立っている人へのご機嫌とり。たとえば、ルイ＝ルグラン高等中学校のときに、ある歴史の先生はやじられることを麻薬の常習のように必要としていて、生徒たちが大騒ぎするきっかけを山ほど、しつこく提供するのだった。しくじりや、ばか正直な言動、かけことば、どっちつかずの態度、そしてこれらのひそかに挑発するふるまいすべてに見せる悲しげな様子までも、である。それを生徒たちはすぐに理解して、ときには意地悪にも先生をやじるのを控えたりするのだった。）

「それはどういう意味か」

きわめてささいなものであろうと、いかなる事実にたいしても質問をくわえたくなる、という常に変わらぬ（むなしい）情熱がある。〈どうして〉という子どもの質問ではなく、意味をたずねる古代ギリシア人の質問である。いかなる事物も意味に身をふるわせているかのように、〈それはどういう意味か〉とたずねるのだ。どうしても、事実を観念に、描写に、解釈に変えねばならないのである。ようするに、事実にたいして、〈それとは違う別の名称〉を見つける必要があるのだ。この癖は、つまらない事実にたいしても特別扱いすることはない。たとえば、わたしは田舎にいるときは庭で小便をするのが好きだが、田舎以外ではそうではないと認める――あわててそう認める――とする。すると、すぐに〈それが何を意味しているか〉を知りたくなる。もっとも単純な事実でも何かを意味しているのだとするこの執着は、社会的には悪癖をもった人間であることを示している。〈名称の連鎖を切り離してはならない、言語の鎖を解いてはならない〉のである。過剰に名称をあたえることは、つねに嘲笑されるのだ（ジュルダン氏[244]や、ブヴァールとペキュシェ[245]など）。

〈無意味であることが価値となっている〈アナムネーズ〉以外は、本書においてさえも、何も意味をもたせることなく報告されているものはまったくない。事実を非‐意味生成の状態にしておくことはできないのだ。いかなる現実の断章からも、ひとつの教訓や意味を引き出すのが、寓話の動きというものである。だが、それとは反対の本を着想することもできる。たくさんの「小さなできごと」を報告するが、そこから一行たりとも意味を引き出すことはぜったいに自分に禁じるという本だ。それはまさしく〈俳句〉の本であろう。〉

いかなる論理か

日本とは肯定的な価値であり、おしゃべりとは否定的な価値である。さて、日本人はおしゃべりだ。だがそれは大したことではない。日本人のおしゃべりは否定されるべきものではないから、と言えばよいだろう（「身体のすべてが……あなたと無邪気なおしゃべりをする。おしゃべりはみごとに礼儀作法に支配されているので、退行的だったり幼稚だったりする性格はまったくみられない[246]」）。R・Bは、ミシュレがおこなっていると彼が指摘していることをまさしく自分でおこなっているのである。「ある種のミシュレ的因果関係の型はたしかにあるのだが、しかしその因果関係は、道徳性という、ありそうにもない領域のなかに慎重に片づけられてしまっている。それは、道徳的秩序による『必然性』や、きわめて心理的な要請といったものである……。ギリシアとはまさしく光明なのだから、同性愛的ではなかった〈のでなければならない〉、など[247]」。日本人は好感がもてるのだから、日本人のおしゃべりは退行的ではない〈のでなければならない〉というわけだ。

ようするに、「論理」とは、隠喩のつながりでできているのだ。彼はひとつの現象（コノテーションとか、Zの字とか）を取りあげて、おびただしい観点に耐えさせてみる。論証の代わりとなるのは、イメージを広げることである。たとえば、ミシュレは歴史を「食べる」のであり、したがって歴史を「草のように食み」、したがって歴史のなかを「歩く」のだ[248]、などというふうに。牧草を食べる動物に起こることすべてが、このようにミシュレにも〈適用される〉ことになる。隠喩的に適用することが、説明の役をになうことになるだろう。

言葉が観念をみちびいてゆくような言述はどれも、(価値的な判断からではなく)「詩的である」と言うことができる。もし、あなたが言葉の誘惑に屈するほど言葉を好きになれば、シニフィエを示すことや著述[249]をおこなうことという掟から身を引くことになるだろう。そうなれば、文字どおり〈夢の〉言述となるのだ(わたしたちの夢は、目の前を通りすぎる言葉をつかまえて、そこから物語を作ることとなのだから)。(わたしの考えだけでなく)わたしの身体そのものが、言葉に〈なじんで〉おり、いわば言葉によって作られているのかもしれない。今日、わたしは舌の上に、表皮剝離のように見える赤い斑点を見つける――しかも痛くないので、癌の症状ではないかと思う。だが、近くから見てみると、舌を覆っている白っぽい皮膜がすこしはがれた症状にすぎないとわかる。〈表皮剝離〉という、厳密ゆえに味わいのあるこの珍しい言葉を用いるために、このささやかな強迫観念的シナリオが作られたわけではない、とはわたしには断言できない。

退行

この本全体のなかに、退行の危険がある。主体が自分について語っていること(心理主義[250]の危険や、うぬぼれの危険)、そして断章で述べていること(アフォリズムの危険や、傲慢さの危険)。

この本は、わたしにはわからないものによって作られている。無意識とイデオロギーであり、他者の声によってしか語られることのないものである。わたしには、自分をつらぬく象徴的なものとイデオロギー的なものを〈ありのままに〉舞台に上げること（テクスト化すること）はできない。なぜなら、わたしはそれらの盲点だからである（自分のものとしてわたしに属するもの、それは〈わたしの〉想像界であり、〈わたしの〉幻想界であり、それらから、この本は生まれているのだ）。したがって精神分析と政治批評については、わたしはオルフェウスふうにしか対処できない。けっしてふりかえらないこと、けっして見つめたり表明したりしないことだ（あるいは、ごくまれにそうすることがある。想像界の流れにわたしの解釈をさらに入れる必要があるときには）。

この叢書の名前（『彼自身によるX』）は、精神分析的な意味あいをもっているのではないか。〈わたしによるわたし〉なのだから。それにしても想像界の企画そのものではないか。どのように鏡の光が拡散して、わたしに影響をあたえるのか。光が回折する領域——わたしが視線を投げかけることのできる唯一の領域であるが、しかしそれについて語ろうとする者そのものを排除することはけっしてできない——、その領域の向こうに、現実があり、さらには象徴界がある。象徴界については、わたしはいかなる責任もない（想像界については、するべきことがかなりあるが）。象徴界のほうは、「他者」に、転移に、つまり〈読者〉にまかせている。

そして、ここではかなり明白なことだが、こうしたことすべては、「鏡」のかたわらにいる「母」を介してなされるのである。

構造主義的な反射行動

スポーツ選手が自分の反射神経が良いとうれしいと思うように、記号学者はパラディグムが作動するのをすばやくとらえられればいいと思っている。彼は、フロイトの『モーゼと一神教』を読みながら、まさに意味が始動するところをとらえられて、うれしいと思う。その本においては、単なる二つの文字の対立が、しだいに二つの宗教の対立を導きだしてゆくので、よろこびはいっそう大きくなる。〈アモン神／アトン神〉[251]である。「m」の字から「t」の字への移行のなかに、ユダヤ教の歴史全体があるのだ。

(構造主義的な反射行動とは、たんなる違いをできるだけ長く、その共通する幹の端まで〈後退させて〉ゆくことである。意味が、〈最後の瞬間に〉、純粋で乾いた意味として、はっきりと現れてほしいものだし、そしてよくできた「スリラーもの」のように、ぎりぎりのところで意味の勝利が得られるのであってほしいものである。)

支配と勝利

社会的言説やひどい社会的方言[252]が集まる伏魔殿においては、二種類の傲慢さを、すなわちレトリック支配の恐るべき二形態を区別することにしよう。〈支配〉と〈勝利〉である。「ドクサ」は、勝ち誇ってはいない。支配することで満足しているのだ。ドクサはじわじわと広がって、ねばついてくる。合法的で自然な支配であり、「権力」の同意をうけて広がった、広範囲におよぶ覆いである。「普遍的な言説」であり、(何かについて)弁舌を「ふるう」というだけの事実のなかにすでに潜んでいる高慢さの形態である。だから、ドクサ的な言説とラジオ放送とのあいだには、本質的な類似性がある。たとえば、ポンピドゥーの死のとき、三日のあいだ〈それが流れ出て、拡散した〉[253]のだった。逆に、戦闘的、革命的、あるいは(宗教が闘っていた時代における)宗教的な言葉づかいは、勝ち誇った言語である。それぞれの言述行為が、古代ふうの凱旋式になっているのだ。勝利者と敗れた敵とがつぎつぎと行進させられるのである。いろいろな政治体制について、それが(まだ)「勝利」したばかりの状況にあるのか、(すでに)「支配」している状況にあるのかによって、その体制を安定させる方法を判断し、その変化を明らかにすることができるだろう。たとえば、一七九三年の革命期の勝ち誇った態度が、どのようにして、どんなテンポで、どのような人物たちによって、すこしずつ落ち着き、広がったのか、そしてどのように「固まり」、(ブルジョワの言葉が)「支配」する状態に移行したのか、それを研究する必要があるだろう。

価値による支配を廃すること

[254]矛盾。価値については、すなわち価値判断をたえずしたいという感情については、まさに長いテクストがある——価値判断は、倫理的かつ意味論的な活動をもたらすからだ——。同時に、〈そしてま

EPREUVES ECRITES

COMPOSITION FRANÇAISE *

DURÉE : 6 heures

« Le style est presque au-delà [de la Littérature] : des images, un débit, un lexique naissent du corps et du passé de l'écrivain et deviennent peu à peu les automatismes mêmes de son art. Ainsi sous le nom de style, se forme un langage autarcique qui ne plonge que dans la mythologie personnelle et secrète de l'auteur... où se forme le premier couple des mots et des choses, où s'installent une fois pour toutes les grands thèmes verbaux de son existence. Quel que soit son raffinement, le style a toujours quelque chose de brut : il est une forme sans destination, il est le produit d'une poussée, non d'une intention, il est comme une dimension verticale et solitaire de la pensée. [...] Le style est proprement un phénomène d'ordre germinatif, il est la transmutation d'une humeur. [...] Le miracle de cette transmutation fait du style une sorte d'opération supralittéraire, qui emporte l'homme au seuil de la puissance et de la magie. Par son origine biologique, le style se situe hors de l'art, c'est-à-dire hors du pacte qui lie l'écrivain à la société. On peut donc imaginer des auteurs qui préfèrent la sécurité de l'art à la solitude du style. »

R. BARTHES, *Le degré zéro de l'écriture*, chap. I.

Par une analyse de ce texte, vous dégagerez la conception du style que propose R. Barthes et vous l'apprécierez en vous référant à des exemples littéraires.

* Rapport de Mme Châtelet

Les candidates ont été placées cette année devant un texte long de Roland BARTHES. On leur demandait : - d'abord de l'analyser pour en dégager les idées de Roland Barthes sur le style,

- puis d'apprécier librement cette conception.

Un grand nombre d'entre elles ayant paru déroutées par l'analyse, nous insisterons sur cet exercice. Nous indiquerons ensuite les principales directions dans lesquelles pouvait s'engager la discussion.

I - L'ANALYSE

L'analyse suppose d'abord une lecture attentive du passage proposé. Or beaucoup de copies révèlent des faiblesses sur ce point. Rappelons donc quelques règles essentielles sur la manière de lire un texte.

Puisqu'il ne peut s'agir ici d'une lecture expressive à voix haute, on conseillerait volontiers une lecture annotée, qui n'hésite pas à souligner les mots importants, les liaisons indispensables, qui mette en évidence les parallélismes ou les reprises d'expression, bref qui dégage par des moyens matériels la structure du texte. Cette première lecture n'a pour objet que de préparer l'analyse qui doit être elle-même élaborée à partir des éléments retenus.

さにそれゆえに〉「価値の支配をあますところなく廃すること」(それが「禅」の意図だったらしい)を夢みるエネルギーも等しくあるのだ。

何が表象を制限するのか

ブレヒトは、女優の腰が、気の狂った洗濯女の正しい腰の動きをするようにと、濡れた下着を女優の持つかごに入れさせたのだった。たいへんうまいやりかただが、ばかげてもいるではないか。なぜなら、かごの重さとなっているのは、下着ではなく、時間であり、歴史だからである。その重さをどのように〈表象する〉のか。政治的なことを表象することは不可能だ。つねにより本当らしく見せようと躍起になったとしても、政治的なものはいかなるコピーにも逆らうのだ。あらゆる社会主義的芸術がずっと信じこんでいることとは反対に、政治的なものが始まるところで摸倣は終わるのである。

反響

いかなる言葉であれ、彼にかかわってくるものは、彼のなかで極端に反響してしまう。その反響を彼はひどく恐れているので、彼を話題にしかねないいかなる言述からも、おびえて逃げ出すほどである。他人の言葉は、褒め言葉であろうとなかろうと、それが生み出すかもしれない反響の原因になると決まっているのだ。あるテクストが彼について述べている場合、そのテクストを読むためにどれほど努力が必要かを彼だけが推しはかることができる。彼こそがそのテクストの発端を知っているからだ。このように、世界との結びつきは、つねに恐れから出発して得られるのである。

成功した／失敗した

自分の書いたものを読みかえしていると、それぞれの作品の構成そのもののなかに、〈成功した／失敗した〉という奇妙な分裂が見てとれるように思う。ときおり、幸福な表現すなわち幸せな海岸があって、それから沼地や岩滓もあるので、彼はそれらの分類整理をはじめたほどである。それにしても、始めから終わりまで成功している本はまったくないというのか。――いや、おそらく日本についての本はそうだろう。切れ目なくほとばしる、喜びにみちたエクリチュールの幸福が、ごく自然に、幸せな性欲に結びついたのだった。〈彼が書くもののなかで、それぞれが自分の性欲を擁護している〉のである。

三つめのカテゴリーも可能であろう。成功も失敗もしていない、というものだ。〈恥ずかしい〉というカテゴリーであり、想像界を刻印され、その罪の烙印を押されている。

衣服の選択について

ローザ・ルクセンブルグについてのテレビ映画をみて、彼女の顔が美しいことを知る。その瞳ゆえに、彼女の本を読んでみたくなる。そしてそのことから、ひとつのフィクションを構想する。ひとりの聡明な主人公が、マルクス主義者になろうと決めて、自分のマルクス主義を選択しなければならなくなる、という話だ。どのマルクス主義にすべきか。どのような基調色で、どのようなブランドか。レーニンか、トロツキーか、ルクセンブルグか、バクーニンか、毛沢東か、ボルディーガか、など。[256]この主人公は図書館に行き、洋服店でいろいろな服にさわってみるように、あらゆる本を読んでみて、そして自分にいちばん合ったマルクス主義を選択する。それからは、自分の身体の経済性にもとづいて、真実についての弁舌をふるおうとするのである。

（これは、『ブヴァールとペキュシェ』の未発表の一場面だと言ってもいいだろう。——まさしくブヴァールとペキュシェが、研究する蔵書ごとに身体を変えたりしていなければ、であるが。）

リズム

「禁欲」と「祝祭」とが継起して、一方がもう一方の解決となる、というあのギリシアのリズムを彼はつねづね信頼していた（〈労働／余暇〉という現代の平凡なリズムをまったく信用しなかった）。それはまさにミシュレのリズムであった。彼は生涯においても著作においても、死者と復活、偏頭痛と元気、物語（彼はルイ十一世のところを「漕いでいた」[257]）と情景（彼のエクリチュールはその描写において開花した）[258]の循環を経験していた。そのようなリズムは、彼がルーマニアですこし味わったものである。[259]ルーマニアでは、スラブあるいはバルカンの慣習によって、定期的に三日間、「祭り」

〈遊び、食事、徹夜、そしてその名残である。それが「ケィフ」[260]だった〉のなかに〈閉じこもっていた〉のである。したがって彼自身の今の生活においても、そのリズムはつねに求められている。日中の仕事のあいだも、夜の楽しみのことを〈考える〉必要があるし（それは平凡なことだが）、それだけでなく相補的に、幸せな夜でも、終わりごろになると、〈エクリチュールの〉仕事を再開するために早く明日になればいい、という欲望が急に生じるのである。

〈リズムとはかならずしも規則的ではないことに注意しなければならない。カザルス[261]はいみじくも言っていた。リズムとは〈遅れ〉である、と。〉

それをわかってほしい

作家（もっとも非社交的な人たちでさえも）の言表はどれも、ひそかな操作子や口にされない言葉をふくんでいる。否定や疑問とおなじくらい素朴なカテゴリーに属する無音の形態素[262]のような何かであり、その意味は〈そしてそれをわかってほしい〉ということであろう。このメッセージは、だれであれ、ものを書く人の文章に刻みこまれている。文章のそれぞれに、ある空気や、ひとつの音、筋肉や喉頭の緊張などがあって、演劇開幕の三打音[263]や、ランク映画のゴング音[264]を思わせる。異質性の神、アルトーでさえも、自分の書くものについて〈それをわかってほしい〉と言っているのだ。

サラマンカとバリャドリッドのあいだで

ある夏の日（一九七〇年）、サラマンカとバリャドリッドのあいだを運転しながら[265]物思いにふけっていたとき、彼は退屈しのぎに、遊び心で新しい哲学を考えだし、ただちに「選り好み主義」と名づけた。そのとき、車のなかでは、その哲学が軽率であるとか非難されるべきだとは、ほとんど気にならなかった。世界が一枚の織物か、言語の革命や制度の闘いをくりひろげるテクストのようにしか見えず、主体は散らばって組織されておらず、想像界によってしか把握されることがない、という物質主義的な背景（岩盤だろうか）の場所では、その形だけの主体による（政治的な、倫理的な）選択は、なにかを創設するという価値をまったくもっていないのである。〈その選択は重要ではない〉のだ。選択を明言することは、仰々しかったり、乱暴だったりして、いかなるやりかたであれ、結局はひとつの〈好み〉にすぎない。世界の〈さまざまな断片〉を前にして、わたしは〈選り好み〉の権利しか持っていないのである。

学校向けの練習問題

一、［右の文について］なぜ、作者はこの逸話の年と季節に言及しているのだろうか。

二、「物思いにふける」ことと「退屈している」こととの理由をその土地が説明しているとすれば、それはいかなる点においてか。
三、作者が思いついた哲学は、いかなる点で「非難されるべき」でありうるだろうか。
四、「織物」という隠喩を説明せよ。
五、「選り好み主義」が対立していると考えられる哲学をいくつか挙げよ。
六、「革命」、「制度」、「想像界」、「好み」の語の意味は何か。
七、なぜ、作者は、いくつかの語や表現を強調しているのか。
八、作者の文体の特徴を述べよ。

知識とエクリチュール

執筆がうまく進行しているテクストの仕事をしているときに、補足的なことがらや詳細な情報をさまざまな知識書のなかで調べねばならなくなる、というのが彼は好きだ。できれば、〈常備書〉（辞書、百科事典、便覧など）として模範的な蔵書をもちたかったと思う。まわりを知識にかこまれて、わたしはそれを自由に使える、というのであればよいのに。それらの知識を〈参照する〉——取り入れるのではなく——だけですむのであればよいのに。知識が〈エクリチュールの補完物〉であるかのように、しかるべき場所に確保されているのであればよいのに。

価値と知識

（バタイユについて）「ようするに知識は、力としては保持されるが、退屈なものとしては攻撃される。価値とは、知識を軽蔑したり、相対化したり、拒否したりするものではない。そうではなく、知識の退屈さをまぎらわせ、知識の疲れをいやしてくれるものである。価値が知識に対立するのは、論争的な観点からではなく、構造的な意味によってなのだ。一種の〈愛のリズム〉にしたがって、知識と価値の循環が生じ、たがいに相手から安らぎをえる。結局、これがエッセーのエクリチュールというものなのだ（バタイユのことを述べているのだが）。学問と価値の愛のリズム。つまり、異種性、悦楽である」（「テクストの出口」より[266]）。

けんか

彼はつねづね、（家庭内の）「けんか」は暴力の純粋な経験であると思ってきたので、けんかの声を耳にすると、両親の口論におびえる子どものように、いつも〈恐怖〉を感じるほどである（いつも恥ずかしげもなく逃げ出してしまう）。けんかの場面がそれほど深刻な影響をあたえるのは、言語活動の癌とでもいうものを露骨に見せるからである。言葉は口を閉じさせるには無力であり、それこそがけんかの場面が示していることなのだ。なんど言い返しても、けんかの終結はありえない。殺人という結末しかないのだ。けんかはひたすらこの最終的な暴力に向かってゆくが、しかし実際にそうなることはけっしてない（すくなくとも「文明人」のあいだでは）。けんかとは本質的な暴力であり、ずっと続けられることを楽しんでいる暴力なのだ。空想科学のホメオスタット 267 のように、恐ろしくて、滑稽なのである。

（演劇に話をうつすと、けんかの場面は、演劇においては服従させられている。演劇がけんかを〈抑制〉して、無理に終わらせているのだ。言葉を止めることが、言葉の暴力にたいしてなしうる最大の暴力なのである。）

彼は暴力には寛容になれなかった。この気持ちはたえず明らかになったが、自分でも不可解なままだった。とはいえ、この不寛容の理由は、つぎの側面に見出せるにちがいないと感じていた。すなわち、暴力はつねに〈舞台〉でおこなわれる、ということである。さまざまな行為のなかでもっとも他動詞的なもの（排除する、殺す、傷つける、打ち負かす、など）は、もっとも演劇的なものでもあったのだ。ようするに、彼がずっと抵抗している、意味にかんする醜聞のようなものだったのである（意味とはもともと行為に対立しているのではないだろうか）。いかなる暴力においても、奇妙なことに、彼は文学的な核を感じずにはいられなかった。いかに多くの夫婦げんかが、『追放された妻』やさらには『離縁』といった大絵画の題材に与していないだろうか。いかなる暴力も、結局は、悲壮なステレオタイプの例証なのである。そして奇妙なことに、暴力的な行為が飾りたてられて詰めこまれている、まったく非現実的な方法――グロテスクであると同時に迅速であり、行動的であると同時に硬直している方法——だったのであり、そうした方法が、彼に暴力にたいしてほかのいかなる機会にもあじわうことのない感情をいだかせていたのだ。つまり、一種の厳格さ（おそらくは純然たる聖職者の反応）である。

劇的になった学問

彼は「学問」を疑っており、その〈アディアフォラ〉[268]（ニーチェの用語）や、無関心さ［無‐差異］を非難してきた。学者たちは、この無関心さを「掟」として、みずからその掟の検事になっていたのである。しかし、「学問」を〈劇的にすること〉（差異の力やテクストの効果を学問に取りもどさせること）が可能になるたびに、そうした非難の気持ちは弱まるのだった。彼は、動揺、ふるえ、偏愛、妄想、屈折などが見出せる学者たちが好きだった。たとえば、ソシュールの『講義』[269]は大いに役に立ったが、しかしソシュールが彼にとってかぎりなく大切な人になったのは、ソシュールが夢中になって「アナグラム」を聞きとろうとしていたと知ったからである。このように、たくさんの学者のなかに何か幸福な裂け目を予感したのだが、ほとんどの場合、学者たちはそれを作品にするには至らなかった。彼らの言表は、身動きがとれず、もったいぶって、無差異で無関心なままだった。

そういうわけで、記号学的学問は〈興奮すること〉ができなかったせいで、あまりうまく展開できなかったのだ、と彼は思っていた。記号学的学問はしばしば無関心な仕事のつぶやきにすぎなかったし、それぞれの仕事は、対象やテクストや身体を無差異で無関心なものにしてしまったのである。しかし、記号学は意味の情熱と何らかのかかわりがあるということをどうして忘れられるだろうか。その情熱が、記号学の黙示録そして／またはユートピアなのだから。

〈コーパス〉とは、なんと美しい概念だろう。コーパスという語のなかに〈身体〉を読みとる気があるならば[270]、である。すなわち、研究のために取りあげたテクストの総体（それがコーパスとなる）のなかに、もはや構造だけを探すのでなく、表現の文彩も探そうとするか、あるいはそのテクストの総体となにか愛の関係をもつか、ということである（それがなければ、コーパスは学問の想像界にすぎないのである）。

いつもニーチェのことを思う。わたしたちは繊細さの欠如によって学問的となるのだ。――それとは反対に、わたしは劇的で繊細な学問をユートピア的に想像している。アリストテレス哲学の命題[271]をカーニバル的に転覆させることを目ざし、せめて一瞬でも、〈差異の学問しかないのだ〉とあえて言うような学問を。

わたしは言語を見る

わたしには病気がある。言語を〈見る〉という病気だ。ある奇妙な欲動があって、欲望が対象をまちがえるという点で倒錯的であり、たんに耳を傾ければよいようなものが「視覚的イメージ」のようにわたしに示されてしまうのである。それは、スキピオが夢で見た、宇宙で音楽を奏でる天球のすがた[272]にも似ている（細部に異なる点はあるにしても）。最初の場面では、わたしは見ることなく聞いているのだが、そのあとは、聞いているものを見ているように想像するという倒錯的な場面がつづく。聞くことが、X線透視に変わってゆくのである。言語にかんして、わたしは幻視者であり、のぞき見る人なのだと感じる。

最初のイメージでは、想像界は単純だ。それは〈わたしが見ているかぎりの〉他者の言述である（だからそれを引用符でかこむ）。つぎに、X線透視を自分のほうに向ける。わたしは、〈人に見られているかぎりの〉自分の言語を見る。〈むきだしで〉（引用符なしで）見るのだ。それは、想像界の恥ずかしくて苦しい段階である。そのとき、三番めのイメージがはっきりと見えてくる。かぎりなく段階化された言語や、けっして閉じることのない括弧といったイメージである。流動的で複数的な読者を想定しているという点で、ユートピア的なイメージだ。読者は、すばやく引用符をつけたり取り去ったりする。つまり、わたしとともに書きはじめているのである。

ダガ反対ニ

彼は、きわめてしばしば、ステレオタイプや、〈自分のなかにある〉凡庸な意見を出発点とする。

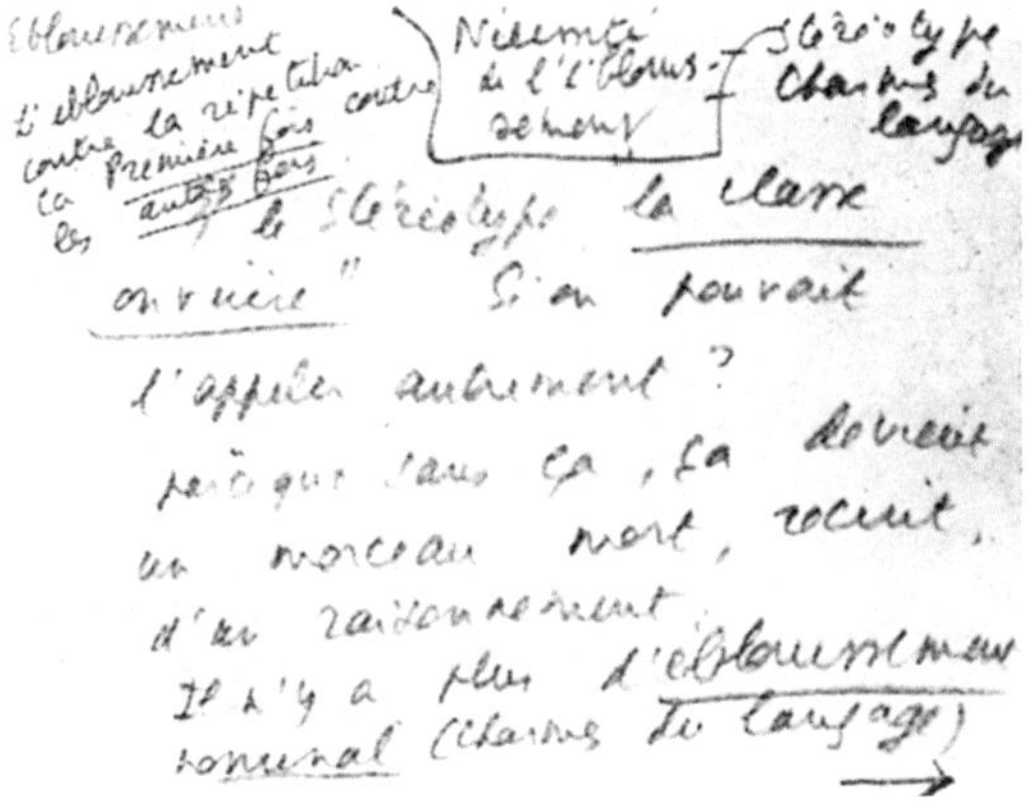
Éblouissement
l'éblouissement contre la répétition
contre la première fois contre les autres fois
Nécessité de l'éblouissement
Stéréotype Charme du langage
le Stéréotype "la classe ouvrière" Si on pouvait l'appeler autrement ?
parce que sans ça, ça devient un morceau mort, récit, d'un raisonnement.
Il n'y a plus d'éblouissement nominal (Charme du langage) →

危険をはらんだ考え

できたてなので、その性質について、まだ何も見ぬくことができない。愚かしいものなのか、危険なのか、無意味なのか、保持すべきか、破棄すべきか、世慣れさせるべきか、保護してやるべきなのか。

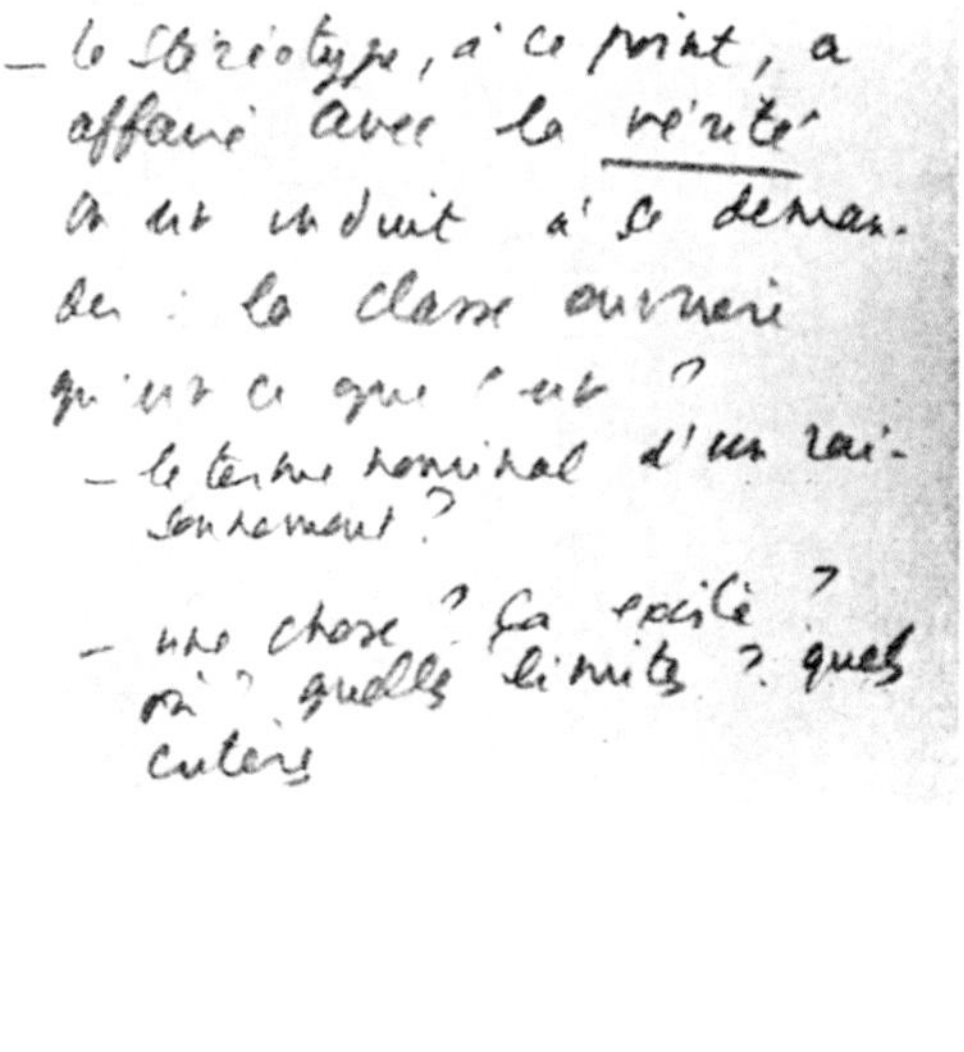
— le Stéréotype, à ce point, a affaire avec la vérité
On est induit à se demander : la classe ouvrière qu'est ce que c'est ?
— le terme nominal d'un raisonnement ?
— une chose ? ça existe ? où ? quelles limites ? quels critères

そして、（美的あるいは個人主義的な反射行動から）そうしたものは望んでいないので、ほかのものをさがそうとする。いつもは、すぐに疲れてしまって、たんなる反対意見や逆説、あるいは先入観を機械的に否定するもの（たとえば「個別についてしか学問はない」と言うこと）を選ぶことになる。結局、彼は、ステレオタイプにたいして、対立する関係や家族的な関係をたもっているのである。

それは、知的な「移動」（「スポーツ」）のようなものだ。言語の凝固や、ねばり気、ステレオタイプ症状のあるところへ彼は徹底的に向かってゆく。注意ぶかい料理女のように忙しく立ち働き、言語活動にねばりが出ていないか、〈焦げついて〉いないか、と気をくばる。こうした動きはまったく形式的なものであるが、作品の進展と後退とを説明している。それは言語についての純然たる短期戦術であって、〈空に向けて〉、いっさいの長期戦略的な領域の外で展開される。ただ危険なのは、ステレオタイプは歴史的、政治的に移動するので、それがどこへ向かおうと、付いて行かなければならないことである。だがもし、ステレオタイプが〈左翼へ移った〉ら、どうすればよいのか。

イカとその墨

わたしは、来る日も来る日もこれを書いている。それは固まってゆく。固まってゆく。イカが墨を出しているのだ。わたしは自分の想像界を紐で梱包している（自分を守るためであり、同時に自分を差し出すためでもある）。

どうすれば、本が完成したと、わたしにわかるのだろうか。結局、いつもいつも、言葉づかいを推敲することが問題なのだから。ところで、いかなる言葉づかいのなかにも、記号がもどってくるものである。そして、なんどももどってきた結果、記号が語彙を――作品を――飽和させてしまう。何か月ものあいだ、これらの断章の題材をこまごまと書いてきたので、それ以来、頭にうかぶことは自然に（強制もしないのに）すでになされた言表のもとに整理されている。すこしずつ構造が織りあげられて、そうするうちに、構造はだんだんと磁力を帯びてくる。こんなふうにして、わたしのほうは何の計画もないというのに、完成して永続的となったレパートリーが、言葉の一覧表のように構築されてゆく。そしてあるとき、アルゴー船にたいしてなされた変更[273]以外の変更はもはや可能ではなくなるのだろう。だからわたしは、この本を非常に長いあいだ手元に置いて、それぞれの断章をすこしずつ変えてゆくことができそうである。

性欲についての本の計画

列車で、わたしのコンパートメントに、若い二人づれが席をとる。女性はブロンドで、化粧をしている。大きな黒いサングラスをかけ、『パリ・マッチ』誌[274]を読んでいる。ぜんぶの指に指輪をはめ、両手のそれぞれの爪に隣の指とは違う色のマニキュアをつけている。中指の爪はほかの指よりも短く、濃い赤色で、マスターベーションの指であることを下品に示している。そうしたことから、その二人づれがわたしの心をとらえて目を離せなくしている〈魅惑〉について、わたしは一冊の本を書こう

（ひとつの映画を作ろう）と思いつく。そのように二次的な性欲の特徴しか見られないような（ポルノ的なものは何もない）本である。そこでは、それぞれの身体の性的な「個性」がとらえられることになるだろう（とらえることが試みられるだろう）。その個性とは、美しさではなく、「セクシーな」雰囲気ですらなく、それぞれの性欲がただちに読みとられようにしているその方法である。というのは、爪に下品なマニキュアを塗った若いブロンド女性と若い夫（ぴっちりしたズボンをはき、優しい目をした）は、自分たち二人の性欲を、レジオン・ドヌール勲章のように、ボタン穴にかざっていたのである〈性欲〉と〈威厳〉は、おなじように誇示される）。その〈読みうる〉（ミシュレならかならず読みとったであろうような）性欲は、抗しがたい換喩の力によって、媚をふりまくよりもずっと確実に、コンパートメントに満ちていたのである。

セクシー

二次的な性欲とは違って、身体の「セクシーさ」（美しさではない）とは、頭のなかでその身体に従わせてみる愛の行為（ほかならぬ、まさしくその行為のことをわたしは考えている）を思いうかべる（幻想をいだく）のが可能だ、ということである。おなじように、テクストのなかに見られるものとして、「セクシーな」文があるように思われる。その孤立そのものによって欲望をそそる文である。あたかも、そのような文は、読者であるわたしたちになされた言語実践の約束を保持しているかのようであり、そして、わたしたちは〈自分が求めるものを知っている〉悦楽にしたがって、そうした文をさがしに行っているかのようである。

性欲の幸福な結末か

中国人たち。みなが（そして誰よりもわたしが）疑問に思っていること。いったい彼らの性欲はどこにあるのか。——これについては、漠然とした考え（むしろ想像）があるのだが、仮にそれが正しいとしても、以前に知った言説をそっくり再検討したものになるだろう。アントニオーニの映画[275]において、博物館で、古代中国の野蛮な場面を再現した模型を大衆客がながめている場面がある。兵士の一団が、あわれな農家から略奪しているところであり、その表現は乱暴あるいは悲痛である。模型は大きくて、強い照明を当てられている。人形の身体は、（蠟人形館の輝きに包まれて）硬直していると同時にひきつっており、肉体的かつ意味的な絶頂のような状態にいたっている。スペインのキリスト像の真実主義的な彫刻[276]のことを思い出す。その生々しさにルナンは大いに憤慨したのだった[277]（彼がそれをイエズス会士のせいにしたことは事実である）。さて、その場面が、わたしには突然に、まさしくサド的光景のような〈過剰に－性を強調された〉ものに見えてくる。そこで、想像してみる（ひとつの想像にすぎないのだが）。〈わたしたちが語っているような、わたしたちが語っているものとしての〉性欲とは、社会的な抑圧、人間の悪しき歴史の産物、つまり文明のひとつの結果なのである、と。そうすると、性欲、〈わたしたちの〉性欲は、社会的な解放によって、免除され、失効し、破棄され、〈抑圧のない〉ものになるかもしれない。「男根」は消えうせた、と。わたしたちは、昔の異教徒のように、男根を小さな神にすることになるだろう。物質主義は、ある程度の性的〈距離〉をおくことによって、性欲を言述の外へ、学問の外へと、〈にぶい〉失墜をさせるのではないだろうか。

ユートピアとしてのシフター

彼は、遠くからの友人の葉書を受けとる。「〈月曜日。あす帰る。ジャン＝ルイ。〉」

ジュルダンとその有名な散文[278]（やはりかなりプジャド[279]的な場面だ）のように、これほど簡単な文面のなかに、ヤーコブソンが分析した二重の操作子[280]の痕跡を発見して、彼は感嘆する。というのは、ジャン＝ルイのほうは、自分がだれであり、何曜日に書いたかを完全に知っているが、わたしのところに届いたメッセージはまったく不確かだからである。〈どの月曜日なのか、どのジャン＝ルイなのか〉。わたしに、どうしてわかるだろうか。〈わたしの観点から言うと〉、何人かのジャン＝ルイといくつかの月曜日のなかから、即座に選ばなければならないのだから。こうした操作子のなかでもっとも知られているものしか挙げないが、コード化されてはいるとはいえ、〈シフター[281]〉というものが、このようにコミュニケーションを断ち切る狡猾な方法――言語自体によってあたえられる方法――のように現れ出る。すなわち、こうである。わたしは話しています（ごらんのように、わたしはコードを使いこなしています）が、ほかの人にはわからない発話状況という霧に身を包んでいます。そしてわたしは、自分の言述のなかで〈対話の流出具合〉を調整しているのです（典型的なシフターである「わたし」という代名詞をわたしたちが用いるときには、最終的につねに起こることではないでしょうか）、というわけだ。このことから、彼はシフターについて考えてみる（〈言語から直接に〉形成されている不確定性の操作子すべてを、すなわち〈わたし〉〈ここ〉〈今〉〈明日〉〈月曜日〉〈ジャン＝ルイ〉などを、意味をひろげてシフターと呼ぶことにしよう）。シフターとは、言語によって許可されながらも社会によって抑えられている社会転覆とおなじようなものだと彼は考える。社会にとっては、そうした主観の流出は不安をあたえるので、日付（〈三月一二日月曜日〉）や姓（〈ジャン＝ルイ・B〉）という「客観的な」手がかりによって、操作子の意味の二重性（〈月曜日〉や〈ジャン＝ルイ〉）を減じるように強制して、つねに流出の口をふさいでいるのである。ある集団における、つぎのような自由を、いわゆる愛の流動性を想像してみるのはどうだろう。ファーストネームとシフターによってしか話さない集団であり、各人は絶対に〈わたし〉〈明日〉〈あちら〉しか言わず、法的なものは何も示すことはないというものである。そこでは、〈差異がぼんやりしていること〉（繊細さや無限の反響を大切にする唯一の方法）が、言語のもっとも貴重な価値となるであろう。

意味作用には三つのものが

ストア学派の哲学者たちのときから考えられているように、意味作用には三つのものがある。シニフィアン、シニフィエ、そして指向対象だ。しかし今、もし価値の言語学を想像してみるならば（とはいえ、自分自身が価値の外にとどまったままで、いかにして構築するのか、いかにして「学問的に」「言語学的に」構築するのか）、意味作用のなかにあるそれらの三つは、もはや同じものではなくなる。ひとつは知られているもので、意味作用の過程である。古典的な言語学の通常の領域であって、言語学はそこにとどまり、そこに固執し、そこから出ることを禁じる。だがあとの二つは、それほどは知られていない。〈通知〉(わたしはメッセージをぶつけて、聞き手を指名する)と、〈署名〉(わたしは自分を誇示するし、誇示することを避けられない)である。このように分析することは、「意味する」という動詞の語源を説明しているにすぎないのだろう。すなわち、ひとつの記号を作りだすこと、(だれかに)合図をすること、想像のなかで自分を自分自身の記号に還元すること、自分を記号に昇華することである。

単純化しすぎる哲学

彼は社会性というものを過度に単純化して見ているようにしばしば思われる。すなわち、言語活動(言説、虚構、想像界、理性、体系、学問)と欲望(欲動、精神的な傷、恨み、など)の巨大にして果てしのない摩擦のように見ているのである。すると、そのような哲学においては、「現実世界」はどうなるのか。否定されてはいない(進歩主義的なものとして引き合いに出されることさえしばしばある)が、結局は「技術」や経験的合理性のようなものに追いやられている。現実世界とは、「処方」や「治療」や「解決」の対象なのである(〈そんなふうにしていたら、こういうことになりますよ〉、〈それを避けるために、理性的にこのようにしましょう〉、〈待ちましょう、ものごとが変わるにまかせましょう〉、など)。最大の較差をもつ哲学なのである。言語にかかわるときは妄想的となり、「現実世界」にかかわるときは経験的（そして「進歩主義的」）となるのだから。

（ヘーゲル哲学にたいする、いつもながらのあのフランス的拒絶。）

サルのなかのサル

アコスタ[282]は、ユダヤ系のポルトガル貴族であり、アムステルダムに亡命している。ユダヤ教会堂に入会しているが、のちに教会堂を批判して、ラビ[283]たちから追放される。そこで本来ならヘブライ宗派から離れるべきなのであろうが、彼は異なる結論を出した。「まったく言葉のわからない外国にいるわたしが、なぜ、多くの不便をしのんで、生涯、彼らから離れることに固執する必要があるのか。〈サルたちのなかのサルでいるほうが、ずっとましではないか〉」（ピエール・ベール『歴史批評辞典』より）。

いかなる既知の言語も、あなたの自由にならないときは、〈言語を盗む〉決心をすべきである——かつて、人がパンを盗んだように。（「権力」の外にいる人はみな——大勢いるが——、言語を盗むことを強いられているのだ。）

社会の分断

社会的人間関係の分断はたしかに存在しており、現実にあることである。彼はそれを否定しないし、それについて語る人すべて（非常に多数だ）の言うことを信頼して聞いている。しかし彼としては、おそらくは言葉づかいをいくらか偶像視しているからだろうが、そうした現実的な分断は対話の形態に吸収されているように思われるのだ。分断され、疎外されているのは対話である。このように彼は、言葉づかいという観点から、まさに社会的人間関係を生きているのである。

自分としては、わたしは

あるアメリカ人学生が（実証主義者なのか、異議を唱えたがる人なのか、わたしには見分けられないが）、まるで当然のことのように〈主観性〉と〈ナルシシズム〉とを同一視している。おそらく、主観性とは、自分について話し、しかも自分を良く言うことだと考えているのだろう。すなわち彼は、〈主観性／客観性〉という古めかしい対関係、古めかしいパラディグムの犠牲者だということである。しかし現在では、主体は〈ほかのところにある〉ととらえられており、「主観性」はらせん構造のべつのところにもどってくるのかもしれないのだ。「主観性」は解体され、分裂させられ、逸らされて、定着場所をもっていない。「自分」は「自我」ではないのだから、なぜ「自分」について語ってはいけないだろうか。

いわゆる人称代名詞。すべてが本書のなかで演じられている。わたしは、人称代名詞の闘技場に永久に閉じこめられている。「わたし」の話は想像界を動かすし、「あなた」と「彼」はパラノイアを動かすのだ。とはいえ、つかのまではあるが、読み手によっては、モアレ布284の光の反射のように、すべてが逆になることもありうる。「自分としては、わたしは」において、「わたし」は〈自分〉ではないかもしれない。「わたし」がカーニバル的に〈自分〉をこわすのだ。わたしは、サドがそうしたように、自分のことを「あなた」と言うこともできる。自分のなかで、エクリチュールの職人、製造者、産出者を、作品の主体（「作者」）から切り離すためである。他方で、自分について語らないでいると、〈わたしは自分について語らない者である〉という意味になるかもしれない。そして自分のことを「彼」と言って話すと、パラノイア的な誇張という薄い霧にとらわれて、自分について〈すこしばかり死んでいるかのように〉話すことになる。あるいはまた、演じる人物に距離をとらねばならないブレヒト的俳優のようにして自分について話すことになる。すなわち、人物を〈しめす〉けれど、演じるのではなく、からかうような調子をせりふにもたせるのだ。その効果とは、名前から代名詞を、カンバスから絵を、鏡から想像界をはがすことである（ブレヒトは、自分の役すべてを第三人称で考えるように、と役者に言っていた）。

物語を介することによって、パラノイアと距離設定の類似性が可能になる。「彼」という語は叙事詩的なのである。すなわち、「彼」は意地が悪いということだ。それは言語のなかでもっとも意地の悪い語であり、不-人称の代名詞であり、その指向対象を無力化して、傷つける。愛する人にたいして、居心地の悪さなしに「彼」の語を用いることはできない。だれかのことを「彼」と言うと、わたしはいつも言葉による一種の殺人を目のあたりにする思いがする。ときに豪華で、もったいぶったりもする、その完璧な殺人場面とは、〈うわさ話〉である。

またときには、こうしたことすべてを嘲弄しているというか、構文上の不便をたんに避けるためだけの結果として、「彼」が「わたし」に取って代わられることもある。というのは、すこし長い文においては、「彼」の語は予告なしに自分以外のいろいろな指向対象をしめすことがありうるからだ。

ここに、ひとつづきになった流行遅れの主張（もし矛盾していないとすればだが）がある。〈もしわたしが書いていないとしたら、わたしは何ものでもないであろう。しかしわたしは、わたしが書いているところとは別のところにいる。わたしは、わたしが書いているものよりもましである。〉

悪しき政治的主体

美学とは、その形式が原因と目的から離れて、充分な価値をもつ体系を作り上げてゆくさまを見るという技術であるから、これほど政治に逆らうものがあるだろうか。さて、彼は美学的な反応をすることをやめられなかった。彼が賛同する政治的行動においても、その行動がとっている形式で、彼がときには醜悪または滑稽だと思う形式（粘りけのある形式）を〈見る〉ことなしにはいられなかった。そういうわけで、彼は脅しにはとりわけ不寛容であるから（その深層の理由は何だろうか）、国家の政治に見ていたのは、とくに脅しなのであった。脅しの人質がつねにおなじ形式のもとで増加してゆ

L'espace du séminaire est phalanstérien, c'est-à-dire, en un sens, romanesque. C'est seulement l'espace de circulation des désirs subtils, des désirs mobiles; c'est, dans l'artifice d'une socialité dont la consistance est miraculeusement exténuée, selon un mot de Nietzsche: "l'enchevêtrement des rapports amoureux"

〈ゼミの空間は、ファランステール的である。すなわち、ある意味で小説的なのだ。それはただ、繊細な欲望や流動的な欲望が循環する空間である。そして、固まることが奇跡的に和らげられているという巧妙な社会性における、ニーチェの言葉による「愛の関係の錯綜」なのである。〉

くと、彼はいっそう場違いな美学的感情によって、人質をとるという操作の機械的な性質にうんざりしてしまうのだった。人質操作は、いかなる反復もが被る不評に陥った。〈またか、もううんざりだ〉と。それは、良い歌のなかに現れるしつこいリフレーンのようであり、美しい人の顔に現れる痙攣のようであった。こういうわけで彼は、形式や言葉づかいや反復を〈見る〉という倒錯的な傾向のせいで、すこしずつ〈悪しき政治的主体〉になっていったのである。

多元的決定

『心の歓喜』の作者アフマド・アル・ティファシ（一一八四―一二五三）[285]は、ある男娼のキスをつぎのように描いている。彼は自分の舌を執拗にあなたの口のなかに押し込んで回転させてくる、と。これは、〈多元的決定〉[286]による行為の模範例だと考えられるであろう。というのは、アル・ティファシの男娼は、一見するとその職業的身分におよそふさわしくないこのエロティックなやりかたから、三重の利点を引き出しているからである。すなわち、彼は愛の行為についての自分の知識をひけらかしており、男らしさという自分のイメージをまもってもいるが、しかし自分の身体をほとんど危険にさらさないようにしているということである。このような攻めによって、彼は内面をあたえることを拒んでいるのだ。その主要なテーマはどこにあるのか。それは、（世間一般の意見がいらだって言うような）複雑な主題ではなく、（フーリエが言ったであろうような）〈複合的な〉主題である。

自分自身の言葉にたいする難聴

　どこにいても、彼が耳を傾けていたもの、耳を傾けずにはいられなかったもの、それは自分自身の言葉にたいする他の人たちの難聴ぶりであった。彼らが自分の声を聞いていないことを彼は聞いていたのだ。だが彼自身はどうなのか。自分の難聴ぶりを聞いたことがなかったというのか。自分の声を聞くために格闘したが、そのように努力しても、べつの音の場面や、べつの虚構が生み出されるだけであった。そういうわけで、エクリチュールを信じて頼っているのである。エクリチュールとは、〈最終的な返答〉をすることをあきらめた言語活動ではないだろうか。他人があなたの言葉を聞けるようにと他人を信頼することを糧にして生き、呼吸をしている言語活動ではないだろうか。

国家の象徴体系

　一九七四年四月六日土曜日に、わたしはこれを書いている。ポンピドゥー大統領を追悼して全国民が喪に服している日だ。一日じゅう、ラジオでは（わたしの耳にとって）「良い音楽」が流されている。バッハ、モーツァルト、ブラームス、シューベルトなど。つまり「良い音楽」とは葬送の音楽なのだ。政府筋の決めた換喩効果によって、死と精神性と高級な音楽とが結びつけられているのである（ストライキの日には、「悪い音楽」しか演奏されない）。わたしの隣人の女性は、ふだんはポップスを聞いているので、今日はラジオをつけていない。そういうわけで、わたしたち二人ともが国家の象徴体系から締め出されているのである。隣人の女性はシニフィアン（「良い音楽」）に耐えられないからであり、わたしはシニフィエ（ポンピドゥーの死）に耐えられないからだ。このように二人が切り捨てられていることで、象徴的に操作されている音楽が、抑圧的な言説になってしまっているのではないか。

徴候的なテクスト

これらの断章のそれぞれが、結局はひとつの〈前兆〉でしかない、というふうにするには、わたしはどうすべきなのか。――簡単です。あなたは成り行きにまかせればよいのです、〈後もどり〉すればよいのです。

体系／体系的なもの

現実世界の特性とは、〈制御できない〉ことではないだろうか。そして体系の特性とは、現実を〈制御する〉ことではないだろうか。すると、制御することを拒む人は、現実に直面して、何ができるのだろうか。装置としての体系を拒絶することや、エクリチュールとしての体系的なものを受け入れることである（フーリエはそれをしたのだった[287]）。

戦術／戦略

彼の仕事の動きは戦術的である。重要なのは、移動することや、陣取り遊びのように敵を食い止めることであって、征服することではない。いくつかの例をあげよう。間テクストの概念はどうだろうか。これは、実際にはまったく建設的なものではないが、コンテクストの規則に抵抗することに役立っている（インタビュー「返答」より）[288]。また、〈事実確認〉[289]はときには価値であるように提示されるが、それは客観性を称賛しているからではまったくなくて、ブルジョワ芸術の表現性を妨げるためである。そして作品の曖昧さ（『批評と真実』[290]）とは、ニュー・クリティシズム[291]から来ているわけではまったくなくて、それ自体が彼の関心をひいているわけでもない。文献学的な基準や、正しい意味という大学の横暴と闘うためのささやかな兵器にすぎないのだ。したがって、こうした仕事はつぎのように定義されるだろう。〈戦略なき戦術〉である、と。

もっとあとで

彼にはこんな癖がある。「序文」や「構想」や「基本原理」を書いて、「ほんとうの」本のほうは後まわしにするというものだ。修辞学においては、このような癖には名前がついている。〈予弁法〉である（それについてはジュネットがかなり研究をしている）[292]。

以下が、そのようにして予告された本のいくつかである。「エクリチュールの歴史」（『零度のエクリチュール』で予告されている）[293]、「修辞学の歴史」（『旧修辞学』[294]）、「語源の歴史」（「今、ミシュレは」[295]）、「新しい文体論」（『S／Z』[296]）、「テクストの快楽の美学」（『テクストの快楽』[297]）、新しい言語学（『テクストの快楽』[298]）、「価値の言語学」（「テクストの出口」[299]）、愛の言説の目録（『S／Z』[300]）、「都会のロビンソン・クルーソー」というアイディアに基づいたフィクション（「逸脱」[301]）、プチ－ブルジョワジー大全（「返答」[302]）、〈われらがフランス〉と題された――ミシュレふうの――フランスについての本（「返答」[303]）、など。

これらの予告は、たいていの場合、大全ふうで、分厚くて、知識の集大成のパロディのような本を目ざしており、たんなる言述行為でしかありえない（まさしく予弁法である）。時間かせぎの類に属している。だが、時間かせぎとは、現実の（実現可能性の）否定ではあるが、それでもやはり生きているのだ。これらの計画は生きており、けっして遺棄されたわけではない。中断されているだけであって、いつでも生き返ってくる可能性がある。すくなくとも、固定観念の執拗な痕跡のように、部分的に、間接的に、〈身ぶりとして〉実現されるのだ。いくつものテーマや、断章や、論考などによって。（一九五三年に設定された）「エクリチュールの歴史」は、二〇年後になって、フランスの言述の歴史にかんするゼミ[304]の着想となる。「価値の言語学」は、遠くから本書を導いている。〈大山鳴動してネズミ一匹〉なのか。この人を見下したようなことわざを肯定的なものに転じなければならない。すなわち、ネズミ一匹を出すのにも大山が必要なのだ、と。

フーリエは、のちに刊行する「完全な本」(完全に明晰で、完全に説得的で、完全に複合的な本)の予告のためにしか、けっして著作を出していない。「本の告知」(〈刊行物案内〉)は、わたしたちの内なるユートピアを抑制する、あの時間かせぎの操作のひとつなのである。自分には書けない大著をわたしも思い描き、幻想をいだいて、色づけし、輝かせる。それは、完全な体系でありながら、あらゆる体系の嘲弄でもあるような知識とエクリチュールの本であり、知性と快楽の大全であり、懲罰的でありながらも心優しく、辛辣だが平和である本、などといったものである(ここで、形容詞が押し寄せてきて、想像界がふくれあがってくる)。ようするに、小説の主人公のもつあらゆる長所を有しているのだ。やがて来るもの(冒険)である。わたしはみずから洗礼者ヨハネになって、その本を予告するのである。

しばしば彼が、書くべき(書いていない)本の計画をするのは、いやなことを後まわしにしているからである。いやむしろ、ほかのものより、いま書きたいと思うものを〈すぐに〉書きたいからなのだ。ミシュレにかんして彼が書き直したいと思っているのは、肉体のテーマや、コーヒー、血、竜舌蘭[305]、小麦などである。したがって、テーマ批評[306]がなされることになるだろう。だが、ほかの学派の批評──歴史的批評や伝記的批評など──と理論的に対立する危険がないようにしなければならない。というのは、幻想は自己中心すぎて、論争には向かないからである。したがって、これは〈前－批評〉にすぎません、「ほんとうの」批評(ほかの学派の批評)はあとから来ますから、と言っておかねばならない[307]。

しょっちゅう時間が足りなくて（または足りないと思いこんでいて）、締め切りや仕事の遅れに急きたてられているので、やらなければならないことをきちんと整理すれば、困難を切り抜けられるだろうと、あなたはあくまで思っている。だからあなたは、予定、計画、スケジュール、日程表などをつくる。机の上やカードボックスのなかには、論考、本、ゼミ、するべき買い物、かけるべき電話などのリストが、どれほどたくさんあることか。じつは、あなたはこれらの紙片をけっして見ることがない。心配性ゆえに、するべきことについてのすばらしい記憶力をもっているからだ。だが、リスト作りをやめられない。時間不足を記入する作業そのものによって、不足している時間をさらにひどくしているのである。これを〈予定強迫症〉と呼ぶことにしよう（その軽躁的な性格は察しがつく）。どうやら国家も団体も、それを免れていない。〈計画を立てる〉のに、どれほどの時間が失われていることか。そして、わたしはそのことについての論考を書くつもりであるから、そのような予定を考えること自体が、予定強迫になっているのである。

こうしたことすべてをここで逆転させてみよう。この時間かせぎの操作や、計画の段階状態こそが、おそらくはエクリチュールそのものなのだろう。まず、作品とは、来るべき作品のメタ－本（予測的な解説）にしかすぎず、その来たるべき作品は〈なされていない〉ので、この作品になってしまっているということだ。だからプルーストやフーリエは〈刊行物案内〉しか書かなかったのである。そしてつぎに、作品は記念碑ではないという点がある。ひとつの〈提案〉であって、各人が、自分の望むように、自分にできるように、それを満たすことになるだろう。環探し遊び[308]の環のように回してゆくべき意味素材を、わたしはあなたに手渡すのだ。そして最後に、作品とは（演劇でいう）〈稽古〉である。この稽古は、リヴェットの映画[309]のように、饒舌で、終わりがなく、注釈や付記で中断され、ほかのもので編み上げられている。ひとことで言うと、作品とは段階的なものなのである。その本質は〈段階〉、つまり終わりのない階段である。

「テル・ケル」

『テル・ケル』誌の友人たち。[310]彼らの（知的エネルギーやエクリチュールの才能のほかに）独創性や〈真実〉は、彼らが、共通の、一般的で、非身体的な言葉づかいを、すなわち政治的な言語を受け入れていることから来ている。〈とはいえ、彼らのそれぞれが自分自身の身体でその言語を語っているのだが〉。――それなら、なぜ、あなたも同じようにしないのか。――まさしく、わたしがたぶん彼らとおなじ身体を持っていないからであろう。わたしの身体は〈一般性〉に、つまり言語のなかにある一般性の力に、慣れることができないのだ。――それこそ個人主義的な考えかたではないのか。キェルケゴール――有名な反ヘーゲル派――のようなキリスト教徒に見られるものではないのか。

身体とは、還元できない差異であり、そして同時に、あらゆる構造化の原理でもある（なぜなら構造化とは、構造の「唯一者」だからである。「絵画は言語活動か」を参照[311]）。もし、わたしが〈わたし自身の身体によって〉政治をうまく語ることができたとしたら、（言述の）構造のなかでももっとも平凡なものを構造化していることであろう。反復によって、いくぶんかの「テクスト」を生みだしていることであろう。だが問題は、生きて欲動的で悦楽的なわたし自身の唯一の身体を戦闘的な平凡さのなかに隠しつつ、その平凡さから逃げようとするこの方法を、政治的装置が長いあいだ認めるかどうかということである。

今日の天気

今朝、パン屋の女主人がわたしに言う。〈今日もいい天気ですこと。でも暑さが長すぎますね〉（この人たちはいつも、天気がよすぎる、暑すぎる、と思うのだ）。わたしが付けくわえて言う。〈そして、光がとてもきれいですね〉。だが女主人は答えない。またしても、わたしは言語のあのショート事故に気づく。もっともささいな会話こそが、その確実なきっかけになるというショート事故だ。わたしは、〈光を見る〉ことが高尚な感受性に属しているのだと理解する。いやむしろ、たしかに女主人があじわう「絵のような」光があるのだから、社会的に指標となっているのは、「はっきりしない」眺め、輪郭も対象もなくて〈具体的な形象のない〉眺め、透明感のある眺め、見えないものの眺めである（この非形象的な価値は、良い絵画のなかにはあるが、悪い絵画にはないものだ）。ようするに、大気ほど文化的なものはなく、今日の天気ほどイデオロギー的なものはないのである。

約束の地

あらゆる前衛を同時に支持することができなくて、あらゆる周辺部に手を届かせることもできず、後ずさりしたり慎重すぎたりして自制してしまっていることなどを彼は残念に思っていた。そして、その残念な気持ちを、いかなる確実な分析によっても、はっきりさせることができなかった。彼はいったい何に抵抗していたのか。あちこちで何を拒んでいたのか（あるいは、もっと軽い言いかたをすると、彼には何が〈不満だった〉のか）。文体か。傲慢さか。暴力か。愚劣さか。

頭がこんがらがって

ある仕事についてや、あるテーマ（概して論文を書くためのもの）について、人生のある一日について、おしゃべり女性がよくつかうこの表現を標語として取っておくことができたらいいのに、と彼は思う。〈わたし、頭がこんがらがって〉という表現だ（文法範疇の機能によって、ときには主体が老婦人のすがたで自分の言いたいことを表現せねばならなくなるといった言語を想像してみよう）。

しかしながら、〈身体のレベルでは〉、彼の頭がこんがらがることはけっしてない。それは不幸なことだ。ぼんやりして、頭が混乱し、いつもとは違った状態になったことがまったくない。いつも意識があるのだ。麻薬を用いることはありえないけれど、しかし麻薬の状態を夢見たりする。酩酊状態になりうること（すぐに気分が悪くなるのではなく）を夢見ているのである。昔、外科手術のときに、人生ですくなくとも一度、〈意識喪失〉になるのだと期待したことがあったが、全身麻酔ではなかったので、そうはならなかった。毎朝、目覚めたとき、すこし頭がくらくらするが、頭の中はしっかりしている（ときおり、心配ごとをかかえたまま眠ってしまうと、目覚めたばかりのときはそれが消えていることがあった。奇跡的に意味が失われた、真っ白な時間だ。だが、すぐに心配ごとが猛禽のようにわたしに襲いかかってくる。そして、〈昨日そうであった自分〉とまったくおなじ自分をふたたび見出すのである）。

演劇性

ときおり彼は、自分の頭のなかや、仕事のなか、他人のなかにある、この言語活動全体を休ませたいものだと思う。言語自体が、人間の身体における疲れた手足であるかのように思われるのだ。もし、言語活動の疲れをいやすために休息できていたなら、危機や、影響、高揚、心の傷、理性などといったものに休暇をあたえて、全身で休むことができるのに、と思う。彼には、言語活動が、疲れきった老婦人のすがた（荒れた手をした昔の家政婦のような）に見える。いわゆる〈引退〉をしたあとに、ほっとため息をついている老婦人である…。

あらゆる仕事の交わるところに、おそらくは「演劇性」があるのだろう。実際に、ある種の演劇性を扱っていない彼のテクストはひとつもない。見せ物とは何にでも適用しうるカテゴリーであり、その形のもとで世界はながめられるのである。演劇性は、彼が書くもののなかに行きつ戻りつする、一見すると特殊なあらゆるテーマにかかわっている。コノテーション、ヒステリー、虚構、イマジネール、けんか、優雅さ、絵画、東洋、暴力、イデオロギー（ベーコンが「劇場のイドラ」と呼んだもの）などである。彼を魅きつけたのは、記号というよりは信号や誇示なのである。彼が望んだ学問は、記号学ではなく、〈信号論〉であった。

彼は、感情と記号を分離することや、情動とその演劇性を分離することができるとは思っていないので、感嘆や憤りや愛情をうまく伝えることができないのではないかと恐れて、〈表現する〉ことができなかった。だから、感動すればするほど、さえないことになってしまうのだ。彼の「平静さ」とは、まずい演技をすることを恐れて舞台に出てゆけない俳優のすくんだ状態にすぎなかったのだ。

彼自身は説得力にみちた態度になることはできないが、しかし他人の確信にみちた態度そのものが、彼の目には演劇的な存在に見えて、その様子に魅せられてしまう。彼が俳優に期待するのは、迫真の情熱的演技よりも、むしろ確信にみちた身体を見せてくれることである。以下の光景は、おそらく彼が見たもっともみごとな演劇的場面であろう。ベルギーの食堂車のなかで、係員たち（税関員や警察官）がかたまって隅のテーブルについている。彼らは、旺盛な食欲があって、大いにくつろぎ、細心の注意をはらって食事をしていた（用いるスパイスや、料理の量、ふさわしい食器をえらび、古くてまずい鶏よりもステーキのほうがいいと一目で見ぬいている）。食べかたがその食べ物にすばらしく合っていたので（あやしげなグリビッシュソースは魚から念入りに取り除き、ヨーグルトはふたを取るために軽くたたき、チーズの皮ははがすのではなく削り落として、りんごをむくナイフはアメリカ先住民が敵の頭皮をはぐように使っていた）、クック旅行社の食事サービスはすっかり覆されてしまった。彼らはわたしたちとおなじ物を食べていたのに、おなじ食事ではなかった。したがって、食堂車の隅から隅まで、すべてが変わってしまっていたのである。〈確信にみちた態度〉（情熱や精神ではなく悦楽と身体との関係）というただひとつの効果によって。

テーマ

ここ数年、テーマ批評は信用失墜の打撃を受けてしまった。しかし、この批評の考えかたをあまり早く手放すべきではない。テーマとは、身体が〈自分自身の責任のもとに〉進み、まさしくそのことによって記号の裏をかくという、あの言述の場所をしめすのに有益な概念なのである。たとえば「ざらざらした」という語は、シニフィアンでもシニフィエでもない。あるいはその両方である。その語は、何かをここに定めると同時に、より遠いところに追いやったりもする。テーマをひとつの構造的概念にするには、語源についてのちょっとした妄想があればいいだろう。たとえば「形態素〔モルフェーム〕」、「音素〔フォネーム〕」、「記号素〔モネーム〕」、「味素〔ギュステーム〕」、「衣服素〔ヴェステーム」」、「性愛素「エロテーム」」、「伝記素「ビオグラフェーム」」などといった構造的単位をあちこちで目にするので、おなじ語尾音「エーム」にしたがって、テーマ「テーム」とは命題「テーズ」（理想的な言述）の構造的単位であると想像することにしよう。すなわちテーマとは、言表行為によって提示され、切り離され、進展させられて、そして〈意味の待機性〉[313]のようでありつづけるものなのである（ときに化石になってしまうまでは）。

価値から理論への転換

「価値」から「理論」への転換（ぼんやりしていて、カードに書かれた「転換」「コンヴェルシオン」を「痙攣」「コンヴュルシオン」と読んでしまったが、まあそれもいいだろう）。チョムスキーをもじって、いかなる「価値」も（↓）「理論」に〈書き換えられる〉[314]、と言ってみよう。このような転換――この痙攣――は、ひとつのエネルギー（〈エネルゴン〉）である。つまり言述とは、このような翻訳や、想像的な転位、アリバイ作りなどによって生みだされるというわけだ。理論は、価値から発して（理論はあまり根拠がないと言いたいわけではない）、知的対象となり、そしてその対象はより大きな循環のなかに取りこまれてゆく（読者のべつの〈想像界〉に出会う）のである。

格言

この本には、格言的なアフォリズムの口調（われわれは、人は、つねに、など）がつきまとっている。ところで格言とは、人間の本性についての本質主義[315]的考えかたに取りこまれており、古典的なイデオロギーに結びついている。すなわち、言語の表現形式のなかでもっとも傲慢な（しばしばもっとも愚かな）ものなのだ。では、なぜそれを捨てないのか。その理由は、あいかわらず情緒的である。わたしは〈自分を安心させるために〉格言を書く（または、格言的な動きをちょっと見せる）のである。急に不安が生じたときに、自分をしのぐ不動のものに身をまかせて、その不安をやわらげるのである。「結局は、いつもこうなのだ」と思い、そして格言が生まれるというわけだ。格言とは〈名称‐文〉のようなものであり、名づけることは緩和することである。そもそも、これもまた格言になっているではないか。格言を書いたら場違いのように見えはしないかというわたしの恐れを格言は和らげてくれる、というわけである。

（Xからの電話。自分のヴァカンスについて話すのだが、わたしのヴァカンスについてはぜんぜんたずねない。この二か月間、わたしが動かなかったかのようだ。関心がないから、とはまったく思わない。むしろ防御を示しているのだ。〈自分のいなかったところでは、世界は動かないままだった〉という大いなる安心感を。これとおなじように、格言の不動性は、取り乱した生体組織を安心させてくれるのである。）

全体性という怪物

「果てしなく続く衣服を身にまとっている女性を（もし可能なら）想像してみてほしい。その衣服はまさにモード雑誌に書かれていることすべてで織りなされているのである……」（『モードの体系』より）[316]。このような想像は、意味分析のひとつの操作概念（「果てしなく続くテクスト」）を用いているだけであるから、見かけは理路整然としている。だがこの想像は、「全体性」という怪物（怪物としての「全体性」）を告発することをひそかに目ざしているのだ。「全体性」は、笑わせながらも恐怖をあたえる。暴力とおなじように、つねに〈グロテスク〉なのではないだろうか（それゆえ、カーニバルの美学のなかでのみ、取りこむことができるのではないか）。

べつの言述。今日、八月六日、田舎で。光り輝く一日の朝だ。太陽、暑さ、花々、沈黙、静けさ、光の輝き。何もつきまとってこない。欲望も攻撃も。仕事だけがそこにある。わたしの前に。一種の普遍的な存在のように。すべてが充実している。つまり「自然」とはこういうことなのだろうか。ほかのものが……ない、ということか。〈全体性〉ということなのか。

一九七三年八月六日——一九七四年九月三日

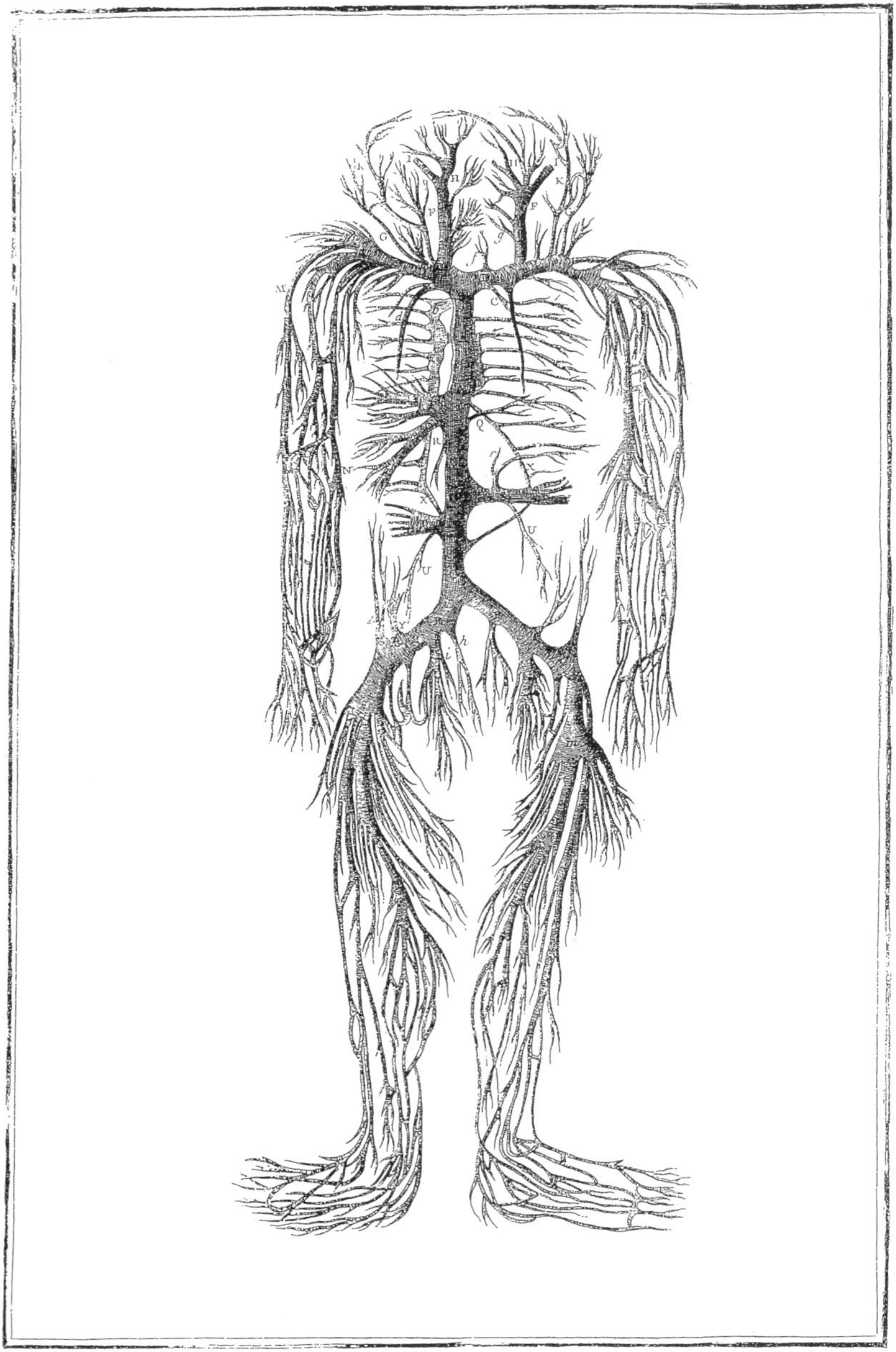

Benard Fecit

Anatomie.

身体を書く。

皮膚でも、筋肉でも、骨でも、神経でもなく、それ以外のもの。まがぬけて、繊維状で、けばだって、糸のほつれた、イド。道化師の服。

訳註

この訳註で言及したバルトの作品にかんしては、最後に翻訳リストを記しておいた。

1 「イマジネール」について、バルトは一九七一年につぎのように語っている。「イマジネールとは、内的表象の総体として（一般的な意味である）、あるいはイメージの欠在の領域として（バシュラールやテマティック批評にみられる意味である）、あるいは［…］主体が自分自身にたいしていだく見誤りとして（ジャック・ラカンの語の意味である）、理解することができる」（『サド、フーリエ、ロヨラ』、六九ページ）。本書でも「〈イマジネール〉は、一九六三年には、漠然とバシュラール的な語にすぎないが、一九七〇年になるとこのとおり洗礼しなおされて、全面的にラカン的な〈想像界〉の意味に移行している（歪曲さえされている）」と述べている（「大げさな語のやわらかさ」の断章より）。ジャック・ラカンの言う「想像界」とは、眼前の他者（鏡像や母親）によって自己のイメージを形成してゆく同一化の領域のことであるが、バルトは自分でも「歪曲」と言っているように、かなり自由に意味を広げて〈イマジネール〉の語を用いており、ときには「ナルシシズム」に近い意味で使われることもある。「わたしが『わたし』と言うたびに、自分がイマジネールのなかにいると確信することができる」（『ロラン・バルトのための二〇のキーワード』）、「イマジネールとは、イメージを全面的に想定することであり、動物にも存在している」（本書「想像界」の断章）、「自分のものとしてわたしに属するもの、それは〈わたしの〉イマジネールであり、〈わたしの〉幻想である」（本書「退行」）、など。このように多様に用いられる〈イマジネール〉の語は、「想像界」だけでなく「想像的なもの」「想像的領域」「イメージの世界」など、さまざまな訳語が必要となるであろう。

2　フロイトによる精神分析の概念であり、「エス」ともいう。本能的衝動や欲求、感情、過去の経験などが貯蔵されている部分のことである。

3　バルトは一八歳のときに結核を発病し、治癒と再発をくりかえした。彼が最終的にサナトリウムを出てパリにもどったのは、三〇歳のとき（一九四六年九月）である。その翌年の夏に、彼ははじめて新聞紙上に論考を発表することになる。

4　バルトにおける「エクリチュール」の語は、さまざまな意味で用いられている。『零度のエクリチュール』（一九五三年）においては、「エクリチュール」とは作家自身が責任をもって選びとる表現形式や言葉づかいであり、「文体」とは異なるものであった。しかし一九七〇年代に入ると、「むしろかつて文体と呼んでいたものの位置をしめる」（『返答』）ようになる。その後も「エクリチュール」の意味は自在に広げられ、本書でも、書体、文字、書く行為、書かれたもの、文体、さらには、書くことへの愛、文学の原動力といった意味まで見られる。それらが渾然一体となっていることもある。

5　フランス南西部にある町で、アドゥール川の河口近くに位置し、大西洋にもスペイン国境にも近い。バルトは一歳から九歳までバイヨンヌで暮らした。その後、パリに住むようになってからも、休暇ごとにバイヨンヌの祖母の家に帰っていた。

6 エミール・ゾラの小説『プラッサンの征服』（一八七四年）の舞台となった架空の町の名前である。

7 バイヨンヌの中心部にあり、十一世紀から城砦として建設が始められた「シャトー・ヴィュー」の南西位置にある門である。門自体は十九世紀に新たに城壁に穿たれたものである。道路よりも低いところにあるために、門を通るには道を下って行くことになる。

8 バイヨンヌにあった、バルトの祖父母の家のことである。

9 タデ科の植物で、ジャムやタルトとして食する。

10 バルトの祖父母や両親、家族の名前は、巻末の「図版説明」に記されている。

11 彼の娘（バルトの父の妹）のアリスがピアノの先生だったので、生徒の発表会のためのプログラムを作っていたようである。

12 接続法半過去は、十九世紀後半からほとんど用いられなくなったが、文学的な文章や、形式張ったスピーチではなお見られることがある。

13 ロラン・バルトは一九一五年一一月一二日に生まれ、それから一年もしない一九一六年一〇月に父が亡くなった。

14 フランス南西部にある県であり、県庁所在地はトゥールーズ。バイヨンヌから二五〇キロほど東に位置する。

15 バイヨンヌから一五キロほど東に位置する村、ユルトのことである。バルトは一九六一年にユルト村に別荘を購入し、それからは休暇ごとにユルトに滞在していた。

16 バルトは大学時代に友人たちと「ソルボンヌ古代演劇グループ」を創設した。そして一九三六年五月には、ソルボンヌの中庭でアイスキュロスの『ペルシアの人々』を上演している。そのときに彼はペルシア王ダレイオスの役を演じたのだった。

17 バルトはつねに「表現」あるいは「表現性」の語を「押しつけがましい表現過多」という否定的な意味あいで用いている。

18 「コード」とは、ひとつの言語のなかで、ひとりがメッセージを発信し、もうひとりがそれを理解することを可能にする、記号と規則の総体のことである。

19 理想的な共同体を構成する人たちが生活する空間をさし、シャルル・フーリエ（一七七二―一八三七）が提唱した。

20 バルトはこれに続けて述べている。「欲望の次元である気楽さは、検閲の次元である距離よりも、破壊的である」（「逸脱」、『物語の構造分析』所収、一四〇ページ）。

21 フェルディナン・ド・ソシュール（一八五七―一九一三）における「言語の恣意性」とは、記号の「シニフィアン（記号表現）」と「シニフィエ（記号内容）」のあいだには自然かつ論理的な結びつきはない、ということであった。なお、「シニフィアン」は「記号表現」「能記」「意味するもの」などと訳されており、ひとつの言葉の表現面（聴覚的イメージ）をさす。「シニフィエ」は「記号内容」「所記」「意味されるもの」などと訳され、言葉の内容面（意味や概念）をさす。

22 バルトにおいて、「自然」「自然なもの」とは、当然のこととして押しつけられる悪しきものである。

23 「レキショのフォルムは何かに『似て』おり、隠喩というやりかたによって、一連の名前をまねきよせる。［…］ここでは類似が抑えられない」（一九七三年「レキショとその身体」、『美術論集』、一七九ページ）。

24 遠近法の原理をもちいて形をゆがめ、ある角度から見たときにだけ、正しい像があらわれるように描いたものである。ホルバインの『大使たち』（一五三三年）の絵はアナモルフォーズとして有名である。

25 「批評家は意味を二重化する。作品の第一の言葉の上に、第二の言葉を、すなわち記号の癒着性を漂わせる。ようするに一種のアナモルフォーズである」（一九六六年『批評と真実』、九六ページ）。

26 「シニフィエ」と「シニフィアン」については、註21を参照のこと。

27 オイディプスは、父親を殺し、母親と結婚した。このことからフロイトは、男の子が父親を敵視して母親の愛を得ようとする傾向をエディプス・コンプレックスとよんだ。

28 「カーニバル」性とは、ロシアの批評家ミハイル・バフチン（一八九五―一九七五）の概念であり、中世の祝祭などにみられる価値倒錯の効果をもつもののことである。

29 「たしかにバイヨンヌの祖父母のまわりでは『社会階層』が形づくられていましたが、すでに話したように、その『社会階層』はわたしにとっては演劇の舞台でした。しかしそれは、わたしが一種のブルジョワ的な生活様式を教えこまれなかったということではありません［…］」（インタビュー「返答」、『ロラン・バルト著作集8』、二九ページ）。

30 「多元的決定」（「重層的決定」）とはフロイトやアルチュセールの概念であり、どんなできごと（症状）や状態も、単純な因果関係ではなく複数の要因によって決定されるというものである。

31 バルトの造語であり、「対立」を意味するギリシア語「enantios」と、言語学で最小の単位を示す「eme」を合わせて作られている。ひとつの意味と、その逆の意味との両方をあわせもつ語をさす。「対になった価値－語」の断章（八〇ページ）を参照のこと。

32 バルトは『テアトル・ポピュレール』誌の「論説」（一九五四年）において、「金銭の演劇」について論じている。「われわれが嫌っている演劇、それは『金銭』の演劇だ。観劇料が高い演劇、すなわち観客がその富によってのみ選別される演劇だ。［…］〈フランス的な良き趣味〉という偽善の名のもとに飼いならされた、大道具と衣装の見栄っぱりの豪華さ［…］である」（「論説」、『ロラン・バルト著作集1』、二九三―二九四ページ）。

33 「キリスト教徒、マルクス主義者、フロイト主義者たちにとって、金銭は激しく非難すべきもの、盲目的崇拝物、排泄物でありつづける。［…］フーリエは金銭を称賛していた。なぜなら、彼にとっての幸福のイメージとは、明らかに金持ちたちの生活様式によってあたえられていたからだ」（一九七一年「フーリエ」、『サド、フーリエ、ロヨラ』、一一九―一二〇ページ）。

34 「金銭」を意味するフランス語「argent」には「銀」という意味もあることから、「銀」から「金」への移行という隠喩にもなってる。

35 ギリシア神話のなかで、五〇人ほどの英雄（アルゴナウタイ）を乗せて、金毛羊皮を探す大航海をした巨船のことである。

36 構造言語学において、たがいに交換可能な要素の総体をさす。

37 ジュリア・クリステヴァの用語である。あらゆるテクストは、引用のモザイク、他のテクストの吸収・変形であって、そのような性質が「間テクスト性」であり、そうしたテクストが「間テクスト」である。バルトは一九七三年に「間テクスト」について、「それは『権威』ではない。たんに、〈めぐる記憶〉である」と書いている（『テクストの快楽』、六八ページ）。

38 「『支配的イデオロギー』とよく言われる。この表現は、まとはずれだ。というのは、イデオロギーとは何なのか。まさに〈支配するものとしての〉観念だからだ。イデオロギーは支配的でしかありえない」（『テクストの快楽』、六一ページ）。

39 「占い師が、杖の先で架空の長方形を切り取り、ある原理にしたがって鳥の飛翔をさぐるように、注釈者は、テクストにそって読みの範囲をえがき、意味の移動やコードの出現や引用の移行を観察するのである」（一九七〇年『S／Z』、一七ページ）。

40 ヴィナヴェール（一九二七年―　）はパリ生まれの劇作家であり、この『今日あるいは朝鮮人たち』は一九五六年秋にリヨンで初演された。それを観たバルトはただちに『フランス・オプセルヴァトゥール』誌に劇評を書いた。引用文はその一部である（『ロラン・バルト著作集2』、二〇三ページ）。

41 バルトは、一九七四年四月一一日から約三週間、『テル・ケル』誌の仲間五人で中国の五都市を周遊する旅行をおこなった。そして、帰国した二週間後の一九七四年五月二四日に、『ル・モンド』紙に「では中国は？」というエッセーを発表し、そのなかで「行動的な賛同という答えではなく、同意という答えを求められているかのようだ」と書いたのだった（『ロラン・バルト著作集9』、三〇七ページ）。

42 言語学の用語であり、語が何らかの対象をさすのではなく、記号として自らをさすことを言う。たとえば、「フランス語では、『椅子』は女性名詞である」や、「『椅子』は人がすわるための物であり、数本の足と座面から成っている」といった文における「椅子」が自己指示の語である。

43 アナグラムとは、ある言葉のつづりの文字を並びかえて、べつの言葉を作ることや、そのようにして作られた語句をさす。たとえば、「aube（夜明け）」が「beau（美しい）」になることである。

44 「熱い手遊び」には二種類の遊びかた（手をたたくものと、手を重ねてゆくもの）があるが、バルトが引用しているのは、手を重ねる遊びのほうである。三人から六人でおこなう。はじめに数（二〇とか三〇とか）を指定しておき、右手を順に重ねてゆき、つぎに左手を重ねる。最後の左手が重ねられたとき「1」と言い、いちばん下に手がある者は心のなかで「2」と言いながら手を抜き、いちばん上に重ねる。指定の数字になったとき、みなが一斉に数字を言って手を引っ込め、残った手の者が負けとなる。

45 換喩とは、あるものに隣接するものや部分をなすもので置き換えることによる比喩である。すなわちここでは、それらの夫人たちが魅力的だから名前も魅力的に感じられたのではない、ということである。

46 フェリシテ・ド・ジャンリス（一七四六―一八三〇）は、ルイ一五世の時代、フランス革命、七月革命を経験して、一四〇もの著作を残した。国王ルイ・フィリップが幼かったときの養育係でもあった。一八二五年には、『回想録』全十巻を生前出版している。

47 バルベ・ドールヴィイ（一八〇八―一八八九）が、小説『魔法にかけられた女』（一八五五年）のなかで用いた表現である。

48 一九五四年に開設されたラジオチャンネルで、クラシック音楽とジャズを放送する。

49 二項対立とは、一対となった二つの概念が対立した関係にあることや、概念をそのような関係に二分することをさす。

50 イタリア語の「tempo rubato（盗まれたテンポの意）」からきており、音楽の表現性を増すために演奏者がテンポを変化させることを言う。バルトは「ルバート」を表現過多なものとしてつねに嫌悪していた。

51 バルトは一九五六年にコラム「ブルジョワの声楽芸術」を書き、フランスのバリトン歌手ジェラール・スゼーにかんして、ルバートをもちいるブルジョワ芸術であると批判している（『現代社会の神話　ロラン・バルト著作集3』、二七九―二八四ページ）。

52 『ベルトルト・ブレヒトの仕事1　ブレヒトの政治・社会論』、野村修訳、河出書房新社、一九七二年、六三ページ。

53 聖ヒエロニムスが訳したとされるラテン語訳『ウルガータ聖書』が中世においては広く用いられていたが、十六世紀になると宗教改革の高まりによって、ヘブライ語とギリシア語から直接に訳した各国語版が出まわるようになる。そのため、一五四六年のトリエント公会議で、『ウルガータ聖書』をカトリック教会の公式な聖書として確認した。

54 フィリップ・ソレルスが一九七二年に出版した小説である。この『法』についてバルトは、「フィリップ・ソレルスの最近のテクスト『法』の特異性――孤独性――を思い起こそう。これは、言語の韻律論的、韻律法的な仕事をふたたび演出しているのだ」と述べている（一九七二年「声のきめ」、『第三の意味』、一九七ページ）。

55 「貧しき者とプロレタリア」（一九五四年）において、バルトはチャップリンの映画の登場人物について次のように書いている。「機械に反抗し、ストライキに途方にくれ、パンの問題にとりつかれているが、政治的原因の理解や集団的作戦の必要性にいたることはまだできない作業員である」（『現代社会の神話』、五七ページ）。

56 「フィルム」にあたるフランス語「pellicule」には「皮膜」の意味もある。

57 フランス語の条件法は、不確実性・語気緩和などのニュアンスを表現するために用いられる。

58 『失われた大陸』は、ボンツィ、グラース、モゼルの三人が一九五四年に共同監督で制作したイタリアのドキュメンタリー映画であり、撮影は東南アジアでなされた。反植民地主義や民族自決を基調としたアジア・アフリカ会議がバンドンで開かれたのは一九五五年四月であり、『失われた大陸』は、その直後の同年五月にカンヌ映画祭で上映され、パリでは同年十二月下旬に公開された。

59 「『失われた大陸』」、『現代社会の神話』、二七二ページ。

60 ミシュレの経歴の「イデオロギー」の項目をさす（『ミシュレ』、九―一〇ページ）。

61 リヒテル（一九一五―一九九七）もホロヴィッツ（一九〇三―一九八九）も、ロシア（ウクライナ）生まれのピアニストである。

62 「指向対象」とは語によって指される具体的な対象であり、概念を指す「シニフィエ」とは異なる。現実世界を語によって分節することが「指向」である。命名とは、対象を認識して名前をつけることではなく、名前を持ったときにはじめて対象が認識されるのである。したがって、「わたし」という語は指向対象をもたないと言える。

63 『S／Z』において、バルトは次のように書いている。「逸話的な条件である〈去勢状態〉と、象徴的な構造である〈去勢行為〉とを一致させること。言語運用者（バルザック）はこの仕事に成功したのである。［…］この成功は、構造的な策略によるものだ。つまり、象徴的なものと解釈的なものを混ぜ合わせてしまうのである［…］」（『S／Z』、一九三ページ）。すなわち具体的には、カストラートのラ・ザンビネッラ（去勢状態）が、青年サラジーヌの愛を拒絶したこと（去勢行為）をさす。

64 ここでバルトは、「impertinent（無遠慮な）」の語を「im-pertinent」と区切ることによって、「非‐関与的」という意味も持たせている。なお、構造言語学において「非関与的」とは、対立的な要素の相違が意味の相違をもたらさないことをいう（たとえば、手紙が黒インクで書かれているか、青インクで書かれているかは手紙の内容に関係ないこと、などである）。

65 ジャック・ラカンの精神分析理論における「現実界・象徴界・想像界」のうち、「象徴界」とは言語活動によって特徴づけられる領域のことである。

66 「これら［結合または構成］の規則を使えば、エロティックな言語の形式化が容易になる。その構成は、言語学者たちの提案する〈ツリー〉構造に似ている。［…］サド的文法には、おもに二つの行動原則がある。その二つは、いわば、語り手が自分の〈語彙〉の諸単位（姿勢、ポーズ、場面など）を動員する規則的な手続きなのである」（「サドI」、『サド、フーリエ、ロヨラ』、四〇ページ）。

67 「サンタグム」とは、語などの二つ以上の要素の結合である。交換可能な要素の総体である「パラディグム」とあわせて、ヤーコブソンは〈換喩／隠喩〉の理論に結びつけており、バルトはこの理論に大いに共感して、しばしば用いている。

68 バルトは一九六七年に、「フロベールと文」のなかで次のように書いている。「作家が自分の原稿にほどこす修正は、作家が書きこむ紙のふたつの軸にしたがって簡単に分類される。垂直方向の軸では、語の置換がなされる（それが

69 「削除」または「言いよどみ」だ）。水平方向の軸では、句の消去や追加がなされる（それが「改作」である）」（『新＝批評的エッセー』、九六ページ）。

70 『サド、フーリエ、ロヨラ』の「フーリエ」においてバルトは、古代ローマの文法学者アエリウス・ドナトゥス（四世紀中ごろ）の言う「アルス・ミノール（概要）」と「アルス・マイヨル（詳述）」の対立と、フーリエの言う「概略－要約」と「論述」の対立が類似したものであると述べている（『サド、フーリエ、ロヨラ』、一二四ページ）。

71 「たとえは何の論拠にもならない」という諺をひっくり返したものである。

72 「これらの移行を描くことは、それらに優しくふれるようなものである」（『ミシュレ』、三六ページ）。

73 『テクストの快楽』、四八—四九ページ。

74 『記号の国』、一七三ページ。なお、「式台の廊下」とは、二条城二の丸御殿「式台の間」の横の廊下のことである。『記号の国』では、次のように書かれている。「式台の廊下の写真を逆さまにしてみても、なにも起こらない。［……］専有すべきものは何もない」（一七四ページ）。

75 『テクストの快楽』、三一ページ。

76 バルトは一九四五年二月から一年間、スイスのレザンのサナトリウムで療養していた。胸膜外人工気胸術は、当時おこなわれていた肺結核の治療法のひとつで、胸膜腔に人工的に空気を注入する方法である。

77 十九世紀に舞踏会で、女性が踊る相手の名前を書いておくために用いた手帳であり、表紙に銀や象牙や螺鈿を貼りつけた華美なものもあった。

78 「イマーゴ」とは精神分析用語であり、他人を把握する見方を方向づける無意識的人物原型をいう。

79 レーモン・ピカール（一九一七—一九七五）のことである。ピカールはバルトの『ラシーヌ論』（一九六三年）を強く批判して、一九六五年に『新批評あるいは新手の詐欺』を出版した。

バルトは『記号学の原理』（一九六五年）において、言語の意味作用を「デノテーション（外示）」と「コノテーション（共示）」に分けて述べている。「デノテーション」とは一次的で明示的な意味であり、「コノテーション」とは二次的で暗示的な意味である。

80 「サドの性的な語彙は（それが〈なま〉であるとき）、言語における快挙をなしとげるのだ。純粋なデノテーションにとどまる、という快挙である（普通は科学の処理言語だけに限られている功績である）」（『サド、フーリエ、ロヨラ』、一八一ページ）。

81 大麻のことである。

82 「トピカ」について、バルトはつぎのように述べている。「沈思黙考をすべきテーマは、さまざまな可能性を広げる補足的な装置を必要としており、その装置がトピカなのである。［…］古代の修辞学教師たちは、言うべきことを持つための絶対的方法がトピカであると称賛しつづけた。［…］トピカとは格子であり、扱う主題（問題）をめぐらす升目の図表なのである」（『サド、フーリエ、ロヨラ』、八〇ページ）。

83 古代ローマの政治家・思想家のキケロ（前一〇六—前四三年）の著作『友情について』における「友情（Amicitia）」をさしているようである。

84 パスカル『パンセ』の断章五四二（ラフュマ版）の文である（『パンセ　中』、塩川徹也訳、岩波文庫、二八三ページ）。

85 原語は「bathmologie」であり、バルトによる造語である。「段階」を意味するギリシア語「bathmos」と「…学、…論」を意味する「-logie」から作られている。

86 フロベール（一八二一—八〇）の未刊の小説『ブヴァールとペキュシェ』の登場人物である。公園で出会った二人は意気投合して、フランス北部のシャヴィニョール村に移り住み、科学・政治・宗教など、あらゆる書物を読んで日常生活に応用しようとするが、ことごとく失敗をする。ファレーズはシャヴィニョール村の近くの町である。引用文は、二人が偽装食品をあばく場面である（『ブヴァールとペキュシェ』、新庄嘉章訳、『フロベール全集5』、筑摩書房、一九六六年、四八ページ）。

87 「語源核」「語源形」とも訳され、派生語などの元となるものである。「真の」を意味するラテン語「etymon」とギリシア語「etymos」からきている。

88 ある言語Aが他の言語Bによって駆逐されたとき、言語Bが、滅びた言語Aの影響を受けて変化した場合、言語Aを基層（言語）と呼ぶ。

89 言語学用語であり、音韻・文法・語彙において、ある特徴を示す標識があるものを「有標」という。たとえばフランス語において、「chat（猫）」は無標だが、「chatte（メス猫）」「chaton（子猫）」は有標である。

90 フロイトは、孫が糸巻きを投げて「いない」と言い、糸を巻いて引き戻して「いた」と言って遊んでいたのを見て、これを「死の欲動」の概念にむすびつけて考えた（『快楽原理の彼岸』、一九二〇年）。

91 バルトは一九七三年の論考において、ディドロが演劇の舞台と額画とを同一視していることを指摘し、ブレヒトの叙事詩的舞台やエイゼンシュテインのカットも額画であり、強く訴えかける瞬間の連続である、と述べている（「ディドロ、ブレヒト、エイゼンシュテイン」、『第三の意味』、一四三―一五四ページ）。

92 オルフェウスは、亡き妻エウリュディケを連れもどすために冥府へ行き、「地上に帰り着くまで後ろの妻のほうをふりかえってはならない」という条件で連れもどすことを許された。しかしあと一歩のところでふり向いてしまい、妻を永久に失うことになった。バルトは、「愛するものを、（早く）ふりかえったことで失ってしまう」という意味でしばしばオルフェウスの名を出している。

93 バルトは『ミシュレ』（一九五四年）において、繰り返される「テーマ」を発見し分析する「テーマ批評」をおこなった。「テーマ」についてバルトは次のように述べている。「［…］ひとつの存在（ひとつの人生ではなく）の構造を、つまりテーマ体系を、あるいはこう言ったほうがよければ、固定観念によって編まれた網を、見つけ出すのである」（『ミシュレ』、三ページ）、「テーマは反復する。すなわち、著作のなかで繰り返されるのだ」（二五三ページ）。

94 フーリエについて、バルトは次のように書いている。「「変形」（あるいは「交替」や「移り気」）は、定期的に変化させること（活動や楽しみを二時間ごとに変えること）への欲求である［…］。これは「文明」においては軽蔑されているが、フーリエが非常に高く評価している情熱である」（『サド、フーリエ、ロヨラ』、一四〇ページ）。

95 バルトは一九七一年に書いた論考のなかで、「Aliénation」について「社会的な意味と精神的な意味をもつ良い語である」と書いており、それゆえ、ここで括弧にいれて引用したのであろう（「文化が強制する平和」、『言語のざわめき』、一〇〇ページ）。

96 「[…]同じひとつの文字が、反対のふたつのことを意味することができる（アラビア語には、このような矛盾するシニフィアン、すなわちaddâdがあるようなのだ）」（「文字の精神」、『美術論集』、四ページ）。

97 この引用どおりの文は、論考「作者の死」のなかには存在しない。内容的に該当するものとしては、以下の文がある。「ギリシア悲劇では、テクストは二重の意味の語で織りなされており、それぞれの登場人物は一方の意味だけを理解している（このたえざる誤解がまさに〈悲劇〉なのだ）。しかし、それぞれの語の二重性を聞き取り、さらに、こう言ってよければ、眼前で話している登場人物たちの難聴を知っている誰かがいる。この誰かこそ、まさに読者（ここでは観客）なのである」（「作者の死」、『物語の構造分析』、八八ページ）。

98 断章「占い師の身ぶり」のなかで語られている「占い師が杖で切り分ける大空の一片」のことである（五五ページ）。

99 バルトは『記号の国』のなかで、すきやきについて「ひとたび始まると、もはや時間も場所もはっきりしなくなってしまう。中心のないものとなってしまう。とだえることのないテクストのように」と述べている（『記号の国』、三八ページ）。

100 断章「象徴、ギャグ」において、映画『オペラは踊る』の最後の場面で舞台幕が騒乱状態になることが述べられている（一〇九ページ）。

101 ふだんは干上がった窪地だが、雨期の豪雨のときには一次的に水流が現れる川であり、「ワジ」と呼ばれる。

102 「転移」とは患者が幼年期に親にたいして抱いていた感情を自分の治療者に向けるようになることであり、オイディプス的状況とは父親を憎み、母親を愛することである。

103 サルトルの「(自己)欺瞞」とは、意識が自己にたいして真実に目をつぶり、自分の自由と責任から逃れようとすることである。

104 『現代社会の神話』の著作について、バルトは「［本書は］欺瞞の暴露である」という表現を用いている（『現代社会の神話』、四ページ）。

105 「連結辞省略」とは、接続詞（「と」「そして」「しかし」など）を省略して語や文を続けることであり、「破格構文」とは、単独では文法的に正しいが、結合すると文法的に正しく結びつかない構文をさす。

106 バルトは一九六五年に書いたシャトーブリアン論のなかで、「破格構文は、構文の断絶であると同時に、新しい意味の飛翔でもある」と語ったあとで、「シャトーブリアンの破格構文はおそらく、まったく現代的な新しい論理を打ち出している」と述べている（「シャトーブリアン『ランセの生涯』」、『新＝批評的エッセー』、六二―六三ページ）。

107 ファン・ヒネケン（一八七七―一九四五）は、オランダの言語学者、イエズス会士であり、舌打ち音（乳児が乳を飲むときに出すような音）から子音が生まれたと考えた。

108 『テクストの快楽』においては、正確にはつぎのように書かれている。「テクストを書きながら、書き手は乳児とおなじ言語活動をおこなう。すなわち強制的で、自発運動的で、情愛とは関係のない言語活動、つぎつぎと押し寄せる舌打ち音（驚くべきイエズス会修道士のファン・ヒネケンがエクリチュールと言語のあいだに位置づけていたあの乳の現象）である」（『テクストの快楽』、八―九ページ）。

109 「価値」について、バルトは一九七二年につぎのように書いている。「知識は何についても〈これは何であるか〉と言う。だがニーチェのスローガンによると、価値はその問いをさらに押し進める。〈わたしにとって、これは何であるか〉と」（「テクストの出口」、『テクストの快楽』、一〇一ページ）。

110 バルトは言語学者エミール・バンヴェニスト（一九〇二―七六）を敬愛しており、バンヴェニストは「言語のなかで、言語によって、人間はみずからを〈主体〉として構成する」と述べている（『一般言語学の諸問題』、二四四ページ）。

111 ジャン・ラシーヌ（一六三九―一六九九）の悲劇『エステル』（一六八九年初演）においてエステルが女友達に話しかける言葉であり、エステルのこのせりふによって第一幕第一場が始まる。

112 『テクストの快楽』、一〇〇ページ。

113 俗語表現に「ケツを見せる」（怖じ気づく、逃げ出す、の意）があるからであろう。

114 『いたずらっ子』（一八六五年）は、セギュール夫人（一七九九―一八七四）によって書かれた子ども向け小説であり、マックミッシュ未亡人に育てられた孤児シャルルの物語である。数多くの映画化や演劇化がなされた。

115 サム・ウッドが監督し、マルクス兄弟が主演した、一九三五年制作の喜劇映画である。

116 バルトは、フーリエにおける表現の魅力は「反‐レトリック」にあると語ったあと、その隠喩にかんして次のように述べている。「フーリエの列挙は［…］つねに、皮肉、ねじれ、突飛な癖をふくんでいる。［…］。というのは、列挙の〈極致〉はフーリエにおいては、動物や鳥や子どもが「別のこと」を聞いたときの頭の動きと同じくらいに唐突なものだからである」（『サド、フーリエ、ロヨラ』、一二七ページ）。

117 一九三四年にパリ一六区にひらかれた写真スタジオであり、近接で撮影したモノクロのポートレイトは、どんな人でも俳優のように見せることで有名である。

118 バルトはアルクール・スタジオでの写真について、俳優が町中にいるかのように想定されているとして、「それは理想の町である」、「町中では永遠に美しい」、「町ではいかなる動きからも浄化された顔に還元されている」と述べている（「アルクールの俳優」、『現代社会の神話』、二四―二五ページ）。

119 バルトは、二二歳だった一九三八年夏にギリシアへ旅行した。そして一九四四年に、サナトリウムの学生同人誌『エグジスタンス』に「ギリシアにて」というエッセーを発表し、アテネの悪臭や不潔さについてリアリズム的に語ったのだった（『ロラン・バルト著作集1』所収）。

120 愛と美の女神ウェヌス（ヴィーナス）の息子である、美しい青年クピド（エロス）は、人間プシュケに恋をする。プシュケをすばらしい宮殿につれて行き、結婚をする。プシュケは宮殿で幸せに暮らしたが、夫クピドは夜しかプシュケのもとに来ないので、プシュケは夫の姿を見ることができなかった。彼女は姉たちにそそのかされて、灯りを手にして夫に近づき、夫の姿を見る。クピドは目を覚まして、飛び去って行ってしまった。

121 作品における登場人物の関係の構造にかんして、バルトは、ラシーヌの作品については『ラシーヌ論』の「ラシーヌ的人間」において、サドの作品については『サド、フーリエ、ロヨラ』の「サドI」において分析をしている。

122 古代や中世において、羊皮紙は貴重であったために、不要になった文字を消して、その上に新たに文字を書いて再使用していた。それを「パリンプセスト」と言う。

123 言語学における「分離」とは、「花、それは美しい」の文における「花」のように、切り離して強調することをいう。

124 「パトス」とは情念や情動のことであり、分別や理性を意味する「ロゴス」と対をなす。

125 「フェーディング」とは、電波の強さが時間とともに変動することである。そのために電波が干渉しあったり、電波が届かなかったりする。

126 セリーヌとフローラは、『失われた時を求めて』の話者の祖母の妹たちであり、ワインを送ってくれたスワンに、とうてい理解できないことばでお礼を言う（プルースト『失われた時を求めて1』、吉川一義訳、岩波文庫、二〇一〇年、六六―六八ページ）。なお、アスティ・ワインは、イタリアのピエモンテ州アスティで生産されたワインである。

127 「前衛的なテクスト」とは、たとえばフィリップ・ソレルスの小説をさし、バルトは「肩ごしに」などの論考でソレルスについて論じている（『作家ソレルス』所収）。日本については、『記号の国』のとりわけ「意味の免除」の断章で論じられている。音楽にかんしては、つねにルバート（テンポを自由に変える誇張的表現）を批判している（「ブルジョワの声楽芸術」など）。「アレクサンドラン（十二音節詩句）」については、ラシーヌ悲劇の朗誦法にかんして述べている（「台詞としてのラシーヌ」、『ラシーヌ論』所収）。

128 「ヘーゲルはどこかで、すべての偉大な世界史的事実と世界史的人物はいわば二度現れる、と述べている。彼はこう付け加えるのを忘れた。一度は偉大な悲劇として、もう一度はみじめな笑劇として、と」（カール・マルクス『ルイ・ボナパルトのブリュメール18日』植村邦彦訳、平凡社ライブラリー、二〇〇八年、一五ページ）。

129 マルクスの史的唯物論においては社会は発展しながら進んでゆくという考えが基盤になっていることをさしている。

130 『ピンポン』（一九五五年）は、アルチュール・アダモフ（一九〇八―七〇）の不条理劇作品である。バルトはつぎのように書いている、「『ピンポン』では」、生や言語における劇的なものが、（氷が固まっていると言うように）舞台上で〈固まっている〉。この凍結の様式こそが、あらゆる神話的な言葉なのである」(「アダモフと言語」、『現代社会の神話』、一四六ページ)。

131 カストラートであるザンビネッラの言葉「わたし、あなたにとっての忠実な男友達になれるわ」について、バルトは「愛から友情への格下げ」であり、「崇高な口実のもとで、性の欠如をしめしている」と分析している(『S／Z』、一九二ページ)。

132 バルトは一九六〇年に、作家とは、いかに書くかを考えて、自分自身を目的として自動詞的に書く人であり、著述家とは、何かについて述べるために、言葉を道具として他動詞的に書く人であると語っている(「作家と著述家」、『批評をめぐる試み』、二二〇―二二六ページ)。

133 絵具が定着しにくい素材の上に絵具を塗り、それが乾かないうちに、二つ折りにしたり、他の紙などを押しあてたりして、はがすと、偶然による模様が生まれる。それがデカルコマニーである。

134 「文体とそのイメージ」(一九六九年の講演であり、七一年に英文で発表された)において、バルトはつぎのように続けている。「わたしを困惑させる文体のイメージはどのようなものか、わたしが望む文体のイメージはどのようなものなのか」(「文体とそのイメージ」、『言語のざわめき』、一四六ページ)。

135 フロベール(一八二一―八〇)の小説『感情教育』(一八六九年)は、一八四〇年から一八四六年までの時代設定となっており、二月革命の勃発した一八四八年二月二〇三日がとくに重要な日となっている。

136 「アンドレ・ジッドとその『日記』についてのノート」、『ロラン・バルト著作集1』、九ページ。

137 「プロレスする世界」、『現代社会の神話』、一〇ページ。

138 「連結辞省略」と「破格構文」については、註105を参照のこと。

139 バルトはのちの一九七五年に「ラッシュ」と題するシューマン論を書き、そのなかで次のように述べることになる。「ラッシュ。これは〈活発な、テンポの速い(プレスト)〉しか意味していない、と楽譜編集者たちは言う。しかしわたしはドイツ人ではないので、この外国語を前にして、自分の好きなように茫然と聞き入るだけであり、この語にシニフィアンの本質を付与してしまう。すなわち、あたかも手足のひとつが風や鞭に〈もぎとられて〉、明確だが未知の散乱場所のほうへ運ばれていくかのようである、と」(『第三の意味』、二五二ページ)。

140 正しくは、一挙に悟りをひらく「頓悟」と、徐々に悟りにいたる「漸悟」とに分けられる。

141 『優しい歌』はフォーレが一八九二―九四年に、『詩人の恋』はシューマンが一八四〇年に作曲した連作歌曲である。

142 「カデンツ」とは、楽曲の終結部を形成する旋律や和声の定型のことである。

143 『失われた時を求めて』のなかで、シャルリュス男爵が「わたしは、［オレンジエードではなく］そのお隣のフレゼット［いちご酒］が気に入りました」と言ったことで男色趣味を暴露してしまった、とプルーストは書いている(『ソドムとゴモラⅡ』、吉川一義訳、岩波文庫、二〇一五年、二六八ページ)。

144 「多元的決定」については、註30を参照のこと。

145 「頭がこんがらがって」の断章をさす(二六七ページ)。

146 ヘーゲルの『歴史哲学』の第二部「ギリシア世界」をさす(邦訳は、長谷川宏訳『歴史哲学講義』下巻、岩波文庫)。

147 「意味形成性」とはジュリア・クリステヴァが生みだした概念であり、彼女によると「ラングのなかで実践され、語る主体の線上で、文法的な構造をもつコミュニケーションの意味の連鎖を配する、分化や重層化や照合のはたらき」とされている(『記号の解体学―セメイオチケ1』原田邦夫訳、せりか書房、一九八三年)。しかし、バルトは意味をすこしずらして、つぎのように言う。「いかなる意味形成性も(いかなる悦楽も)大衆文化(水と火を区別するように、群衆文化とは区別すること)からは生まれないと、わたしは確信している」(『テクストの快楽』、七三ページ)、「意味形成性とは何か。〈官能的に生みだされるものとしての〉意味である」(同書、一一五ページ)。

148 ステファヌ・マラルメ(一八四二―九八)は、未完の「言語に関するノート」のなかで「〈エクリチュール〉は、話し言葉をつうじて現れる〈観念〉の身ぶりを明らかにする［…］」と書いている(『マラルメ全集3』筑摩書房)。

149 アンドレ・ジッド(一八六九―一九五一)が一八九七年に二八歳で出版した、小説とも散文詩ともいえる作品であり、生の喜びをうたいあげている。

150 ジッドの父は南仏ラングドック出身のプロテスタントであり、母はノルマンディー出身のカトリックであった。バルトの父はガスコーニュ地方バイヨンヌ出身のカトリックであり、母はプロテスタントでその父はアルザスの出身であった。

151 地球誕生直後の原始の海は、水素、ナトリウム、シアン化水素などが溶け合ったスープ状態であり、そこから生命の元となる物質が合成されたとされている。

152 アルゴリズムとは、ある問題を解決するための、特定の計算手順や処理手順のことである。

153 プラッサンについては、註6を参照のこと。

154 『クレーヴの奥方』（一六七八年）はラファイエット夫人（一六三四—九三）によって書かれた恋愛心理小説である。レヴィ＝ストロースの『猫』とは、言語学者ローマン・ヤーコブソンとレヴィ＝ストロースが共同でボードレールの詩「猫」を構造分析し、一九六二年に発表した研究をさす。『アンチ・オイディプス』（一九七二年）はジル・ドゥルーズと精神分析学者フェリックス・ガタリによって発表された著作であり、人間の欲望にかんするフロイトの主張を批判したものである。

155 ジョルジュ・バタイユ（一八九七—一九六二）は、一九三二年にヘーゲルについてのコジェーヴの講義を聞いて以来、生涯にわたってヘーゲルの影響を受けつづけた。

156 「知識人の大派閥を見よ。法学者や、イエズス会士、夢想家、学者［…］。これらの理性の闘士たちはみな、ひとつの性、観念の性しか持っておらず、いわば死体も同然だ［…］」（「下位の性」、『ミシュレ』、二二六—二二七ページ）。

157 ジャン・ジュネは、十歳のとき「おまえは泥棒だ」と宣告された。それを受け入れることを余儀なくされたジュネは、自立性を回復するために、他者から押しつけられた自己に自らすすんでそうなろうとした、とサルトルは分析している（サルトル『聖ジュネ』より）。

158 「ブルジョワの声楽芸術」、『現代社会の神話』、二七九ページ。

159 「［エッフェル塔に登ることは］ひとつの〈ながめ〉を手に入れることであり［…］、観光的な習慣を視線と知性の冒険に変えることである」(『エッフェル塔』、八ページ)。

160 「〈運命〉とは、明確で、巧みに構成されたようなものである[…]」(『S/Z』、二〇七ページ)。

161 マルグリット・デュラス(一九一四―九六)のことである。

162 単純過去とは、現在から離れた過去のできごとを客観的に述べる時制である。小説や歴史的記述などの書き言葉のみで用いられる。

163 『真鍮買い』は、ベルトルト・ブレヒトが一九三九―四〇年に執筆した演劇論であるが、未刊に終わった。

164 ルイ・ベルトラン(一八六七―一九四一)はバイヨンヌのプロテスタント牧師であり、バルトの母アンリエットは親しくしていた。前述のジョゼフ・ノガレもプロテスタント信者であった。一九二〇年からベルトランは、パリのアーヴル通り(第一五区)にある、貧者を収容するグルネル寮の牧師となった。その後、パリに住むようになったバルト母子も、住まいに困窮したときにはグルネル寮に世話になっていた。

165 「黄色い小人」は、トランプカードと、五つの枠に区切られたゲーム盤(または木の箱)を用いて、三人から八人でおこなう遊びである。

166 「もしわたしが作家だとして、そして死んだなら、友好的で鷹揚な伝記作家の心づかいによって、わたしの生涯が、いくつかの細部に、いくつかの好みに、いくつかの調子に、つまり〈伝記素〉に還元されることをどれほど望むことだろう」(『サド、フーリエ、ロヨラ』、一二ページ)。

167 バルトは論考「ラ・ブリュイエール」において、「言語学者R・ヤーコブソンが、記号のいかなる体系のなかにもみごとに区別した、二つの根本的な見方」として「隠喩的な方法」と「換喩的な方法」をあげている(「ラ・ブリュイエール」、『批評をめぐる試み』、三四五―三四六ページ)。

168 「G」とは、言語学者のA・J・グレマス(一七一七―九二)のことである。一九五〇年にバルトはアレクサンドリア大学でフランス語講師として教えており、当時グレマスは助教授としてフランス語史を教えていた。

169 水脈占い師は、棒や振り子を使って地下の水脈を発見するとされた。フランスでは、十八世紀と十九世紀に活動がさかんであったが、二十世紀になると見られなくなった。

170 「熱中」を意味する「engouement」は、医学用語としては「器官の閉鎖・閉塞」を意味することをさしている。

171 『ボーデン湖の騎行』（一九七一年）は、オーストリア生まれの作家ペーター・ハントケ（一九四二年―　）の演劇作品であり、パリでは一九七四年一月に初演された。

172 ヤン・ファン・リュースブルク（一二九三―一三八一）はフランドルの神秘主義者であり、主著は『霊的婚姻』である。バルトは『恋愛のディスクール・断章』（一九七八年）においても、なんどかリュースブルクを引用している。

173 ハインリヒ・ハイネ（一七九七―一八五六）の詩集『歌の本』の「抒情挿曲　四」の一節である。

174 『クイーン・マッブ』（一八一三年）はパーシー・ビッシュ・シェリーの哲学詩、『デイヴィッド・コパフィールド』（一八四九―五〇年）はチャールズ・ディケンズの長編小説、『負けるが勝ち』（一七七三年）はオリヴァー・ゴールドスミスの喜劇である。

175 イタリアは国民の八割以上がカトリックであるというカトリック国であり、なかでもミラノには世界最大のカトリック司教区を統括する大聖堂がある。それゆえ、ミラノ出身の「プロテスタント牧師」ということが「奇妙」に思われたのであろう。

176 のちにバルトは、サイ・トゥオンブリー（一九二八―二〇一一）について、いくつか論考を書いている。「サイ・トゥオンブリ　または　量ヨリ質」（一九七九年）、「芸術の知恵」（一九七九年）などである（いずれも『美術論集』所収）。

177 エイゼンシュテイン（一八九八―一九四八）については、「第三の意味」（一九七〇年）、「ディドロ、ブレヒト、エイゼンシュテイン」（一九七三）などで論じている。

178 「ブランル」とは、十五―十七世紀の民族舞踏であり、輪になり手をつないで踊るものである。

179 発話や文が、文法規則に合っており、自然に発したり、容易に理解したりできることをいう。

180 「俳句は、その言わんとすることがつねに単純で日常的なので、つまり容認可能（言語学でいう意味で）である［…］」（『記号の国』、一〇七ページ）。

181 『心霊修業』はいくぶんか、ひとつの機械である［…］。そこから、コード化され、それゆえに『容認可能』（この言葉が言語学において持ちうる意味において）であるひとつの要請を引き出さねばならない」（『サド、フーリエ、ロヨラ』、七九ページ）。

182 「文学の科学は、しかじかの意味がなぜ容認されるべきかではなく、なぜ容認されたかでもなく、なぜ〈容認可能〉であるかを研究対象とするであろう」（『批評と真実』、八六ページ）。

183 あたえられた状況において、頻繁ではないにせよ、ある言葉が出現する可能性があることを言う。

184 古代ローマのアプレイウス（一二三頃―？）による小説であり、梟に変身しようとしてろばになってしまう男の話である（邦訳は、アープレーイユス『黄金の驢馬』、呉茂一・国吉吉之助訳、岩波文庫、二〇一六年）。

185 ドイツ中部のヴァイマル市の北西に、一九三七年に建設された。

186 『ブレヒトの政治・社会論』、三三八ページ。

187 「仮面」の「ペルソナ」と、フランス語の「誰もいない」の「ペルソヌ」をかけている。

188 次亜塩素酸ナトリウムの水溶液であり、漂白や殺菌のために用いられる。

189 女神アテナによって蜘蛛に変えられたアラクネーのことであろう。

190 『鉄の口』は、一七九〇年十月から九一年七月までパリで刊行された新聞である。

191 アブー・ヌワース（七六〇頃―八一〇頃）は、アラブの詩人である。酒・恋・風刺などの詩に秀でたが、過激な作風ゆえに追放されたり投獄されたりした。

192 「アルジェリアはフランスである」という文の「である」について、バルトは「ひとつの判断を明白な事実に、［…］たんなる主張を普遍的な『自然』に変えてしまう」と述べている（「『ある』という動詞の使用法について」、『ロラン・バルト著作集4』、八〇ページ）。

193 バルトは、ある日、バーでうつらうつらしていたときのことを、音楽や会話、椅子やグラスの音などが耳に入ってくるが「いかなる文も形成されなかった」と述べている（『テクストの快楽』、九三ページ）。

たとえば音の相違が意味の違いに関与しているとき、そのような音の対立を「関与的対立」という。なお、「関与的」については、註64を参照のこと。

194 一九六六年の批評新旧論争の際に、バルトは「旧批評は象徴不能症の体質の犠牲となっている」と、さまざまな意味を受け入れないことを批判している（『批評と真実』、五〇ページ）。

195 サルバドール・ダリ（一九〇四―八九）が一九三一年に制作した油絵『記憶の固執』では、ぐにゃりと曲がって垂れ下がった時計がいくつも描かれている。

196 「〈構造的人間〉とは、［…］その〈想像的なもの〉によって、すなわち頭の中で構造を生きるその方法によって定義される」（「構造主義的活動」、『批評をめぐる試み』、三一八―三一九ページ）。

197 「読むことが客観性または主観性（どちらも想像界だ）の危険をともなうのは［…］」（『S／Z』、一三ページ）。

198 バルトの〈イマジネール〉については、本書の「訳註1」で詳述した。なお、最後の著作『明るい部屋』（一九八〇年）はサルトルの『イマジネール』（邦訳は『想像力の問題』）にささげられており、〈イマジネール〉は「対象の不在」をしめすものといった意味にさらに移行している。

199 一八〇三年に廃止されたが、一八三二年に再建された。日本では「人文・社会科学アカデミー」と訳されている。

200 フランス革命期に流行した歌のリフレイン「貴族どもは街灯につるせ」を念頭においた言葉であろう。

201 「対立（価値のナイフ）は、かならずしも、認められ挙げられている対立（唯物論と観念論、修正主義と革命、など）のあいだにあるとはかぎらない」（『テクストの快楽』、七八ページ）。

202 「人間の身体はそれ全体で、直接的な判断なのである。その価値は存在的な次元のものであって、知的な次元のものではない。ミシュレは、自分の嘔吐感によって断罪するのであり、自分の主義主張によってではない」（『ミシュレ』、一一八ページ）。

203 ぬいぐるみや毛布、タオルのように、幼児が一時的に執着してさわったりしゃぶったりするものをさす。このようにして幼児は、母から分化した状態へと移行するのである。

204

205 意味場とは、コンテクストから考えられる語の意味の集合である。

206 『ラシーヌ論』、九三ページ。

207 バルトの言う「アダム的言語」とは、バベルの塔によって言語が分裂する以前の言語、または言語の分裂を乗り越えたのちのユートピア的言語である。

208 「イマーゴ」については、註77を参照のこと。

209 「逸脱」、『物語の構造分析』、一五四ページ。

210 バルトはここで、デンマークの哲学者キェルケゴール（一八一三―五五）の著作『あれか、これか』（一八四三年）のタイトルのラテン語訳を記している。

211 フロイトの理論によると、子どもには五つの成長段階がある。口唇期、肛門期、男根期、潜伏期、性器期の五つであり、肛門期は二歳から四歳ぐらいまでの時期であり、対象を保持しつつ破壊する性質があるために肛門サディズム期とも呼ばれる。

212 「ゴンゴリスム」とは、スペインの詩人ゴンゴラ（一五六一―一六二七）が確立した、華麗な修辞を駆使した複雑な詩の様式のことである。

213 「プロレスする世界」の冒頭においては、エピグラフとしてボードレールのこの言葉が引用されている（『現代社会の神話』、九ページ）。

214 ボードレール「一八五五年の万国博覧会、美術」のなかで、ドラクロワの油彩画「十字軍のコンスタンチノープルへの入城」（一八四〇年）について語られた表現である（『ボードレール批評I』、阿部良雄訳、ちくま学芸文庫、一九九九年、三三四ページ）。

215 綱に小さな環をとおして、円座になった人たちが環をまわしてゆき、円の中にいる鬼が、環をもっている人をあてる遊びである。

216 「社会学と社会理論――クロード・レヴィ＝ストロースの近著二冊について」、『記号学の冒険』、六一ページ。

217 「エルテ〈または〉文字どおりに」、『美術論集』、三三ページ。なお、この論文は一九七〇年にまずイタリア語で『エルテ』への序文」が出され、一九七三年にフランス語版が本タイトルで発表された。

218 「文化批判の一例」、『ロラン・バルト著作集6』、二〇五ページ。

219 スペイン産のオリーブオイルのことである。

220 スエトニウス(七〇頃―一四〇年頃)はローマ帝政期の伝記作者であり、十二人の皇帝を記述した『ローマ皇帝伝』が有名である。マルティアリス(四〇頃―一〇四年頃)は、スペインに生まれてローマに移り住んだラテン語詩人であり、『エピグラム集』十二巻をつぎつぎと発表した。

221 『出口なし』は、ジャン=ポール・サルトル(一九〇五―八〇)の戯曲であり、実存主義を象徴した作品である。一九四四年五月にパリのヴィユー=コロンビエ座で初演された。

222 「主人公=英雄の独断論にたいして、つねに腹心の部下の経験論が対立させられている。[…]腹心の部下にとっては世界は存在しているのだ。舞台から出れば現実に入ることができるし、現実から舞台に戻ってくることもできるのだ」(『ラシーヌ論』、九一ページ)。

223 バルザックが『サラジーヌ』の冒頭場面で庭とサロンの対立をえがきながら、その境界に語り手を位置させて対立を乱している、とバルトは指摘している(『S/Z』、三二―三三ページ)。

224 「バトリー号のクルージング」、『現代社会の神話』、二二一ページ。

225 バンヴェニストについては、註110を参照のこと。

226 「熱い手遊び」については、註44を参照のこと。

227 アンドレ・ルロワ=グーラン(一九一一―八六)は、先史学者・社会人類学者であり、バルトが言及しているのは、彼の著書『身ぶりと言葉』(一九六四―六五)で論じられた仮説である(『身ぶりと言葉』、荒木亨訳、ちくま学芸文庫、二〇一二年)。

228 アミエルの『日記』のなかの文章「恋する女性は、愛するひとの目からながめ、唇から飲みこむ」(一九七二年四月七日の日記）を思い出して書いた言葉であろう。なお、岩波文庫版『アミエルの日記』は抄訳であるため、この部分は含まれていない。

229 『テクストの快楽』、九三ページより。

230 バルトは一七歳のときに、プラトンの『クリトン』の模作である「『クリトン』の余白に」を書いた。このテクストは、一九七四年に『アルク』誌の「ロラン・バルト特集号」に、バルト自身の前書きとともに発表された（「初めてのテクスト」、『ロラン・バルト著作集8』所収）。

231 身体も資料体も、語源はラテン語の「corpus」である。

232 「ラプソディー」とは、音楽的には「狂詩曲」であるが、古くは「断片を集めて作った作品」という意味である。

233 「回折」とは、光や音などの波動が伝わるとき、障害物があると、その後ろに回りこむことである。

234 マルクス兄弟の映画『オペラは踊る』（一九三五年）において、トマッソ（ハーポ・マルクス演）は付け髭で変装していたが、演説を求められて焦り、水をがぶ飲みした結果、その水で付け髭がとれて、変装がばれてしまう。

235 「弁別特徴」とは言語学の用語であり、音的要素における識別可能な最小の特徴をいう。

236 この作品の邦訳は、『ディドロ著作集　第二巻』に抄訳がある（野沢協訳、法政大学出版局、一九八〇年）が、この箇所は収められていない。

237 名詞につけて、若干の量があることをしめす冠詞である。

238 「セイレーン」はギリシア神話における海の怪物であり、その美しく魅力的な歌声で船乗りたちを惑わせたという。

239 最小限の労力で、最大限の効果を得ようとすることである。

240 一九六六年に発表された論考「物語の構造分析序説」をさす（『物語の構造分析』所収）。

241 バルトは、一九七八年一二月一八日から『ヌーヴェル・オプセルヴァトゥール』誌上で「クロニック」という時評を連載した。これは新たな『現代社会の神話』となると期待されたが、バルトは「これは『神話』ではない」と述べ、七九年三月二六日に連載を中断してしまった。なお、この「クロニック」は『ロラン・バルト著作集10』に収められている。

242 この計画は実行され、一九七八年に『恋愛のディスクール』として刊行された。「同性愛」とは称していないが、実際には同性愛を思わせる記述もすくなくない。

243 バルトは一九六九年に「偶景」と題するテクストを書いている。モロッコでの経験をごく短い断章で記したものであるが、生前には発表されなかった。死後に、この「偶景」をふくむテクスト集である『偶景』(一九八七年)が刊行されたが、厳密にはバルトが構想していた『偶景』という本とは異なっている。

244 ジュルダン氏は、モリエール(一六二二―七三)の喜劇『町人貴族』(一六七〇年初演)の中心人物である。成り金だが貴族のように生きたいジュルダン氏は、いろいろな勉強をしようとするが、新しい知識をひけらかそうとしては失敗し、嘲笑される。

245 「ブヴァールとペキュシェ」については、註86を参照のこと。

246 『記号の国』、二一ページ。

247 『ミシュレ』、四〇ページ。

248 「ミシュレはどのように歴史を食べるのか。『草のように食む』のだ。すなわち、歴史のなかを歩きまわると同時に、歴史を貪り食うのである」(『ミシュレ』、二二ページ)。

249 「著述」については、註132を参照のこと。

250 心理学的な考えかたをあらゆる学問の基礎として、対象を解釈するときに論理よりも心理に注目しようとする立場のことである。

251 アモン(またはアメン)はエジプトの神々の主神であり、太陽神として信仰を集めていたが、アメンホテプ四世(紀元前十四世紀)はアトン(またはアテン)神を信仰して、アモン信仰を抑圧し、一神教の様相をしめすようになった。フロイトは『モーセと一神教』において、アトン神はユダヤ教の唯一神ヤーウェの原形であると主張した。

252 特定の社会的グループで用いられる隠語や専門語のことである。

253 一九七四年四月二日にポンピドゥ大統領が亡くなり、四月六日に国葬がおこなわれた。この間、国喪として、ラジオではクラシック音楽が流されつづけた。バルトはこのことについて語っているのである。なお「国家の象徴体系」の断章でもこの国喪について述べられている（二五九ページ）。

254 『S／Z』のテクストをさしている。「どのようにしてテクストの価値を定めるのか。［…］われわれの価値判断は、ひとつの実践にしか結びつかず、その実践とはエクリチュールの実践である」（『S／Z』、六ページ）。

255 バルトの『零度のエクリチュール』の一節が、「中等教員免状」のフランス語作文の試験問題になっている。問題は、「このテクストを分析することによって、ロラン・バルトが提案する文体観を明らかにし、文学の例をいくつか参照しながら、その文体観を評価しなさい」というもので、試験審査員シャトレ夫人の報告書の冒頭部分が添えられている。すなわち、第二次大戦直後から行われている「中等教員免状」の試験制度に、バルトの文章を採用しているという点で、「反対派の取り込み」にほかならないのである。

256 アマデオ・ボルディーガ（一八八九―一九七〇）はイタリアのマルクス主義者であり、一九二一年にイタリア共産党を創立した。

257 バルトは『ミシュレ』において、つぎのような文を引用している。「わたしはルイ十一世のところを漕いでいる。わたしはルイ十四世のところを漕いでいる。わたしはやっとの思いで漕いでいる。わたしはリシュリューとフロンドの乱のところを力いっぱい漕いでいる」（『ミシュレ』、二三ページ）。

258 「歴史的情景（たとえば十六世紀のフランドル）は、ミシュレには充分にある。それはつねに幸福感をもたらす」（『ミシュレ』、二四ページ）。

259 バルトは、一九四七年一二月から四九年九月まで、ルーマニアの首都ブカレストのフランス学院に図書館員として赴任していた。

260 「ケフ」「キフ」とも言う。中東における、麻薬などによる夢幻境的な状態、あるいはそのような状態をおこさせる物質をさす。

261 パブロ・カザルス（一八七六―一九七三）は、スペインのチェロ奏者である。
262 「形態素」とは、言語における、意味をもつ最小の単位である。
263 フランスでは、演劇が始まる前に、最初の連打音につづき、三度、打音が聞こえて、開幕が告げられる。
264 J・アーサー・ランク（一八八八―一九七二）が創設したランク社の映画は、「ゴングマン」が巨大なゴングを二度打つオープニングで有名であった。
265 サラマンカもバリャリッドもスペインの中北部に位置し、大陸性気候で乾燥している。二都市を結ぶ幹線道路は、一〇〇キロ余りの長さで、緑のほとんどない乾いた土地のなかを走っている。
266 「テクストの出口」、『テクストの出口』、九六ページ。
267 「ホメオスタット」は、人間の脳をモデルに作製された電気機械であり、イギリスの医学者かつ人工頭脳研究者のウィリアム・ロス・アシュビー（一九〇三―七二）が一九四八年に完成した。
268 ギリシア語で「無関心なもの」を意味する。ストア哲学においては、善でも悪でもないために、命じられても禁止されてもおらず、無視してもよいことをさす。
269 ソシュールの死後の一九一六年にバイイとセシュエによって刊行されたソシュール『一般言語学講義』によって、バルトはソシュール言語学を勉強していた。
270 「コーパス（corpus）」と「身体（corps）」については註231を参照のこと。
271 ここでは、アリストテレスが、学問を「理論」「実践」「制作」の三つに分類したことをさしているのであろう。
272 キケロの『国家論』（紀元前五四―五一）に「スキピオの夢」という説話があり、小スキピオ（スキピオ・アエミリアヌス）が夢のなかで祖父の大スキピオ（スキピオ・アフリカヌス）に導かれて、宇宙の姿を見るというものである。
273 「アルゴー船」の断章を参照のこと。
274 フランスの大衆向けグラフ週刊誌である。
275 イタリアの映画監督ミケランジェロ・アントニオーニ（一九一二―二〇〇七）は、江青の依頼により、一九七二年に中国に八週間滞在して、ドキュメンタリー映画『中国』を制作した。しかし、その映画は毛沢東夫妻の気に入らず、反中国的だと非難された。

276 真実主義（ベリズモ）とは、十九世紀末にイタリアで起こったリアリズム文学運動のことをさすが、バルトはここでは、あまりにも現実的・写実的な芸術表現をさしている。なお、バリャドリッドには国立彫刻美術館があり、そこにはまさしくリアリズム的キリスト像が数多く展示されている。

277 エルネスト・ルナン（一八二三―九二）のこの憤慨にかんして、バルトは『サド、フーリエ、ロヨラ』のなかでも言及し、スペインのキリスト彫刻は「ルナンが『胸のむかつく生々しさ』と嘆いた宗教的リアリズム」であると指摘している（『サド、フーリエ、ロヨラ』、八六ページ）。なお、ルナンは『キリスト教起源史』全七巻の「イエスの生涯」において、神性ではなく人間としてのイエスを実証的に研究し、議論を呼んだ。

278 ジュルダン氏はモリエールの喜劇『町人貴族』の中心人物である（註244を参照のこと）。ジュルダン氏は、哲学の先生から「散文でないものすべて韻文であり、韻文でないものすべて散文である」と教わるが、それを夫人に話すときに混乱してしまい、「散文であるものすべて韻文ではなく、韻文でないものすべては散文ではない」と言ってしまう（第三幕第三場）。

279 ピエール・プジャド（一九二〇―二〇〇三）はフランスの極右政治家である。バルトは、プジャドの反知性主義（学問は役に立たないと考えること）と演説のレトリック（同語反復性）を批判する文章をなんどか書いている（「プジャド氏名言集」と「プジャドと知識人」、『現代社会の神話』所収、など）。

280 「操作子」とは、明確な意味をもたないが、文の形成に役立っている言語要素のことである。

281 対話者との関係において指向対象が決定される語句をヤーコブソンは「シフター」と呼んだ。たとえば「わたし」や「あなた」がそうである。

282 ウリエル・アコスタ（一五八五―一六四〇）である。

283 ユダヤ教の正式指導者、シナゴーグの祭司である。

284 光沢のある布であり、光の反射具合によって波形の模様が浮き上がったり消えたりする。

285 アフマド・アル・ティファシは、ベルベル－アラブの詩人・作家である。『心の歓喜』は、異性愛・同性愛・少年愛についての詩と冗談からなる詞華集である。

286 多元的決定については、註30を参照のこと。

287 「体系とは閉ざされている（単義である）ので、つねに神学的、教条主義的だ［…］。フーリエの作品は〈体系〉を形成してはいない［…］。〈体系的なもの〉とは、体系の戯れである。それは開かれて、無限で、いかなる指向的幻想（うぬぼれ）からも解放された言語である。［…］。独白的な体系にたいして、体系的なものは対話的である［…］。それはひとつのエクリチュールであり、エクリチュールの永遠性をもっている」（『サド、フーリエ、ロヨラ』、一五一－一五二ページ）。

288 「〈間－テクスト〉という概念は、まず論争的な効力をもっています。〈コンテクスト〉の「法」に抵抗することに役立つのです。［…］コンテクストを『考慮する』ことはつねに〈実証的〉で、還元的、合法的なものです［…］。間－テクストとは、作品や作者を出頭させる『影響』『出典』『起源』の裁判席とはまったく違うのです」（「返答」、『ロラン・バルト著作集8』、五〇－五一ページ）。

289 バルトは『現代社会の神話』のなかで「事実確認」について次のように語っている。「『今日は天気がいい』というような農村ふうの事実確認は、晴天の効用との現実的な関係をたもっている。これは暗に科学技術にかかわる事実確認である」（「今日における神話」、『ロラン・バルト著作集3』、三七五ページ）。

290 「作品は、いかなる状況によっても取り囲まれておらず、指示も保護もされず、導かれてもいない。いかなる実人生も、作品にあたえるべき意味をわれわれに言うためにあるのではなく［…］。作品においては、曖昧さはまったく純粋なのである」（『批評と真実』、八〇ページ）。

291 「ニュー・クリティシズム」は、一九二〇年ごろから英米でおこなわれた文芸批評の方法であり、作品を作家の伝記や時代背景から切り離して論じることを主張した。

292 ジュネットは、たとえば『物語のディスクール』において「先説法［予弁法］」という節を設けて論じている（『物語のディスクール』、花輪光訳、水声社、一九八五年、七〇―八四ページ）。

293 「エクリチュールの歴史は、これからなすべきこととして依然として残されている」（『零度のエクリチュール』、三四ページ）。

294 「どんなものであれ、古代と古典期の『修辞学』についての本か、教科書か、便覧のようなものがあったなら［…］。残念なことに、わたしの知るかぎり、そのようなものは何もなかった（すくなくともフランス語では）。だから［…］本書でお見せするのは、そのような個人的な予備教育の結果である」（『旧修辞学』、四ページ）。

295 「名前の語源は、シニフィアンの観点からみて、最適な対象である。なぜなら、〈文字〉と〈起源〉の両方を表わすからである（クラテュロスからプルーストのブリショにいたる、語源学、語源哲学の歴史こそをなすべきであろう）」（「今、ミシュレは」、『テクストの出口』、三二―三三ページ）。

296 「文体論が［…］根本的に対象を変えることも［…］考えられる。ひとことで言うと、文体論のほうが変形するようになるのだ」（『S／Z』、一一七ページ）。

297 「テクストの快楽の美学を考えることが可能なら、そこに〈声をあげるエクリチュール〉も入れるべきだろう」（『テクストの快楽』、一二四ページ）。

298 「〈声をあげるエクリチュール〉は、音韻論的ではなく音声学的である。その目的はメッセージの明晰さや感情の演劇性ではない」（『テクストの快楽』、一二五ページ）。

299 「価値の『言語学』――ソシュール的な価値の意味（交換体系の要素である〈等価〉）ではなく、ほとんど倫理的で好戦的な意味におけるもの――を（いつの日か）構想しないということが、どうしてありえるだろうか」（「テクストの出口」、『テクストの出口』、一〇四ページ）。

300 「愛の言葉の形式の目録のみが、それら［愛の告白］の変奏を採掘し、『聞かせてよ、愛の言葉を』の意味や、その意味が変化したかどうかをわれわれに明かしてくれるだろう」（『S／Z』、二〇九ページ）。なお、この予告は一九七八年に『恋愛のディスクール』が刊行されて、実現された。

301 「新しいロビンソン・クルーソーを想像しなければならないのであれば、わたしは彼を無人島には置かずに、彼が話し言葉もエクリチュールも理解できないであろう人口一二〇〇万人の都市に置いていることでしょう」(「逸脱」、『物語の構造分析』、一五二ページ)。

302 「わたしはときおり、プチブルジョワジーについて、分厚い書物とはいわないが、大きな仕事をしたいと考えています」(「返答」、『ロラン・バルト著作集8』四〇ページ)。

303 「わたしの計画のひとつは［…］フランスに住んでいることで手にしうるいくつかの『快楽』を数えあげることです。この本が、いつの日か世に出ることがあれば、ミシュレにならって『われらがフランス』と名づけるかもしれません」(「返答」、五三ページ)。

304 高等研究院でおこなわれたゼミ「個人言語の概念」(一九七〇―七一年度)と、「ある作家固有の語彙集(個人言語)の構築にかかわる諸問題の研究」(七三―七四年度)をさしていると考えられる。ゼミの報告書は、『ロラン・バルト著作集8』におさめられている。

305 バルトは『ミシュレ』のなかの「竜舌蘭の愛」という断章で、「合体の戯画としてのオルガスムは孤独と悲しみにほかならない。それが、アフリカの無骨な花である竜舌蘭の愛にかんして、すくなくともミシュレが描いたことである」と述べて、ミシュレの『魔女』の一節を引用している(『ミシュレ』、二二三、二四一ページ)。なお、竜舌蘭［リュウゼツラン］は多肉質の葉からなり、直径二、三メートルにもなるものもある。一〇年以上成長すると開花に至るが、開花後に植物は枯れる。

306 「テーマ批評」については、註93を参照のこと。

307 これはバルトがすでに『ミシュレ』のなかでおこなったことである。彼は『ミシュレ』の「はしがき」のなかで書いていた。「このあとに、ほんとうの批評家たち、すなわち歴史家たちや精神分析家たち(フロイト派やバシュラール派あるいは実存主義派の)がやってくるのであって、この本は前‐批評にすぎないのである」(『ミシュレ』、三ページ)。なおバルトは、『ミシュレ』においてもこの断章においても、「ほんとうらしさ」を主張する批評学派を皮肉って「ほんとうの」という言葉を用いている。

308 「環探し遊び」については、註215を参照のこと。

309 ジャック・リヴェット(一九二八―二〇一六)が一九七一年に発表した長編映画『アウト・ワン 我に触れるな』(一二時間半におよぶ長さである)をさしている。

310 フィリップ・ソレルスやジュリア・クリステヴァのことである。

311 バルトは、ジャン=ルイ・シェフェール『絵画の舞台装置』の書評において、「シェフェールは、有名な本のタイトルをもじって、自分の本を『唯一者とその構造』と題することもできただろう。そして、その構造とは、構造化そのものなのである」と述べている(「絵画は言語活動か」、『美術論集』、七三ページ)。なお「有名な本」とは、マックス・シュティルナー『唯一者とその所有』(一八四四)をさし、「唯一者」とは「このわたし」「自我」である。

312 フランシス・ベーコン(一五六一―一六二六)は、思想や学説による偏見を「劇場のイドラ」と呼んだ。バルトはこの「劇場のイドラ」をしばしば引用している。たとえば、「イデオロギーの体系は虚構であり(〈劇場のイドラ〉とベーコンなら言ったであろう)、小説なのである」(『テクストの快楽』、五二ページ)。

313 言語学における「待機性」とは、頻度はすくなくともいつでも用いうる性質をいう。

314 ノーム・チョムスキー(一九二八―)によって導入された言語学概念「書き換え規則」の一般式は「A→B」であり、これは「AはBに書き換えられる」と読まれる。

315 本質主義とは、「女は……である」「フランス人は……である」というふうに、帰属する集団の本質によって個人を規定しようとする考えかたである。

316 全文は以下のとおりである。「果てしなく続く衣服を身にまとっている女性を(もし可能なら)想像してみてほしい。その衣服はまさに、モード雑誌に書かれていることすべてで織りなされているのである。というのは、この果てしなく続く衣服は、果てしなく続くテクストを介して与えられるからである」(『モードの体系』、六五ページ)。

訳註中のバルトの著作リスト――五〇音順、（　）内はフランスでの初出年、翻訳はすべて、みすず書房刊。

『明るい部屋』（一九八〇）、花輪光訳、一九八五年。

「アダモフと言語」（一九五五）、『現代社会の神話』所収。

「アルクールの俳優」（一九五三）、『現代社会の神話』所収。

「『ある』という動詞の使用法について」（一九五九）、『ロラン・バルト著作集4』所収。

「アンドレ・ジッドとその『日記』についてのノート」（一九四二）、『ロラン・バルト著作集1』所収。

「逸脱」（一九七一）、『物語の構造分析』所収。

「『失われた大陸』」（一九五六）、『現代社会の神話』所収。

『S／Z』（一九七〇）、沢崎浩平訳、一九七三年。

『エッフェル塔』（一九六四）、花輪光訳、一九九一年。

「エルテ〈または〉文字どおりに」（一九七三）、『美術論集』所収。

「絵画は言語活動か」、『美術論集』所収。

「肩ごしに」（一九七三）、『作家ソレルス』所収。

『記号学の原理』（一九六五）、旧版『零度のエクリチュール』所収、渡辺淳・沢村昂一訳、一九七一年。

『記号学の冒険』（一九八五）、花輪光訳、一九八八年。

『記号の国』（一九七〇）、『ロラン・バルト著作集7』。

『旧修辞学　便覧』（一九七〇）、沢崎浩平訳、一九七九年。

「ギリシアにて」（一九四四）、『ロラン・バルト著作集1』所収。

「偶景」（一九六九）、『偶景』所収。

『偶景』（一九八二）、沢崎浩平・萩原芳子訳、一九八九年。

「クロニック」（一九七九）、『ロラン・バルト著作集10』所収。

『言語のざわめき』（一九八四）、花輪光訳、一九八七年。

『現代社会の神話』（一九五七）、『ロラン・バルト著作集3』。

「構造主義的活動」（一九六三）、『批評をめぐる試み』所収。

「声のきめ」（一九七二）、『第三の意味』所収。

『声のきめ　インタビュー一九六二―一九八〇』、松島征・大野多加志訳、二〇一八年。

「『今日あるいは朝鮮人たち』」（一九五六）、『ロラン・バルト著作集2』所収。

「今日における神話」（一九五七）、『現代社会の神話』所収。

「作者の死」（一九六八）、『物語の構造分析』所収。

『作家ソレルス』（一九七九）、岩崎力・二宮正之訳、一九八六年。

「作家と著述家」（一九六〇）、『批評をめぐる試み』所収。

「サドＩ」（一九六七）、『サド、フーリエ、ロヨラ』所収。

『サド、フーリエ、ロヨラ』（一九七一）、篠田浩一郎訳、一九七五年。

「社会学と社会理論――クロード・レヴィ＝ストロースの近著二冊について」（一九六二）、『記号学の冒険』所収。

「シャトーブリアン『ランセの生涯』」（一九六五）、『新＝批評的エッセー』所収。

『新＝批評的エッセー』（一九七二）、花輪光訳、一九七七年。

『第三の意味』（一九八二）、沢崎浩平訳、一九八四年。

「ディドロ、ブレヒト、エイゼンシュテイン」（一九七三）、『第三の意味』所収。

『テクストの快楽』（一九七三）、沢崎浩平訳、一九七七年／『テクストの楽しみ』、鈴村和成訳、二〇一七年。

「テクストの出口」(一九七三)、『テクストの出口』所収。
『テクストの出口』(一九八四)、沢崎浩平訳、一九八七年。
「ではは中国は?」(一九七四)、『ロラン・バルト著作集8』所収。
「初めてのテクスト」(一九三三)、『ロラン・バルト著作集8』所収。
「バトリー号のクルージング」(一九五五)、『現代社会の神話』所収。
「バルトの三乗」(一九七五)、『ロラン・バルト著作集9』所収。
『美術論集』(一九八二)、沢崎浩平訳、一九八六年。
『批評と真実』(一九六六)、保苅瑞穂訳、二〇〇六年。
『批評をめぐる試み』(一九六四)、『ロラン・バルト著作集5』。
「プジャドと知識人」(一九五六)、『現代社会の神話』所収。
「フーリエ」(一九七〇)、『サド、フーリエ、ロヨラ』所収。
「ブルジョワの声楽芸術」(一九五六)、『現代社会の神話』所収。
「フロベールと文」(一九六七年)、『新=批評的エッセー』所収。
「プロレスする世界」(一九五二)、『現代社会の神話』所収。
「文化が強制する平和」(一九七一)、『言語のざわめき』所収。
「文化批判の一例」(一九六九)、『ロラン・バルト著作集6』所収。
「文体とそのイメージ」(一九六九)、『言語のざわめき』所収。
「返答」(一九七一)、『ロラン・バルト著作集8』所収。
「貧しき者とプロレタリア」(一九五四年)、『現代社会の神話』所収。
『ミシュレ』(一九五四)、藤本治訳、一九七四年。
「文字の精神」(一九七〇)、『美術論集』所収。

『モードの体系』(一九六七)、佐藤信夫訳、一九七二年。

『物語の構造分析』(日本編集版)、花輪光訳、一九七九年。

『ラシーヌ論』(一九六三)、渡辺守章訳、二〇〇六年。

「ラッシュ」(一九七五)、『第三の意味』所収。

「ラ・ブリュイエール」(一九六三)、『批評をめぐる試み』所収。

『零度のエクリチュール　新版』(一九五三)、石川美子訳、二〇〇八年。

「レキショとその身体」(一九七三)、『美術論集』所収。

『恋愛のディスクール・断章』(一九七七)、三好郁朗訳、一九八〇年。

「ロヨラ」(一九六九)、『サド、フーリエ、ロヨラ』所収。

『ロラン・バルト著作集1』、渡辺諒訳、二〇〇四年。

『ロラン・バルト著作集2』、大野多加志訳、二〇〇五年。

『ロラン・バルト著作集3』(『現代社会の神話』)、下澤和義訳、二〇〇五年。

『ロラン・バルト著作集4』、塚本昌則訳、二〇〇五年。

『ロラン・バルト著作集5』(『批評をめぐる試み』)、吉村和明訳、二〇一七年。

『ロラン・バルト著作集6』、野村正人訳、二〇〇六年。

『ロラン・バルト著作集7』(『記号の国』)、石川美子訳、二〇〇四年。

『ロラン・バルト著作集8』、吉村和明訳、二〇一七年。

『ロラン・バルト著作集9』、中地義和訳、二〇〇六年。

『ロラン・バルト著作集10』、石川美子訳、二〇〇三年。

「ロラン・バルトのための二〇のキーワード」(一九七五)、『声のきめ　インタビュー一九六二―一九八〇』所収。

「論説」(一九五四)、『ロラン・バルト著作集1』所収。

経歴1

一九一五年一一月一二日　シェルブールで生まれる。父は海軍中尉ルイ・バルト、母はアンリエット・バンジェ。
一九一六年一〇月二六日　父ルイ・バルトが北海での海戦で死亡。
一九一六―一九二四年　バイヨンヌでの子ども時代。市内の高等中学校の低学年クラス。
一九二四年　パリに転居。マザリーヌ通り、そしてジャック＝カロ通りに住む。それからは学校の長期休暇のあいだはつねにバイヨンヌの祖父母バルトの家ですごす。
一九二四―一九三〇年　モンテーニュ高等中学校で第八学年から第四学年まで学ぶ［小学四年から中学二年生］。
一九三〇―一九三四年　ルイ＝ル＝グラン高等中学校で、第三学年から哲学級まで［中学三年生から高校三年生］。一九三三年と三四年に大学入学資格試験を受ける。
一九三四年五月一〇日　喀血。左肺に病巣。
一九三四―一九三五年　ピレネー山麓、アスプ渓谷のブドゥー村で家庭療法。
一九三五―一九三九年　ソルボンヌで古典文学専攻。――「古代演劇グループ」を結成。
一九三七年　兵役免除。――デブレツェン（ハンガリー）で夏期講座の講師。
一九三八年　「古代演劇グループ」とともにギリシアへ旅行する。
一九三九―一九四〇年　ビアリッツの新設高等中学校で、第四学年と第三学年を担当する（学区長任命の中等教育臨時教員）。
一九四〇―一九四一年　パリのヴォルテール高等中学校とカルノー高等中学校で学区長任命の中等教育臨時教員

一九四一年一〇月　（復習教師と教員）。――高等教育資格免状を取得（ギリシア悲劇について）。

一九四二年　肺結核の再発。イゼール県サン＝ティレール＝デュ＝トゥーヴェ村の学生サナトリウムで一回めの療養。

一九四三年　パリのカトルファージュ通りの病後ケア施設で回復期をすごす。――教員免許のための最後の学士号を取得（文法学と文献学）。

一九四三年七月　右肺に再発。

一九四三―一九四五年　学生サナトリウムで二回めの療養。沈黙療法、傾斜療法など。精神医学をやるために、サナトリウムで数か月のあいだ「化学・物理学・生物学修了証」の勉強。療養中に再発。レザンにある、スイスの大学サナトリウム付属のアレクサンドル病院で療養をつづける。

一九四五―一九四六年　右胸膜外人工気胸術をうける。

一九四五年一〇月　パリでの病後静養。

一九四六―一九四七年　ブカレストのフランス学院で、図書館員助手、それから教員。同市の大学で講師。

一九四八―一九四九年　アレキサンドリア大学（エジプト）で講師。

一九四九―一九五〇年　［外務省の］文化交流総局の教育課に勤務。

一九五〇―一九五二年　国立科学研究センターの研修員（語彙論）。

一九五二―一九五四年　ラルシュ出版社の文芸顧問。

一九五四―一九五五年　国立科学研究センターの研究員（社会学）。

一九五五―一九五九年　高等研究実習院、第六部門（経済・社会学）の研究主任。

一九六〇―一九六二年　高等研究実習院の研究指導教授（記号・象徴・表象の社会学）。

一九六二年

（人生とは、勉学、病気、任命である。では、それ以外はなにか。出会い、友情、愛、旅行、読書、快楽、恐怖、信条、悦楽、幸福、憤り、苦悩など。ようするに、さまざまな響きではないか。――テクストのなかにおける――作品のなかではなく。）

1 ［原註］詳しい経歴は「返答」（『テル・ケル』誌、四七号、一九七一年）に見ることができる。［「返答」の翻訳情報については本書の三一一ページを参照のこと。］

著作　一九四二―一九七四[1]

単行本

一九五三『零度のエクリチュール』
一九五四『ミシュレ』
一九五七『現代社会の神話』
一九六三『ラシーヌ論』
一九六四『批評をめぐる試み』
一九六五『記号学の原理』
一九六六『批評と真実』
一九六七『モードの体系』

一九七〇　『S／Z』
一九七〇　『記号の国』
一九七〇　『旧修辞学　便覧』〔初出は『コミュニカシオン』誌上の論文〕
一九七一　『サド、フーリエ、ロヨラ』
一九七二　『新＝批評的エッセー』
一九七三　『テクストの快楽』

序文・論考・論説 2

一九四二　「アンドレ・ジッドとその『日記』についてのノート」
一九四四　「ギリシアにて」
『異邦人』の文体に関する考察」〔『ロラン・バルト著作集1』〕
一九五三　「古代悲劇の力」〔『ロラン・バルト著作集1』〕
一九五四　「プレ＝ロマン」〔『ロラン・バルト著作集1』〕
「重要な演劇」〔『ロラン・バルト著作集1』〕
一九五五　「『ネクラソフ』、その批評を裁く」〔『ロラン・バルト著作集2』〕
一九五六　「いかなる演劇のアヴァンギャルドか？」〔『批評をめぐる試み』〕
「『今日あるいは朝鮮人たち』――ミシェル・ヴィナヴェールの映画」
一九六〇　「映画における意味作用の問題」と「映画における〈外傷的単位〉」〔『第三の意味』〕

一九六一　「現代における食品摂取の心理学のために」『物語の構造分析』
「写真のメッセージ」『第三の意味』
一九六二　「社会学と社会論理――クロード・レヴィ＝ストロースの近著二冊について」『記号学の冒険』
一九六四　「エッフェル塔」『エッフェル塔』
「映像の修辞学」『第三の意味』
一九六五　「ギリシア演劇」『第三の意味』
一九六六　「平行的な人生」
「物語の構造分析序説」『物語の構造分析』
一九六七　「序文――アントワーヌ・ガリアン『木々の緑』」『ロラン・バルト著作集6』
「言語の快楽」（セヴェロ・サルドゥイについて）「「バロックな面」、『テクストの出口』
一九六八　「劇・詩・小説」（ソレルス『ドラマ』について）『作家ソレルス』
「現実効果」『言語のざわめき』
「作者の死」
一九六九　「絵画は言語活動か」（J-L・シェフェールについて）
「文化批判の一例」（ヒッピーについて）
一九七〇　「〈能記〉に生じること」（ギュイヨタ『エデン、エデン、エデン』について）『テクストの出口』
「序文――『エルテ』」（イタリア語版）［一九七三年にフランス語版「エルテ〈または〉文字どおりに」
「ムシカ・プラクティカ」（ベートーヴェンについて）『第三の意味』
「異邦の女」（ジュリア・クリステヴァについて）『言語のざわめき』
「文字の精神」（マサンの『文字と映像』について）

一九七一　「第三の意味――エイゼンシュテインのフォトグラムに関する研究ノート」

「旧修辞学　便覧」

「文体とそのイメージ」

「逸脱」

「作品からテクストへ」『物語の構造分析』

「作家、知識人、教師」『テクストの出口』

「返答」

「平和な文化時における闘う言語活動」（英語版）〔フランス語版「文化が強制する平和」、『言語のざわめき』〕

一九七二　「声のきめ」

一九七三　「テクスト（の理論）」『ロラン・バルト著作集8』

「テクストの出口」

「ディドロ、ブレヒト、エイゼンシュテイン」

「ソシュール、記号、デモクラシー」『記号学の冒険』

「レキショとその身体」

「今、ミシュレは」『テクストの出口』

「肩ごしに」『作家ソレルス』

「作家はいかに仕事をするか」〔「筆記用具とのマニアックなまでの関係」のタイトルで『声のきめ　インタビュー一九六二―一九八〇』に収められる〕

一九七四　「初めてのテクスト」（『クリトン』のパロディ）

意味のない描線……

「ゼミナールにて」『テクストの出口』
「では中国は？」

ロラン・バルトについての著作と、雑誌特集号

一九七一　ギ・ド・マラクとマーガレット・エバーバック『ロラン・バルト』、篠沢秀夫訳、青土社、一九七四年。
一九七三　ルイ＝ジャン・カルヴェ『ロラン・バルト　記号への政治的なまなざし』（邦訳なし）。
一九七四　スティーヴン・ヒース『転位の目まい　バルトを読む』（邦訳なし）。

一九七一　雑誌『テル・ケル』、第四七号。
一九七四　雑誌『ラルク』、第五六号。

1　［訳註］単行本・論考の書誌情報は、本文訳註の後の著作リストに見ることができる。
2　［原註］選択して挙げたものである。一九七三年までの完全な論考一覧表は、スティーヴン・ヒース『転移の目まい　バルトを読む』に見ることができる。
［訳註］フランスで刊行された『ロラン・バルト全集』（三巻版は一九九三―一九九五年刊行、五巻版は二〇〇二年刊行）によって、ロラン・バルトの全テクストを読むことができる。邦訳も、みすず書房で刊行されている『ロラン・バルト著作集』と単行本とによって、バルトの全テクストを読むことができる。

図版説明

2ページ　ランド県、ビカロッス、一九三二年ごろ。語り手の母。
4ページ　バイヨンヌ、ポンヌフ通り、またはアルソー通り（ロジェ＝ヴィオレ撮影）
7ページ　バイヨンヌ、マラック、一九二三年ごろ。母といっしょに。
8・9ページ　バイヨンヌ（絵はがき、ジャック・アザンザ・コレクション）。
11ページ　バイヨンヌ、ポミー通りの祖父母の家。
12ページ　子どものころ、祖父母の家の庭で。
13ページ　語り手の父方の祖母。
14ページ　バンジェ大尉（リトグラフ）。「バンジェ（ルイ・ギュスターヴ）は、フランスの将校、行政官であり、ストラスブールで生まれ、リラダンで死去した（一八五六―一九三六）。ニジェール川湾曲部からギニア湾にいたる地域、そして象牙海岸を踏査した」（『ラルース百科事典』より）。
15ページ　レオン・バルト。
17ページ　ベルト・バルトとレオン・バルト、その娘アリス。
17ページ　ノエミ・レヴラン。
18ページ　語り手の叔母、アリス・バルト。
19ページ　ルイ・バルト。

20ページ　バイヨンヌ、一九二五年ごろ。ポミー通り（絵はがき）。
21ページ　バイヨンヌ、マリーヌ通り（絵はがき）。
22ページ　レオン・バルトからその叔父にあてた借用証書。
23ページ　バルトの曾祖父母とその子どもたち。
24ページ　バイヨンヌで、ルイ・バルトとその母。――パリのS通り、語り手の母と弟。
25ページ　シェルブール、一九一六年。
26ページ　シブールの小さな浜辺で、一九一八年ごろ。現在、浜辺はなくなった。
27ページ　バイヨンヌ、マラック、一九一九年ごろ。
28ページ　バイヨンヌ、マラック、一九二三年。
29ページ　東京、一九六六年。――ミラノ、一九六八年ごろ（カルラ・チェラティ撮影）。
30ページ　Uの家（ミリアン・ド・ラヴィニャン撮影）。
31ページ　ランド県、ビカロッス、母と弟といっしょに。
32ページ　ランド県、ビカロッス、一九三二年ごろ。
33ページ　パリ、一九七四年（ダニエル・ブディネ撮影）。
34ページ　アンダイユ、一九二九年。
35ページ　一九三二年、ルイ＝ル＝グラン高等中学校からの帰りに、サン＝ミシェル大通りで、ふたりの友人といっしょに。
36ページ　一九三三年、第一学年［高校二年］の宿題。
37ページ　一九三六年、ソルボンヌの中庭での、ソルボンヌ古代演劇グループの学生たちによる『ペルシアの人々』の上演。

38ページ　一九三七年、ブローニュの森。

39ページ　学生サナトリウムでの、検温記録紙（一九四二―一九四五）。

41ページ　一九四二年、サナトリウム。――一九七〇年（ジェリー・バウアー撮影）。

42ページ　パリ、一九七二年。

43ページ　パリ、一九七二年。――ジュアン＝レ＝パンのダニエル・コルディエの家、一九七四年夏（ユセフ・バクーシュ撮影）。

44ページ　モロッコの椰子の木（アラン・ベンシャヤ撮影）。

46ページ　パリ、一九七四年（ダニエル・ブディネ撮影）。

72ページ　ロラン・バルト、シャルル・ドルレアンの詩を作曲、一九三九年。

101ページ　ロラン・バルト、仕事のカード。

122ページ　ロラン・バルト、カラー・マーカー、一九七一年。

144ページ　ロラン・バルト、ある断章の手書き草稿。

165ページ　ロラン・バルト、カラー・マーカー、一九七二年。

190ページ　『インターナショナル・ヘラルド・ドリビューン』紙、一九七四年一〇月一二―一三日付。

220ページ　モーリス・アンリによるイラスト。ミシェル・フーコー、ジャック・ラカン、レヴィ＝ストロース、ロラン・バルト（『キャンゼーヌ・リテレール』紙）。

233ページ　中等教員免状試験、現代文学（女性）、一九七二年。試験審査員の報告書。

245ページ　ロラン・バルト、仕事のカード。

257ページ　高等研究院のゼミ、一九七四年（ダニエル・ブディネ撮影）。

274ページ　ディドロ『百科全書』、解剖図。成人の身体における大静脈幹と細静脈。

318ページ　ロラン・バルト、インク、一九七一年。
323ページ　ロラン・バルト、グラフィー、一九七二年。
カバー表紙　ロラン・バルト、「ジュアン＝レ＝パンの思い出」、一九七四年夏。
写真の作業は、F・デュフォールによる。

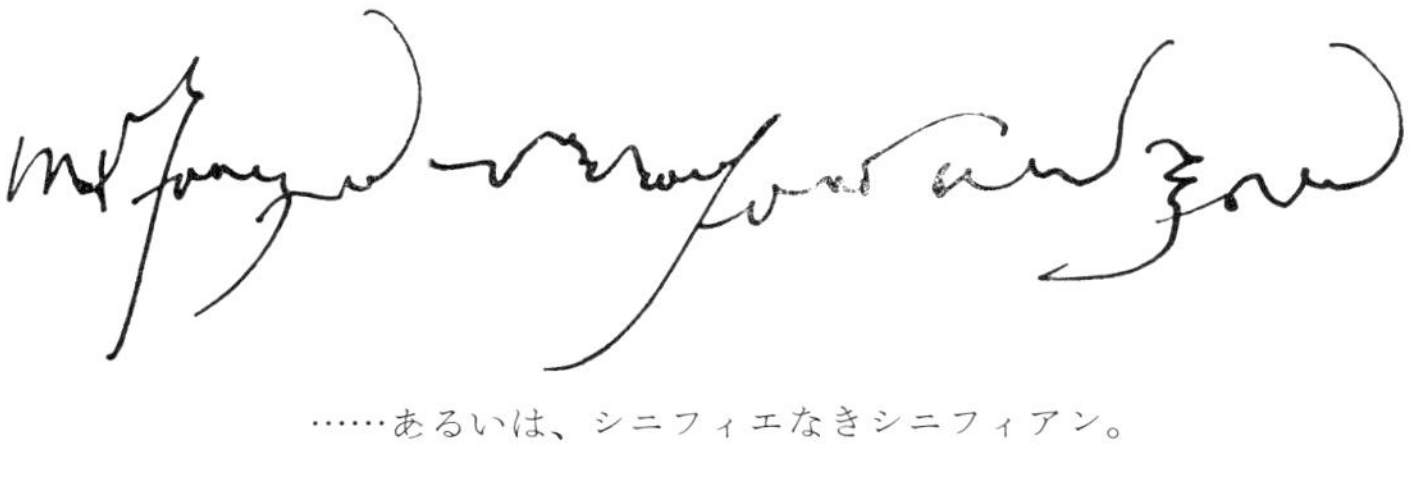

……あるいは、シニフィエなきシニフィアン。

訳者あとがき

一九七五年二月に『ロラン・バルトによるロラン・バルト』が刊行されたとき、フランスの文学・批評界の驚きは大きかった。『ル・モンド』紙は、ただちに読書欄で見ひらき二ページの特集を組み、「バルトはどこへ進んだのか。彼自身へ、だ」と論じた。バルトが自伝的な作品を発表したことは予期せぬことであったし、しかもその挑戦的ともいえる斬新な形式が読者を戸惑わせもしたのだった。

それから四〇年以上がすぎ、あらためて『ロラン・バルトによるロラン・バルト』を読みかえすと、新たな驚きを感じざるをえない。かつてバルトが提示した新しい理論や形式は時とともに色あせてしまった。だが、だからこそ、熟成した作品としての姿が見えてきたのである。そして、この作品がじつは革新的な文学の試みにほかならなかったことに気づかされるのである。

一九七五年の刊行当時における『ロラン・バルトによるロラン・バルト』にたいする驚きは、おもにつぎの三つの点からなっていた。

ひとつは、『ル・モンド』紙の反応にも見られるように、バルトが自伝的な作品を書いたことであった。彼は、一九六八年に論考「作者の死」を発表して、文学作品の解釈から「作者」の伝記的要素を遠ざけることを主張していた。そのバルトが、自分の子供時代や過去の著作、現在のできごとや日々の考えなど、「作者」である自分自身について率直に語ったのである。それは、当時の読者から見ると、バルトの転向のように感じられさえしたのだった。

ふたつめの驚きは、作品の形式にあった。自伝的な作品ではあるが、自伝の伝統的な形式——年代順に語ること——ではなく、三五〇ほどの短い文章を二〇〇あまりのブロックに分けた断章集の構成になっていたのである。それぞれの断章にはタイトルがつけられて、タイトルのアルファベット順に断章がならべられていた。ひとつの物語の流れによって作品の意味が作者の「わたし」の解明へと収束することのないようにと断章形式がとられたのであり、また断章をならべる順序が作者の何らかの意図として解釈されることのないようにアルファベット順が取り入れられたのであった。すなわち、自伝的な作品から「作者」の存在を遠ざけるという画期的な形式だったと言えるだろう。

本の見返しには手書きの白文字で、「ここにあるすべては、小説のひとりの登場人物によって語られている、とみなされねばならない」と記されている。また本文中では、語り手（バルト）が、話の中心人物（バルト）を、「わたし」「あなた」「彼」と目まぐるしく呼びかえている。三つの人称代名詞がこのように交互に使用されるのは、それまでの自伝作品では例を見ないことであった。この手法によって、作者と語り手と中心人物の関係がかぎりなく攪乱され、自伝的な「わたし」は複数化され、真実と虚構の境界が不確かになっていった。しかもバルトは、『ロラン・バルトによるロラン・バルト』の刊行直後に、この本の書評「バルトの三乗」をみずから執筆して、読者の役割まで演じたのである。

こうした過激な手法によって、『ロラン・バルトによるロラン・バルト』は自伝的な作品でありながらも、「作者」を遠ざけ、「作者の死」を体現するかのような作品となった。その結果、当時の作家や批評家たちに衝撃と影響をあたえ、それ以後は少なからぬ作家が自伝的作品を発表するようになったのである。

しかし、こうした反響は、いくぶんかの誤解によるものでもあった。

一九六八年に発表された「作者の死」は、長いあいだ、バルトの批評活動の代名詞であるかのように語られつづけたが、しかしバルト自身はいちども「作者は死んだ」と述べたことはなかった。「作者の死」の論考は、作者の人生によって作品の意味を決定しようとする実証批評を批判するものであった。作品の意味の多様性をよみがえらせる読書の楽しみを、つまり創造的な読者の誕生を望んだだけであり、作者の存在を否定したわけではなかった。もともとバルトは何人かの作家につよい愛着をもっており、ジッドやプルーストといった作家が自分の文学にとって非常に重要であることをいくどとなく語っていたのである。そして彼は一九七一年には、「テクストの快楽は、作者の友好的な回帰をもたらす」（『サド、フーリエ、ロヨラ』の「序文」）と述べて、「作者の回帰」を宣言しさえしたのである。

『サド、フーリエ、ロヨラ』の「序文」のなかでは、バルトは「伝記素」についても言及している。「もしわたしが作家であり、死んだとしたら、友好的で気楽な伝記作家の配慮によって、わたしの生涯がいくつかの細部に、いくつかの好みに、つまりいくつかの『伝記素』だけにしてもらえたら、どれほどうれしいことだろうか」、と。すなわちバルトは、自分の「伝記素」をみずからの手で実践して、『ロラン・バルトによるロラン・バルト』を書いたのだと言えるだろう。したがって、彼が自伝的な作品を書いたことは、それほど驚くべきことではなかったのである。

断章形式にしても、本書中でバルト自身が述べているように、彼は生涯ずっと「短い形式を実践することをやめなかった」（「断章の輪」より）のだった。アルファベット順にならべることも、一九七三年に出した『テクストの快楽』ですでにこころみていた。そのような数年前からのこころみを、『ロラン・バルトによるロラン・バルト』では目覚ましいかたちで実践しただけだと言えるであろう。しかもすでに、アルファベット順をしばしば用いるという「繰り返し」によって意味の効果が生じてしまうことへの恐れも感じており、ところどころでアルファベット順を乱したりもしている。「B」の箇所に「N」で始まるタイトルをまぎれこませたり、「D」の箇所に「T」や「V」の語を混入したりしているのである。

人称代名詞にかんしては、バルトはずっと「人称代名詞の闘技場に永久に閉じこめられて」きたのだった。「わたし」と「あなた」と「彼」にたいする抵抗については、本書の「自分としては、わたしは」の断章で詳しく語られている。とはいえ、一九七〇年代に入ってからの彼は、『記号の国』や『サド、フーリエ、ロヨラ』のなかで「わたし」を用いることをこころみていた。しかし自伝的なことがらを「わたし」によって語るとなると、想像界にがんじがらめになって、「作者」と「わたし」の癒着を引き起こさざるをえない。したがって、「わたし」「あなた」「彼」を交互に用いることによって、ときどきに変化する作者と語り手と中心人物の距離感を表わそうとしたのである。

このように考えると、バルトが自伝的な作品を書き、断章形式や三つの人称代名詞を使用するいう手法を用いたのは、驚くべきことでも挑発的なことでもなかったとわかる。彼がそれまで考え、模索してきたことを『ロラン・バルトによるロラン・バルト』のなかで思いきって実践しただけだったのである。

だが、刊行から四〇年以上がすぎると、こうした手法はもはや斬新なものではなくなる。自伝的な作品を書くことは、現在ではほとんどの作家がこころみることとなり、かつての驚きは消えてしまった。「わたし」の複数性も、今ではだれもが語ることである。そのような時の効果によって、彼のエクリチュールを包んでいた「イカの墨」――バルトの表現である――が消え去って、イカの姿、『ロラン・バルトによるロラン・バルト』という作品のかたちが、くっきりと見えてきたのである。

はじめに目につくのは、バルトが、それまでの自分の著書や論考を説明しようと必死になっている姿である。思いついたときに気軽に過去の仕事について語っているのではなく、計画的といってよいほど真剣に、これまでの著作にできるかぎり言及して、説明や注釈をくわえて理解してもらおうとしているのである。訳註の翻訳リストを見ると、直接的あるいは間接的に引用されている著作がいかに多いかに気づいて驚かざるをえない。

バルトは生涯をつうじて、その批評活動――対象と方法――をつねに変化させつづけた、とよく言われる。「転位の人」と呼ばれたりもする。だが、本書においてバルトは、一見して多彩に見えるさまざまな作品を書いた意図を明らかにして、彼がつねに同じもの――「自然」や「ドクサ」や「真実」など――との闘いをつづけていたことをいくどとなく語っている。すなわち、『ロラン・バルトによるロラン・バルト』とは、バルト自身による、みずからの著作の真摯な解説書であり、また、自分の仕事の姿勢について率直かつ周到に語った知的「自伝」でもあったのである。

本書には、バルト自身の日常的な場面や、ささやかな好みや思い出、友人や知人とのやりとりなどが語られているところが少なくない。そうした箇所は、かつては軽やかなエッセーのような雰囲気をあたえていた。当時、「時代の寵児」であったバルトの言葉は、華やかで確信にみち、ときには戯れるように、ときには挑むように読者の耳に響いていたのである。だが四〇年以上がすぎ、作品が時代性から切り離されると、自由になった作品から聞こえてきたのは、作者の悲痛ともいえる内心の声であった。言語への愛と恐れのあいだで揺れ動き、エクリチュールの模索と実験のあいだで迷い、自分が理解されないことにいらだち、悲しんでいる声である。ある断章のタイトルにもなっている「それをわかってほしい」という言葉こそが、『ロラン・バルトによるロラン・バルト』の通奏低音ともいうべき悲痛なメッセージなのである。

本書では、新語がさかんに用いられている。バルトの新語には、三つの種類がある。まず、ひとつの語をふたつに分離することで、分離前と分離後というふたつの意味をその語にもたせるというものである。たとえば、「indifférence（無関心）」を「in-différence」と分けることで「無-差異」という意味をもたせるのである。新語のふたつめは、ギリシア語などを取り入れてバルト自身が作りあげた造語であり、「段階論」「対立素」「伝記素」などの言葉がそうである。三つめは、すでにある言葉にバルトが新しい意味をつけくわえて、バルト独自の用語としたものである。すでに「エクリチュール」「ミトロジー」などの語がそうであったが、『ロラン・バルトによるロラン・バルト』ではとりわけ「テクスト」「身体」「アナムネーズ」「想像界」などの言葉が多用されている。文学とは関係のない言葉でも、恣意的に新しい意味で用いられることも少なくない。たとえば、「déport」は裁判における「回避」などの意味をもつ語であるが、バルトは「移動されること」という意味で用いたりしている。これらの語の多くは、現在では、『大ロベールフランス語辞典』などに収録されて、バルトが生み出した意味として認定されている。

このように新しい語や意味をつくるのは、バルト自身も言っているように「新しい学問を着想したときには、新しい造語も行きすぎにはならない」（「第二段階とそれ以外」の断章）からである。新しい考えや感覚を述べるためには新しい言葉が必要であり、それがバルトなりのエクリチュールであった。『ロラン・バルトによるロラン・バルト』に散りばめられた新しい語は、当時の読者にとっては厄介なものであり、難解さの原因にもなったが、数十年を経た現在では、いつのまにか正当なフランス語の一角を占めるようになっていたのである。

結局のところ、『ロラン・バルトによるロラン・バルト』とは、新しい形式による間接的な知的自伝作品のこころみであり、自分を理解してほしいと求めた内心の声の書であり、新たなエクリチュールの模索と葛藤のなかで書かれた実験的な作品でもあったのである。そのような文学作品としての革新性は、バルト自身の慎重さと周到さ、そして時代の雰囲気というイカの墨につつまれて、長いあいだ見えなかったのであるが、ようやく今、読者の心に届いてきたと言えるだろう。

本書には既訳がある。一九七八年に佐藤信夫氏によって出された『彼自身によるロラン・バルト』(みすず書房)である。この難解で訳しにくい作品を、原書の刊行から四年ほどで翻訳し終えたその偉業にはふかい敬意をおぼえる。あらためて感謝を述べたいと思う。また、バルトの著作のほとんどが、みすず書房から邦訳が刊行されており、本書も多くを負っている。しかしながら、本書の本文ならびに訳註での引用文は、全体の整合性の関係から、わたし自身が翻訳した。既訳は参考にさせていただき、訳註には既訳書のページを記しておいたが、引用文の訳文については当然ながらわたしに責任がある。

本書を訳すにあたり、さまざまな質問に答えてくださったパリ国立図書館のパトリック・ラムセイエさんと明治学院大学のジャック・レヴィさんに心からお礼を申し上げます。また、ロラン・バルト関係の訳書の編集をつねに担当してくださり、編集の作業だけでなく装丁のデザインも手がけて美しい本に仕上げてくださったみすず書房の尾方邦雄さんにお礼を申し上げます。

二〇一八年三月

石川美子

著者略歴

(Roland Barthes, 1915-1980)

フランスの批評家・思想家．1953年に『零度のエクリチュール』を出版して以来，現代思想にかぎりない影響を与えつづけた．1975年に彼自身が分類した段階によれば，(1) サルトル，マルクス，ブレヒトの読解をつうじて生まれた演劇論，『現代社会の神話』(2) ソシュールの読解をつうじて生まれた『記号学の原理』『モードの体系』(3) ソレルス，クリステヴァ，デリダ，ラカンの読解をつうじて生まれた『S/Z』『サド，フーリエ，ロヨラ』『記号の国』(4) ニーチェの読解をつうじて生まれた『テクストの快楽』『ロラン・バルトによるロラン・バルト』などの著作がある．そして『恋愛のディスクール・断章』『明るい部屋』を出版したが，その直後，1980年2月25日に交通事故に遭い，3月26日に亡くなった．単行本はすべて，みすず書房から刊行．

訳者略歴

石川美子〈いしかわ・よしこ〉 1980年，京都大学文学部卒業．東京大学人文科学研究科博士課程を経て，1992年，パリ第VII大学で博士号取得．フランス文学専攻．現在，明治学院大学教授．著書『自伝の時間 ── ひとはなぜ自伝を書くのか』(中央公論社)，『旅のエクリチュール』(白水社)，『青のパティニール 最初の風景画家』(みすず書房)『ロラン・バルト ── 言語を愛し恐れつづけた批評家』(中公新書) ほか．訳書 P・モディアノ『サーカスが通る』(集英社)，L・フェーヴル『ミシュレとルネサンス』(藤原書店)，『記号の国』(ロラン・バルト著作集7)，『新たな生のほうへ』(ロラン・バルト著作集10)，『零度のエクリチュール 新版』，『ロラン・バルト 喪の日記』(以上，みすず書房)，E・マルティ他『ロラン・バルトの遺産』(共訳，みすず書房) ほか．

目次

写真: 5
断章: 47
能動的／反作用的 Actif/réactif: 47—形容詞 L'adjectif: 47—気楽さ L'aise: 48—類似という悪魔 Le démon de l'analogie: 49—黒板に Au tableau noir: 50—金銭 L'argent: 51—アルゴー船 Le vaisseau Argo: 52—傲慢さ l'arrogance: 54—占い師の身ぶり Le geste de l'aruspice: 55—選択でなく同意を L'assentiment, non le choix: 56—真実と断定 Verité et assertion: 57—アトピア L'atopie: 58—自己指示性 L'autonymie: 58

トレーラー車 La baladeuse: 59—陣取り遊びをしていたとき……Quand je jouais aux barres: 60—固有名詞 Noms propres: 61—愚かさについて，わたしに権利があるのは……De la bêtise, je n'ai le droit...: 62—ある考えかたへの愛 L'amour d'une idée: 62—ブルジョワの娘 La jeune fille bourgeoise: 63—アマチュア L'amateur: 64—ブレヒトからR・Bへの非難 Reproche de Brecht à R.B.: 64

理論による脅し Le chantage à la théorie: 66—チャップリン Charlot: 67—映画の充満性 Le plein du cinéma: 68—結びの文 Clausules: 69—偶然の一致 La coïncidence: 70—たとえは論拠になる Comparaison est raison: 73—真実と固さ Verité et consistence: 74—何の同時代人なのか Contemporain de quoi?: 74—契約にたいする曖昧な賛辞 Éloge ambigu du contrat: 75—不都合なこと Le contretemps: 76—わたしの身体が存在するのはただ……Mon corps n'existe...: 77—複数の身体 Le corps pluriel: 78—あばら骨 La côtelette: 78—イマーゴの異常な曲線 La courbe folle de l'imago: 80—対になった価値－語 Couples de mots-valeurs: 80—二つのなまの状態 La double crudité: 81

解体する／破壊する Décomposer/détruire: 82—女神H La déesse H: 83—友人たち Les amis: 83—特権的な関係 La relation privilegiée: 85—違反への違反 Transgression de transgresion: 86—第二段階とそれ以外 Le socond degré et les autres: 87—言語の真実としてのデノテーション La dénotation comme verité du langage: 88—彼の声 Sa voix: 89—切り離すこと Détacher: 90—さまざまな弁証法 Dialectiques: 91—複数，差異，衝突 Pluriel, différence, conflit: 92—分割への好み Le goût de la division: 93—ピアノの指づかいは……Au piano, le doigté...: 94—悪しきもの Le mauvais objet: 95—ドクサ／パラドクサ

Doxa/paradoxa: 95—移り気 La Papillone: 96—両義的な語 Amphibologies: 97

斜めに En écharpe: 99—残響室 la chambre d'échos: 100—エクリチュールは文体から始まる L'ecriture commence par le style: 102—ユートピアは何の役に立つのか A quoi sert l'utopie: 103—幻想としての作家 L'écrivain comme fantasme: 105—新しい主体，新しい学問 Nouveau sujet, nouvelle science: 106—あなたなの，エリーズ…Est-ce toi, chère Élise...: 106—省略法 L'ellipse: 108—象徴，ギャグ L'emblème, le gag: 109—発信者社会 une société d'emetteurs: 110—スケジュール Emploi du temps: 110—プライバシー Le privé: 112—じつは……En fait: 113—エロスと演劇 Éros et le théâtre: 114—美的な言述 Le discours esthétique: 115—民族学の誘惑 La tentation ethnologique: 115—語源 Étymologies: 116—暴力，自明のこと，自然 Violence, évidence, nature: 117—排除 L'exclusion: 117—セリーヌとフローラ Céline et Flora: 119—意味の免除 L'exemtion de sens: 120

夢想ではなく幻想を Le fantasme, pas le rêve: 121—通俗的な幻想 Un fantasme vulgaire: 123—笑劇としての回帰 Le retour comme farce: 124—疲れと新鮮さ La fatigue et la fraîcheur: 125—虚構 La fiction: 127—二重の顔 La double figure: 128—愛，狂気 L'amour, la folie: 128—贋造術 Forgeries: 129—フーリエか，フロベールか Fourier ou Flaubert?: 131—断章の輪 Le cercle des fragments: 131—幻想としての断章 Le fragment comme illusion: 135—断章から日記へ Du fragment au journal; 135—いちご酒 La fraisette: 136—フランス人 Français: 137—タイプミス Fautes de frappe: 138—意味のふるえ Le frisson du sens: 139

急進的な推論 L'induction galopante: 140—左きき Gaucher: 141—観念の身ぶり Les gestes de l'idée: 141—深淵 Abgrund: 142—アルゴリズムへの好み Le goût des algorithms: 143

そして，もしわたしが…を読んでいなかったとしたら…Et si je n'avais pas lu...: 145—異種性と暴力 Hétérologie et violence: 146—孤独という想像界 L'imaginaire de la solitude: 146—欺瞞なのか Hypocrisie?: 147

悦楽としての観念 L'idée comme jouissance: 148—理解されない考え Les idées meconnues: 149—文 La phrase: 150—イデオロギーと美学 Idéologies et esthétique: 150—想像界 L'imaginaire: 151—ダンディー Le dandy: 154—影響とはなにか Qu'est-ce que l'influence?: 154—繊細な道具 L'instrument subtil: 155

〈休憩：アナムネーズ〉*Pause: anamnèses*: 156

愚かだろうか Bête?: 160—エクリチュールの機械 La machine de l'écriture: 161

空きっ腹で A jeun: 161—ジラリからの手紙 Lettre de Jilali: 162—悦楽としての逆説 Le paradoxe comme jouissance: 163—喜びにあふれた言述 Le discours jubilatoire: 164—充足 Comblement: 166—言葉の作業 Le travail du mot: 167

言語を恐れること La peur du langage: 168—母語 La langue maternelle: 169—不純な語彙 Le lexique impur: 170—わたしは好きだ，好きではない J'aime, je n'aime pas: 170—構造と自由 Structure et liberté: 172—容認可能であるもの L'acceptable: 172—読みうること，書きうること，そしてその先には Lisible, scriptible et au-delàs: 173—マテシスとしての文学 La littérature comme mathésis: 174—「自己」の本 Le livre du Moi: 176—おしゃべり La loquèle: 177—明晰さ Lucidité: 177

結婚 Le mariage: 178—子ども時代の思い出 Un souvenir d'enfance: 179—夜明けに Au petit matin: 180—メドゥーサ Méduse: 180—アブー・ヌワースと隠喩 Abou Nowas et la métaphore: 182—言語学的なアレゴリー Les allégories linguistiques: 183—偏頭痛 Migraines: 184—流行遅れ Le démodé: 185—大げさな語のやわらかさ La mollesse des grands mots: 186—踊り子のふくらはぎ Le mollet de la danseuse: 187—政治／倫理 Politique/morale: 188—ファッション－語 Mot-mode: 189—価値－語 Mot-valeur: 191—絵具－語 Mot-couleur: 191—マナ－語 Mot-mana: 192—移行的な語 Le mot transitionnel: 193—中間の語 Le mot moyen：193

自然なもの Le naturel: 194—新品のもの／新規のもの Neuf/nouveau: 195—中性 Le neutre: 196—能動的／受動的 Actif/passif：198—調節 L'accommodation：199—ヌーメン Le numen: 200

言述のなかに事物がやってくること Passge des objets dans le discours: 200—におい Odeurs: 202—エクリチュールから作品へ De l'écriture à l'œuvre: 203—「周知のことですが」«On le sait»: 205—不透明と透明 Opacité et transparence: 206—対照法 L'antithèse: 207—起源からの離脱 La défection des origines: 207—価値のゆらぎ Oscillation de la valeur：208

パラドクサ Paradoxa: 209—パラノイアのささやかな原動力 Le léger moteur de la

paranoïa: 210—語る／キスをする Parler/embrasser: 210—通り過ぎてゆく身体 Les corps qui passent: 211—戯れ，模作 Le jeu, le pastiche: 212—パッチ－ワーク Patch-work: 213—色彩 La couleur: 214—分割された人間か La personne divisée?: 214—部分冠詞 Partitif: 216—バタイユ，恐れ Bataille, la peur: 217—いくつかの段階 Phases: 217—文の有益な効果 Effet bienfaisant d'une phrase: 219—政治的なテクスト Le texte politique: 219—アルファベット L'alphabet: 221—もう思い出せない順序 L'ordre dont je ne me souviens plus: 222—雑多なものとしての作品 L'œuvre comme polygraphie: 223—司祭の言語づかい Le langage-prêtre: 223—予測できる言述 Le discours prévisible: 224—いろいろな本の計画 Projets de livres: 224—精神分析との関係 Rapport a la psychanalyse: 225—精神分析と心理学 Psychanarise et psycologie: 226

「それはどういう意味か」«Qu'est-ce que ça veut dire?»: 226

いかなる論理か Quel raisonnement?: 228—退行 La récession: 229—構造主義的な反射行動 Le réflexe structural: 231—支配と勝利 Le règne et le triomphe: 231—価値による支配を廃すること Abolition du règne des valeurs: 232—何が表象を制限するのか Qu'est-ce qui limite la représentation?: 234—反響 Le retentissement: 234—成功した／失敗した Réussi/raté: 234—衣服の選択について Du choix d'un vêtement: 235—リズム Le rythme: 236

それをわかってほしい Que ça se sache: 237—サラマンカとバリャドリッドのあいだで Entre Salamanque et Valladolid: 238—学校向けの練習問題 Exercice scolaire: 238—知識とエクリチュール Le savoir et l'écriture: 239—価値と知識 La voleur et le savoir: 240—けんか La scène: 240—劇的になった学問 La science dramatisée: 242—わたしは言語を見る Je vois le langage: 243—ダガ反対ニ Sed contra: 244—イカとその墨 La seiche et son encre: 246—性欲についての本の計画 Projet d'un livre sur la sexualité: 247—セクシー Le sexy: 248—性欲の幸福な結末か Fin heureuse de la sexualité?: 249—ユートピアとしてのシフター Le shifter comme utopie: 250—意味作用には三つのものが Dans la signification, trois choses: 251—単純化しすぎる哲学 Une philosophie simpliste: 252—サルのなかのサル Singe entre les singes: 253—社会の分断 La division sociale: 253—自分としては，わたしは Moi, je: 254—悪しき政治的主体 Un mauvais sujet politique: 256—多元的決定 La surdétermination: 258—自分自身の言葉にたいする難聴 La surdité à son propre langage: 259—国家の象徴体系 La symbolique d'État: 259—徴候的なテクスト Le texte symptomal: 260—体系／体系的なもの Système/systémetique: 260—戦術／戦略 Tactique/stratégie: 261

もっとあとで Plus tard: 261—「テル・ケル」Tel Quel: 265—今日の天気 Le temps qu'il fait: 266—約束の地 Terre promise: 267—頭がこんがらがって Ma tête s'embrouille: 267—演劇性 Le théâtre: 268—テーマ Le thème: 270—価値から理論への転換 Conversion de la valeur en théorie: 271—格言 La maxime: 272—全体性という怪物 Le monstre de la totalité: 273

訳註：275
訳註中のバルトの著作リスト：309

経歴: 313

著作 1942-1974: 315

図版説明: 320

訳者あとがき：324

指標

指標

Adjectif 形容詞：47, 169, 263
Aimer 愛する：164, 166
Algorithmes アルゴリスム：143
Allégories アレゴリー，寓意：183
Alphabet アルファベット：221
Amis 友人たち：57, 83-85
Amour 愛：81, 86, 119, 128-129, 164, 166
Amphibologies 両義性，両義的な語，多義構文：97-99
Antithèse 対照法：207
Appel（des morts）招集（死者たちの）：50
Argo アルゴー船：52-53, 167, 247
Avant-garde 前衛，前衛芸術：66, 120, 176, 200, 267

Babil おしゃべり：228
Banalité 平凡さ：205
Bayonne バイヨンヌ：59-61, 156 以下，202
Biographème 伝記素：160
«Boîte»「ナイトクラブ」：211-212
Brecht ブレヒト：64-66, 255
Bredouillement しどろもどろ：211

Céline et Flora セリーヌとフローラ：119
Chahut やじ：226
Chine 中国：56, 249
Classement 分類：215
Classique（écrire classique）古典的（古典的に書く）：131
Comblement 充足：166
Complaisance 好意：153
Contradictions 矛盾：215
Conversation 会話：84
Conviction 確信：269
Corps（et politique）身体（と政治）：265-266
Corpus コーパス：243

Description 描写：90
Dictée 口述筆記：51, 203
Diderot ディドロ：216
Distinction 距離設定：255
Division（du langage）分裂，分断，区分（言語活動の）：169, 184, 253-254
Doxa ドクサ：54, 95, 112, 180-182, 231
Doxologie ドクソロジー：54
Drague あさること：97
Drogue 麻薬：268

Échelonnement 段階性，段階的配置：87-88, 137, 152-153
Écrivain（fantasme）作家（幻想）：105-106, 111
Effets（de langage）効果（言語活動の）：106
Encyclopédie 百科事典：223
Engouement 熱中：161
Erotisation エロティック化：81
Étymologiques 語源的，起源的（学問）：207-208
Exclusion 排除：117-118, 140, 179-180

Excoriation 表皮剝離：229
Expression 表現：119, 166, 269

Fable 寓話：227
Fascination 魅惑：62
Fatigue（du langage）疲れ（言語活動の）：125, 268
Feinte 見せかけ：178
Finir（le livre）完成する（本を）：247
Fragments 断章：131-134, 222

Gide ジッド：105, 142
Grimace しかめ面：187
Guillemets カギ括弧：125, 152-153, 244

Hegel ヘーゲル：145, 253
Heine ハイネ：166
Homosexualité 同性愛，ホモセクシュアリティ：83, 92, 198-199, 225
Hystérie ヒステリー：185, 200

Idéologie イデオロギー：55, 112, 125, 150-151, 266
Imaginaire 想像界，想像的なもの，イメージの世界：47-48, 50, 84, 100, 112, 146-147, 151-153, 168, 187, 235, 244, 254, 271
Incidents 偶景，小さなできごと：227
Index インデックス：132
Individualisme 個人主義：154, 246
Influence 影響：100, 154-155
Intellectuel 知識人：148
Ironie 皮肉，アイロニー：49

Jactance おしゃべり：224

Lecteur 読者：153
Libéralisme 寛大さ：171
Lyrisme 抒情表現，抒情性：119

Marrac マラック：179
Marxisme マルクス主義：236
Maxime 格言：272
Méchanceté 意地の悪さ：255
Méduse メドゥーサ：180-181
Migraines 偏頭痛：77, 184-185
Militant 攻撃的，戦闘的：151, 232
Minoritaire（situation）少数派の（境遇）：194
Mode ファッション，流行：185-186, 189
Moralité 道徳性：83, 139, 218
Morts（texte des Morts）死者たち（死者たちのテクスト）：224

Neutre 中性：140, 183
Noms propres 固有名詞：61

Parenthèses 丸括弧：152-153
Parleur 発信者：65
Peur 恐れ：57, 168-169, 217
Phrase 文：150, 219, 272
Politique 政治，政治的：64-66, 188-189, 206, 219, 221, 232, 256, 265-266
Potin うわさ話：168, 256
Privé プライバシー：112
Pronoms 代名詞：71, 250, 254
Prospectus 刊行物案内：263-264
Proust プルースト：119, 202

Racisme 人種的差別：93

Recevable 受け取りうる：174
Relation privilégiées 特権的な関係：85-86
Réplique（la dernière）返答（最終的な）：60, 133, 177, 259
Résumé 要約：74
Rhétorique レトリック：135
Rite 儀式：85
Roman 小説：177
Romanesque ロマネスク，小説的なもの：128

Scopie X線透視：244
Sémiologie 記号学：243
Sentimentalité 感傷：86
Suxualité 性欲：235, 249-250
Sexy セクシー：248
Sidération 呆然・啞然とすること：181
Signalétique 信号論：269
Signature 徴，署名：69, 252
Signe 記号：195
Spirale らせん：91, 124
Sujet（sans référent）主体（指向対象のない）：71
Surdétermination 多元的決定：52, 258
Symbolique 象徴界：71, 230
Sympathie 共感：204

Tableau（noir）黒板：50-51
Ton（d'aphorisme）口調（アフォリズムの）：272
Topique トピカ：84-85
Transgression 違反：86
Transparence 透明：206-207
Travail（du mot）作業（言葉の）：167

Viril（/non vril）男らしい（／男らしくない）：198-199
Virilité（protestation）男らしさ（の言明）：148
Vision ヴィジョン，イメージ：127, 244
Voix 声：89-90, 224
Vol（de langage）盗むこと（言葉を）：129, 207, 253
Vulgarité 通俗，卑俗：123, 187

ロラン・バルトによる

ロラン・バルト

石川美子訳

2018年 5月16日 第1刷発行

発行所 株式会社 みすず書房
〒113-0033 東京都文京区本郷2丁目20-7
電話 03-3814-0131(営業) 03-3815-9181(編集)
www.msz.co.jp

本文印刷所 精興社
扉・表紙・見返・カバー印刷所 リヒトプランニング
製本所 松岳社

ISBN 978-4-622-08691-8
[ロラン・バルトによるロラン・バルト]

Et après ?

— Quoi écrire, maintenant ? Pourrez-vous encore écrire quelque chose ?
— On écrit avec son désir, et je n'en finis pas de désirer.